U0584710

白居易集箋校

〔唐〕白居易 著
朱金城 箋校

五

上海古籍出版社

白居易集箋校卷第二十九

格詩 凡五十首

詠興五首 并序

七年四月，予罷河南府，歸履道第。廬舍自給，衣儲自充，無欲無營，或歌或舞，頹然自適，蓋河洛間一幸人也。遇興發詠，偶成五章，各以首句命爲題目。

解印出公府

解印出公府，斗藪塵土衣。百吏放爾散，雙鶴隨我歸。歸來履道宅，下馬入柴扉。馬嘶返舊櫪，鶴舞還故池。雞犬何忻忻，鄰里亦依依。年顏老去日，生計勝前時。有帛禦冬寒，有穀防歲飢。飽於東方朔，樂於榮啓期。人生且如此，此外吾不知。

【箋】作於大和七年（八三三），六十二歲，洛陽，太子賓客分司。見陳譜及汪譜。城按：此卷詩俱見汪本後集卷三。又除秋涼閑卧、酬思黯相公見過弊居戲贈兩首外，均見那波本卷六二。

〔七年四月予罷河南府〕舊書卷十七下文宗紀：「（大和七年三月）丙辰（二十九日），以散騎常侍嚴休復爲河南尹。……（四月）壬子（二十五日）。城按：沈本作壬午，是），以河南尹白居易爲太子賓客分司東都。」

〔履道第〕居易履道坊宅。見卷二三履道新居二十韻詩箋。

【校】

〔格詩凡五十首〕宋本、那波本、馬本俱誤作「律詩凡四十七首」，今改正。

出府歸吾廬

出府歸吾廬，静然安且逸。更無客干謁，時有僧問疾。家僮十餘人，櫪馬三四匹。慵發經旬卧，興來連日出。出遊愛何處？嵩碧伊瑟瑟。況有清和天，正當疏散日。身閑自爲貴，何必居榮秩？心足即非貧，豈唯金滿室！吾觀權勢者，苦以身徇物。炙手外炎炎，履冰中慄慄。朝飢口忘味，夕惕心憂失。但有富貴名，而無富貴實。

【箋】唐宋詩醇卷二五：「出府歸吾廬胸有真得，信手拈來，自饒天趣。此種境的是從淵明脱化而出，但不無繁、簡、古、近之别，必以字句形迹求之，是耳食之見也。」

池上有小舟

池上有小舟，舟中有胡床。床前有新酒，獨酌還獨嘗。薰若春日氣，皎如秋水光。可洗機巧心，可蕩塵垢腸。岸曲舟行遲，一曲進一觴。未知幾曲醉，醉入無何鄉。寅緣潭島間，水竹深青蒼。身閑心無事，白日爲我長。我若未忘世，雖閑心亦忙。世若未忘我，雖退身難藏。我今異於是，身世交相忘。

【箋】〔床前有新酒二句〕甌北詩話卷四：「今人愛陳酒，古人則愛新酒，亦見香山集。有家釀新熟每嘗輒醉答妻姪等詩，對新家醞詩，和微之嘗新酒詩，雪中酒熟攜訪吴秘監詩。又憶皇甫朗之云：『新酒此時熟，故人何日來。』又答皇甫云：『最恨潑醅新酒熟，迎冬不得共君嘗。』耳順吟云：『閑開新酒嘗數盞。』水齋云：『新酒客來方宴飲，舊堂主在重歡娱。』書紳云：『新酒始開甕，舊穀猶滿困。』池上小舟云：『牀前有新酒，獨酌還獨嘗。』冬初酒熟云：『一甕新醅酒。』偶吟云：『舊詩多忘卻，新酒且嘗看。』罷府尹將歸云：『更憐家醖迎春熟，一甕醍醐待我歸。』閑居云：『揭甕偷嘗新熟酒。』甚至府中夜宴云：『閑留賓客嘗新酒，醉領笙歌上小舟。』牛相公見遇云：『貧家何所有，新酒兩三杯。』是宴賓客亦用新酒矣。」

【校】

〔夤緣〕「夤」，宋本、那波本、馬本、全詩俱作「寅」，據汪本改。城按：「夤」、「寅」字通。

四月池水滿

四月池水滿，龜游魚躍出。吾亦愛吾池，池邊開一室。人魚雖異族，其樂歸於一。且與爾爲徒，逍遥同過日。爾無羨滄海，蒲藻可委質。吾亦忘青雲，衡茅足容膝。況吾與爾輩，本非蛟龍疋。假如雲雨來，祇是池中物。

【箋】

唐宋詩醇卷二五：「四月池水滿，會心不遠，熟讀蒙莊，方有此悟境。」

小庭亦有月

小庭亦有月，小院亦有花。可憐好風景，不解嫌貧家。菱角執笙簧，谷兒抹琵琶。紅綃信手舞，紫綃隨意歌。菱、谷、紫、紅皆小臧獲名也。村歌與社舞，客哂主人誇。但問樂不樂，豈在鐘鼓多？客告暮將歸，主稱日未斜。請客稍深酌，願見朱顔酡。客知主意厚，分數隨後加。堂上燭未秉，座中冠已峩。左顧短紅袖，右命小青娥。長跪謝貴客，蓬門勞見過。客散有餘興，醉卧獨吟哦。幕天而席地，誰奈劉伶何！

【箋】

何義門云：「此篇近陶。」

〔紅綃〕〔紫綃〕容齋隨筆卷一：「世言白樂天侍兒唯小蠻、樊素二人。予讀集中小庭亦有月一篇云：『菱角執笙簧，谷兒抹琵琶。紅綃信手舞，紫綃隨意歌。』自注曰：『菱、谷、紫、紅皆小臧獲名。』若然，則紅、紫二綃亦女奴也。」

【校】

〔隨後〕「後」，宋本、那波本、全詩俱作「口」。全詩注云：「一作『後』。」

秋涼閑卧

殘暑晝猶長，早涼秋尚嫩。露荷散清香，風竹含疏韻。幽閑竟日卧，衰病無人問。薄暮宅門前，槐花深一寸。

【箋】作於開成二年（八三七），六十六歲，洛陽，太子少傅分司。城按：此詩見汪本後集卷三，那波本卷六三。劉集外四有和樂天秋涼閑卧詩。唐宋詩醇卷二五：「『嫩』字奇，當是從秋老想出，却從未經人道。」

【校】〔題〕盧校：「秋涼閑卧及下首，宋本在卷三十狂言示諸姪詩後，當從之。」城按：紹興本此詩編在卷二十九，盧校所據影宋鈔本編次有異。那波本編在狂言示諸姪詩後。

酬思黯相公見過弊居戲贈

軒蓋光照地，行人爲徘徊。呼傳君子出，乃是故人來。訪我入窮巷，引君登小臺。臺前多竹樹，池上無塵埃。貧家何所有？新酒三兩杯。款曲語上馬，從容復遲迴。留守不外宿，日斜宫漏催。但留金刀贈，未接玉山頽。家醖不敢惜，待君來即開。村妓不辭出，恐君㸌然咍。

【箋】作於開成二年（八三七），六十六歲，洛陽，太子少傅分司。城按：此詩見汪本後集卷三，那波本卷六三。

〔思黯相公〕牛僧孺。舊書卷一七二本傳：「（長慶）三年三月，以本官同平章事。……（大和六年）十二月，檢校左僕射、兼平章事、揚州大都督府長史、淮南節度副大使、知節度事。……凡在淮甸六年，開成二年五月，加檢校司空、食邑二千户、判東都尚書省事、東都留守、東畿汝都防御使。僧孺識量弘遠，心居事外，不以細故介懷。洛都築第於歸仁里，任淮南時嘉木怪石，置之階廷，館宇清華，竹木幽邃。常與詩人白居易吟詠其間，無復進取之懷。」參見卷三四奉和思黯相公以李蘇州所寄太湖石奇狀絶倫因題二十韻見示兼呈夢得、奉和思黯相公雨後林園四韻見示、酬思黯相公晚夏雨後感秋見贈等詩。

【校】〔款曲語上馬二句〕全詩、何校、盧校俱作「停杯款曲語上馬復遲迴」。全詩注云：「一本作『款曲語上馬從容復遲迴』。」「迴」上那波本脱「復遲」二字。

〔囅然咍〕馬本「囅」注云：「丑忍切，大笑也。」「咍」注云：「呼來切。」

再授賓客分司

優穩四皓官，清崇三品列。伊予再塵忝，内愧非才哲。俸錢七八萬，給受無虛月。分命在東司，又不勞朝謁。既資閑養疾，亦賴慵藏拙。賓友得從容，琴觴恣怡悦。乘籃城外去，繫馬花前歇。六遊金谷春，五看龍門雪。吾若默無語，安知吾快活？吾欲更盡言，復恐人豪奪。應爲時所笑，苦惜分司闕。但問適意無，豈論官冷熱！

【箋】作於大和七年（八三三），六十二歲，洛陽，太子賓客分司。見汪譜。城按：居易大和三年三月除太子賓客分司東都，七年四月二十五日再授太子賓客分司。參見本卷詠興五首詩箋。

【校】〔苦惜〕「苦」，宋本、馬本、汪本俱訛作「古」。全詩注云：「一作『古』。」何校：「『古』字疑有訛，宋本作『苦』。」城按：紹興本作「古」，與何氏所見宋本異，據那波本、全詩、何校改。

把酒

把酒仰問天，古今誰不死？所貴未死間，少憂多歡喜。窮通諒在天，憂喜即由無子？

已。是故達道人，去彼而取此。勿言未富貴，久忝居禄仕。借問宗族間，幾人拖金紫？勿憂漸衰老，且喜加年紀。試數班行中，幾人及暮齒？朝飡不過飽，五鼎徒爲爾。夕寢止求安，一衾而已矣。此外皆長去聲物，於我雲相似。有子不留金，何況兼無子？

【箋】作於大和七年（八三三），六十二歲，洛陽，太子賓客分司。

【校】〔長物〕「長」下，那波本、馬本俱無注，據宋本、汪本、全詩增。

首夏

林静蚊未生，池静蛙未鳴。景長天氣好，竟日和且清。春禽餘哢在，夏木新陰成。兀爾水邊坐，翛然橋上行。自問一何適？身閑官不輕。料錢隨月用，生計逐日營。食飽慚伯夷，酒足愧淵明。陶潛詩云：「飲酒常不足。」壽倍顔氏子，富百黔婁生。有一即爲樂，況吾四者并。所以私自慰，雖老有心情。

【箋】作於大和七年（八三三），六十二歲，洛陽，太子賓客分司。

【校】〔淵明〕此下那波本無注。

代鶴

我本海上鶴，偶逢江南客。感君一顧恩，同來洛陽陌。洛陽寡族類，皎皎唯兩翼。貌是天與高，色非日浴白。主人誠可戀，其奈軒庭窄。飲啄雜雞羣，年深損標格。故鄉渺何處？雲水重重隔。誰念深籠中，七换摩天翮？

【箋】作於大和七年（八三三），六十二歲，洛陽，太子賓客分司。唐宋詩醇卷二五：「此詩深遠。」

【校】〔摩天翮〕「翮」，那波本訛作「翻」。

立秋夕有懷夢得

露簟荻竹清，風扇蒲葵輕。一與故人别，再見新蟬鳴。是夕涼飈起，閑境入幽情。迴燈見棲鶴，隔竹聞吹笙。夜茶一兩杓，秋吟三數聲。所思渺千里，雲水長洲城。

【箋】 作於大和七年（八三三），六十二歲，洛陽，太子賓客分司。劉集外二有酬樂天七月一日夜即事見寄詩云：「夜樹風韻清，天河雲彩輕。故花多露草，隔樹聞鶴鳴。摇落從此始，别離含遠情。聞君當是夕，倚瑟吟商聲。外物豈不足，中懷向誰傾？秋來念歸去，同聽嵩陽笙。」與白詩格韻皆同，可知必爲此詩之和作。又此詩有「再見新蟬鳴」之句，則必作於七年秋，蓋禹錫以大和五年冬與居易别，至是凡兩度逢秋也。唐宋詩醇卷二五：「琢句清雅似王維。」

【校】

〔荻竹〕「荻」，宋本訛作「荻」。

〔雲水〕「水」，宋本、那波本、盧校俱作「外」。全詩注云：「一作『水』。」

哭崔常侍晦叔

頑賤一拳石，精珍百鍊金。名價既相遠，交分何其深？中誠一以合，外物不能侵。逶迤二十年，與世同浮沉。晚有退閑約，白首歸雲林。垂老忽相失，悲哉口語心。春日嵩高陽，秋夜清洛陰。丘園共誰卜？山水共誰尋？風月共誰賞？詩篇共誰吟？花開共誰看？酒熟共誰斟？惠死莊杜口，鍾殁師廢琴。道理使之然，從古非獨今。吾道自此孤，我情安可任？唯將病眼淚，一灑秋風襟。

【箋】

作於大和七年（八三三），六十二歲，洛陽，太子賓客分司。見陳譜及汪譜。

〔崔常侍晦叔〕崔玄亮。舊書卷一六五本傳：「（大和）七年，以疾求外任，宰相以弘農便其所請，乃授檢校左散騎常侍、虢州刺史。是歲七月卒於任所。」白氏唐故虢州刺史贈禮部尚書崔公墓誌銘（卷七〇）：「大和七年七月十一日遇疾薨於虢州廨舍。」參見題崔常侍濟源莊（卷二五）、題崔常侍濟上別墅（卷二七）、六年冬暮贈崔常侍晦叔（卷三一）等詩。

〔丘園共誰卜六句〕甌北詩話卷四：「香山於古詩、律詩中，又多創體，自成一格。……哭崔晦叔五古内：『丘園共誰卜？……酒熟共誰斟？』連用疊調，此一體也。」

【校】

〔退閑〕「閑」，英華作「寒」。全詩注云：「一作『寒』。」

〔春日嵩高陽〕汪本注云：「一作『春日高嵩陽』。」全詩「嵩高」下注云：「一作『高嵩』。」

新秋曉興

濁暑忽已退，清宵未全長。晨釭耿殘焰，宿閤凝微香。喔喔雞下樹，輝輝日上梁。枕低茵席軟，卧穩身入牀。睡足景猶早，起初風乍涼。展張小屏障，收拾生衣裳。還有惆悵事，遲遲未能忘。拂鏡梳白髮，可憐冰照霜！

【箋】

作於大和七年（八三三），六十二歲，洛陽，太子賓客分司。

【校】

〔題〕宋本、那波本俱誤作「新秋晚興」。

秋日與張賓客舒著作同遊龍門醉中狂歌凡二百三十八字

秋天高高秋光清，秋風嫋嫋秋蟲鳴。嵩峯餘霞錦綺卷，伊水細浪鱗甲生。洛陽閑客知無數，少出遊山多在城。商嶺老人自追逐，蓬丘逸士相逢迎。南出鼎門十八里，莊店邐迆橋道平。不寒不熱好時節，鞍馬穩快衣衫輕。並轡躑躅下西岸，扣舷容與遶中汀。開懷曠達無所繫，觸目勝絶不可名。荷衰欲黄荇猶緑，魚樂自躍鷗不驚。翠藻蔓長孔雀尾，彩船櫓急寒雁聲。家醖一壺白玉液，野花數把黄金英。晝遊四看西日暮，夜話三及東方明。暫停盃觴輟吟詠，我有狂言君試聽。丈夫一生有二志，兼濟獨善難得并。不能救療生民病，即須先濯塵土纓。况吾頭白眼已暗，終日戚促何所成？不如展眉開口笑，龍門醉卧香山行。

【箋】

作於大和七年（八三三），六十二歲，洛陽，太子賓客分司。

〔張賓客〕張仲方。貞元中，進士擢第。大和七年，李德裕輔政，出爲太子賓客分司。見舊書卷一七一本傳、白氏唐故銀青光禄大夫秘書監曲江縣開國伯贈禮部尚書范陽張公墓誌銘（卷七〇)。又白氏常樂里閑居偶題十六韻……詩(卷五)中之「張十五仲元」(城按:當作「仲方」)及贈皇甫六張十五李二十三賓客詩(卷三一)中之「張十五賓客」均指仲方。並參見早春招張賓客詩(卷三一)。

〔舒著作〕舒元輿。大和五年八月,自刑部員外郎改授著作郎分司東都。見舊書卷一六九、新書卷一七九本傳。並參見九日代羅樊二妓招舒著作(卷三一)、送舒著作重授省郎赴闕(卷三一)兩詩。

〔龍門〕龍門山。見卷二五龍門下作詩箋。

〔鼎門〕洛陽外郭城南定鼎門,在皇城端門之南七里。見兩京城坊考卷五。

【校】

〔題〕宋本、那波本「百」上脱「二」字。

履信池櫻桃島上醉後走筆送別舒員外兼寄宗正李卿考功崔郎中

櫻桃島前春,去春花萬枝。忽憶與宗卿閑飲日,又憶與考功狂醉時。歲晚無花空有葉,風吹滿地乾重疊。踏葉悲秋復憶春,池邊樹下重殷勤。今朝一酌臨寒水,此地三迴别故人。櫻桃花，來春千萬朵，來春共誰花下坐？不論崔李上青雲，明日舒三亦抛我。

【箋】

作於大和七年（八三三），六十二歲，洛陽，太子賓客分司。

〔履信池〕在洛陽履信坊太子賓客李仍叔宅。元河南志卷一：「宅有櫻桃池，仍淑嘗與白居易、劉禹錫會其上。」城按：「仍淑」當作「仍叔」。兩京城坊考卷五亦誤引作「仍淑」。

〔舒員外〕舒元輿。見卷二二苦熱中寄舒員外詩箋。並參見舒員外遊香山寺數日不歸兼辱尺書大誇勝事時正值坐衙慮囚之際走筆題長句以贈之（卷二二）、菩提寺上方晚望香山寺寄舒員外（卷三〇）、濟源上枉舒員外兩篇因酬六韻（外集卷中）等詩。

〔宗正李卿〕宗正卿李仍叔。舊書卷十七下文宗紀：「（大和八年七月）辛酉，定陵臺大雨，震東廊，廊下地裂一百三十尺。詔宗正卿李仍叔啓告修塞，……（十二月）己亥，以宗正卿李仍叔爲湖南觀察使。」新書卷七〇上宗室世系表蜀王房：「宗正卿仍叔，字周美。初名章甫。」郎官考卷九考功郎中有「李仍叔」名，在趙宗儒後二人。白氏三月三日祓禊洛濱詩序（卷三三）有「太子賓客李仍叔」，據舊書卷十七下文宗紀，蘇州刺史盧周仁爲湖南觀察使（城按：各本舊書均誤作河南觀察使，據吴廷燮唐方鎮年表改正）在大和九年八月，則仍叔罷歸爲太子賓客分司當在此時。

〔考功崔郎中〕崔龜從。舊書卷一七六崔龜從傳：「大和二年，改太常博士。……累轉考功郎中、史館修撰。九年，轉司勳郎中、知制誥。」郎官考卷九考功郎中有崔龜從名，在盧簡辭後一人。白氏此詩作於大和七年秋末，與龜從爲考功郎中時間正合。又白氏送考功崔郎中赴闕（卷三一）、池上送考功郎中兼别房賓二妓（卷三一）兩詩中之「崔郎中」均指龜從。

〔舒三〕舒元輿。白氏有酬舒三員外見贈長句詩（卷三一）。岑仲勉唐人行第録舒三條：「按：元輿，舊一六九、新一七九有傳。據舊傳，大和五年八月，由刑外改授著作郎分司東都。李訓爲文宗寵遇，復召爲尚書郎。其仕歷恰與白詩無異，故知舒三即元輿矣。白氏自己編集，毫不爲諱，是固不怵於宦官之勢力者。」城按：岑氏之説甚是。俞文豹吹劍三録：「舒元輿阿附李訓得爲相，訓欲收人心，由散地起裴度、鄭覃等，元輿作牡丹賦，末云：『美乎后土之産物也，使其華如此之偉；何前代寂寞而無聞，今則昌然而大來。』蓋侈其事以阿訓也。及死於甘露之禍，文宗因觀牡丹，讀其賦泣下。」

秋池獨泛

蕭疏秋竹籬，清淺秋風池。一隻短舫艇，一張班鹿皮。皮上有野叟，手中持酒卮。半酣箕踞坐，自問身爲誰？嚴子垂釣日，蘇門長嘯時。悠然意自得，意外何人知？

【箋】作於大和七年（八三三），六十二歲，洛陽，太子賓客分司。

【校】〔短舫艇〕「舫」，宋本、那波本俱作「艕」。何校：「『艕』字從黄校，蘭雪亦作『艕』。」

冬日早起閑詠

冰塘耀初旭，風竹飄餘霰。幽境雖目前，不因閑不見。晨起對爐香，道經尋兩卷。晚坐拂琴塵，秋思彈一遍。此外更無事，開樽時自勸。何必東風來？一盃春上面。

【箋】作於大和七年（八三三），六十二歲，洛陽，太子賓客分司。何義門云：「杜牧詩云：『景物登臨閑始見。』末二句反結今日，又與解凍相關。」

【校】〔冰塘〕「冰」，全詩作「水」，注云：「一作『冰』。」

歲暮

慘澹歲云暮，窮陰動經旬。霜風裂人面，冰雪摧車輪。而我當是時，獨不知苦辛。晨炊廩有米，夕爨廚有薪。夾帽長覆耳，重裘寬裹身。加之一盃酒，煦嫗如陽春。洛城士與庶，比屋多飢貧。何處爐有火？誰家甑無塵？如我飽煖者，百人無一人。安得不慚愧，放歌聊自陳。

【箋】

作於大和七年（八三三），六十二歲，洛陽，太子賓客分司。

南池早春有懷

朝遊北橋上，晚憩南塘畔。西日雪全銷，東風冰盡泮。簁簁魚尾掉，瞥瞥鵝毛換。泥暖草芽生，沙虛泉脈散。晴芳冒苔島，宿潤侵蒲岸。洛下日初長，江南春欲半。時光共抛擲，人事堪嗟嘆。倚棹忽尋思，去年池上伴。

【箋】 作於大和八年(八三四),六十三歲,洛陽,太子賓客分司。唐宋詩醇卷二五:「妙於體物,息心静觀得之。」

【校】 〔南池〕 白氏有首夏南池獨酌詩(卷三六)。

〔篴篴〕 此下馬本注云:「中之切。」

〔瞥瞥〕 此下馬本注云:「匹滅切。」

古意

脈脈復脈脈,美人千里隔。不見來幾時?瑶草三四碧。玉琴聲悄悄,鸞鏡塵冪冪。昔爲連理枝,今作分飛翮。寄書多不達,加飯終無益。心腸不自寬,衣帶何由窄?

【箋】 作於大和八年(八三四),六十三歲,洛陽,太子賓客分司。何義門云:「末二句翻用。」

【校】

〔加飯〕何校：「『飯』，蘭雪作『飡』。」

山遊示小妓

雙鬟垂未合，三十纔過半。本是綺羅人，今爲山水伴。春泉共揮弄，好樹同攀玩。笑容花底迷，酒思風前亂。紅凝舞袖急，黛慘歌聲緩。莫唱楊柳枝，無腸與君斷。

【箋】

作於大和八年（八三四），六十三歲，洛陽，太子賓客分司。

神照禪師同宿

八年三月晦，山梨花滿枝。龍門水西寺，夜與遠公期。晏坐自相對，密語誰得知？前後際斷處，一念不生時。

【箋】作於大和八年（八三四），六十三歲，洛陽，太子賓客分司。查慎行白香山詩評：「『前後際斷處』二句，此境界正自難到。」

〔神照禪師〕見卷二七贈神照上人詩箋。並參見喜照密閑實四上人見過詩（卷三一）。

【校】〔三月〕宋本、那波本、英華、何校、盧校俱作「二月」。全詩注云：「一作『二』。」

〔誰得知〕「得」，全詩注云：「一作『能』。」

張常侍相訪

西亭晚寂寞，鶯散柳陰繁。水户簾不卷，風牀席自翻。忽聞車馬客，來訪蓬蒿門。況是張常侍，安得不開樽？

【箋】作於大和八年（八三四），六十三歲，洛陽，太子賓客分司。

〔張常侍〕張仲方。舊書卷一七一本傳：「太（大）和初，出爲福州刺史、兼御史中丞、福建觀察使。三年，入爲太子賓客。五年四月，轉右散騎常侍（城按：新書卷一二六本傳作左散騎常侍)。七年,李德裕輔政,出爲太子賓客分司。八年,德裕罷相,李宗閔復召仲方爲常侍。」舊書卷十七下文宗紀:「(大和七年三月)壬辰,以左散騎常侍張仲方爲太子賓客分司。……(大和八年十二月)己丑,以太子賓客分司張仲方爲左散騎常侍。」則白氏作此詩時,仲方猶官太子賓客分司。並參見張常侍池涼夜閑讌贈諸公(本卷)、雪中晏起偶詠所懷兼呈張常侍韋庶子皇甫郎中(卷三〇)、除夜言懷兼贈張常侍(外集卷上)、送張常侍西歸(外集卷上)等詩。

早夏遊宴

雖慵興猶在,雖老心猶健。昨日山水遊,今朝花酒宴。山榴豔似火,玉蕊飄如霰。榮落逐瞬遷,炎涼隨刻變。未收木綿褥,已動蒲葵扇。且喜物與人,年年得相見。

【箋】作於大和八年(八三四),六十三歲,洛陽,太子賓客分司。

【校】〔今朝〕「朝」,馬本作「日」,據宋本、那波本、汪本、全詩、盧校改。

感白蓮花

白白芙蓉花，本生吴江濆。不與紅者雜，色類自區分。誰移爾至此？姑蘇白使君。初來苦顦顇，久乃芳氛氳。月月葉換葉，年年根生根。陳根與故葉，銷化成泥塵。化者日已遠，來者日復新。一爲池中物，永别江南春。忽想西涼州，中有天寶民。埋殁漢父祖，孳生胡子孫。已忘鄉土戀，豈念君親恩？生人尚復爾，草木何足云！

【箋】作於大和八年（八三四），六十三歲，洛陽，太子賓客分司。何義門云：「此似不類。」查慎行白香山詩評：「『忽想西涼州』至末，事具縛戎人樂府中。」城按：亦可參見白氏西涼州詩（卷四）。

詠所樂

獸樂在山谷，魚樂在陂池。蟲樂在深草，鳥樂在高枝。所樂雖不同，同歸適其宜。不以彼易此，況論是與非！而我何所樂？所樂在分司。分司有何樂？樂哉人不知。官優有祿料，職散無羈縻。懶與道相近，鈍將閑自隨。昨朝拜表迴，今晚行香歸。歸來北窗下，解巾脱塵衣。冷泉灌我頂，暖水濯四支。體中幸無疾，卧任清風吹。心中又無事，坐任白日移。或開書一篇，或引酒一巵。但得如今日，終身無厭時。

【箋】作於大和八年（八三四），六十三歲，洛陽，太子賓客分司。何義門云：「『蟲樂在深草』，此句無人道過。」

思舊

閑日一思舊，舊遊如目前。再思今何在？零落歸下泉。退之服流黄，一病訖不痊。微之鍊秋石，未老身溘然。杜子得丹訣，終日斷腥羶。崔君誇藥力，經冬不衣綿。或疾或暴夭，悉不過中年。唯予不服食，老命反遲延。況在少壯時，亦爲嗜欲牽。但耽葷與血，不識汞與鉛。飢來吞熱物，渴來飲寒泉。詩役五藏神，酒汩三丹田。隨日合破壞，至今粗完全。齒牙未缺落，支體尚輕便。已開第七秩，飽食仍安眠。且進盃中物，其餘皆付天。

【箋】

作於大和八年（八三四），六十三歲，洛陽，太子賓客分司。

〔退之服流黄二句〕此兩句詩歷來聚訟紛紜，或謂指韓愈，或謂指衛中立。謂昌黎服食硫黄之説，最早始於陶穀清異録卷一云：「昌黎公愈晚年頗親脂粉，故事：服食用硫黄末攪粥飯啖雞男，不使交，千日烹庖名火靈庫。公間日進一隻焉。始亦見功，終致絶命。」葛立方韻語陽秋卷六亦引白氏此詩，謂昌黎服食至死。謂服食硫黄係衛中立者，如清汪師韓韓門綴學卷五云：「孔毅夫雜説稱退之晚年有聲妓而服金石藥，引張文昌詩云：『爲出二侍女，合彈琵琶箏。』白香山詩云：『退之服硫黄，一病訖不痊。』謂退之嘗譏人不解文字飲，而自敗於女妓，作李博士墓誌戒人服金石藥，而自餌硫黄。陳後山詩話亦同。俗人故援此爲口實也。嘗考韓公二妾號絳桃、柳枝者，僅見王讜唐語林及邵氏聞見録（原注：聞見録作「倩桃、風柳」），其引韓集詩云：『不見園花并巷柳，馬頭惟有月團團。』以爲寄意二姝之作。又云：『別來楊柳街頭樹，擺亂春風只欲飛。』并疑柳枝有踰垣追獲之事。竊謂絳桃、柳枝之名，亦由詩中有園花巷柳楊柳桃李之字（原注：因詩云「惟有小園桃李在」，遂以桃爲絳桃。）設爲之名，而文昌所指二侍女者，侍女而已矣，何必傳其名哉！文昌承韓公指教，相知最深，是以文酒之會得見其侍女，於其没也，叙交契之踰等至乎此，而豈攻詰其短歟？不然，博塞之戲，無實之談，文昌猶致書悻悻焉，何獨於聲妓隱而不言？至白傅思舊一詩，則吕汲公嘗明之云：衛中立，字退之，餌奇藥求不死而卒死。樂天所指服硫黄而一病不痊者，乃中立也。唐語林又言：韓愈病卒，召羣僚曰：吾不藥，今將死矣。汝詳視吾手足肢體，無誑人云。夫韓公之行事，則新、舊唐書載之矣。其言則本集傳之矣，文人樂聞邪説，以誣謗前賢。」盧文弨抱經堂文集卷十一書韓門綴學後贊同汪説云：「其引吕汲公之言，謂白香山詩所云『退之服硫黄，一病訖不痊』，乃衛中立，其字與昌黎同耳。又引唐語林，言『文公病將卒，召羣僚曰：吾不藥，今將病死矣。汝詳視吾手足肢體，無誑人云』，此尤可爲確證，一洗孔毅夫雜説、陳後山詩話之誣。而絳桃、柳枝之名，謂皆出於傅會，其論甚快。」錢大昕十駕齋養新録卷十六：「白樂天詩：『退之服硫黄，一病訖不痊。』後人因以爲昌黎晚年惑金石藥之證。頃閲洪慶善韓子年譜，有方崧卿辯證一條云：衛府君墓誌，今本作衛之元，其實中立也。衛晏三子：長之元，字造微；次中立，字退之；次中行，字大受。誌首云兄弟三人，後只云與弟中行别，則其爲中立誌無疑。中立餌奇藥，求不死，而卒死。樂天詩謂『退之服硫黄』者，乃中立也。近世李季可謂公長慶三年作李干墓誌，力詆六七公皆以藥敗，明年則公卒，豈咫尺之間身試其禍哉！」徐經雅歌堂甃坪詩話卷二所論亦與汪氏、錢氏之説同。城按：此爲昌黎辯護，均韓門衛道者腐論，是誠如胡震亨唐音癸籤卷二五談叢一所云「退之亦文士雄耳，近被腐老生因其闢老、釋硬推入孔家廡下，翻令一步那動不得」也。考陳寅恪元白詩箋證稿附論白樂天之思想行爲與佛道關係云：「樂天之舊友至交，而見於此詩之諸人，如元稹、杜元穎、崔羣，皆當時宰相藩鎮大臣，且爲文學詞科之高選，所謂第一流人物也。若衞中立則既非由進士出身，位止邊帥幕寮之末職，復非當日文壇之健者，斷無與微之諸人並述之理。然則此詩中之退之，固舍昌黎莫屬矣。方崧卿、李季可、錢大昕諸人雖意在爲賢者辯護，然其説實不能成立也。考陶穀清異録貳載昌黎以硫黄飼雞男食之，號曰『火靈庫』。陶爲五代時人，距元和、長慶時代不甚遠，其説當有所據。至昌黎何以如此言行相矛盾，則疑當時士大夫爲聲色所累，即自號超脱，亦終不能免。」陳氏所論良是，然謂此詩「崔君誇藥力」句中之「崔君」即崔羣，仍有未諦。蓋此詩下句又云：「經冬不衣綿。」白氏崔玄亮墓誌銘（卷七〇）云：「公夙黄、老之術，齋心受籙，伏氣鍊形，暑不流汗，冬不挾纊。……」可知「崔君」乃崔玄亮也。

〔杜子得丹訣二句〕何義門云：「杜疑杜元穎。」城按：何説是也。元穎大和三年十二月自劍南西川節度使貶爲循州司馬。六年，卒於貶所。見舊書卷一六三、新書卷九六本傳、舊書卷十七上文宗紀。

〔崔君誇藥力二句〕崔玄亮卒於大和七年七月十一日。見白氏崔玄亮墓誌銘（卷七〇）。並參見前「退之服流黄」句箋。又白氏感事詩（卷三三）云：「服氣崔常侍，燒丹鄭舍人。常期生羽翼，那忽化灰塵。」

【校】

〔汞與鉛〕「汞」，馬本注云：「胡孔切。」

〔且進〕「進」，全詩注云：「一作『盡』。」

寄盧少卿

老誨心不亂，莊誡形太勞。生命既能保，死籍亦可逃。嘉肴與旨酒，信是腐腸膏。豔聲與麗色，真爲伐性刀。補養在積功，如裘集衆毛。將欲致千里，可得差一毫。心不亂、形太勞至差一毫，皆出老、莊及諸道書、仙方、禁誡。顔回何爲者？簞瓢纔自給。肥醲不到口，年不登三十。張蒼何爲者？染愛浩無際。妾媵填後房，竟壽百餘歲。蒼壽有何德？回夭有何辜？誰謂具聖體，不如肥瓠軀？遂使世俗心，多疑仙道書。寄問盧先生，此理當何如？

【箋】

作於大和八年（八三四），六十三歲，洛陽，太子賓客分司。查慎行白香山詩評：「『老誨心不亂，莊戒形太勞』，守此二語，形神兩適矣。」

〔盧少卿〕白居易與盧貞有唱和，或即其人。城按：舊書卷十七下文宗紀：「（開成四年正月）丙午，以大理卿盧貞爲福建觀察使。」盧貞任大理卿前之官職，史無明文，或即大理少卿之類。白氏此詩作於大和末，與盧貞「少卿」身份正合。貞會昌初爲河南尹，即白詩中之「盧尹中丞」是也。（白集中盧貞字子蒙者係另一人。）

【校】

〔題〕汪本、全詩作「盧少尹」，全詩注云：「一作『卿』。」

〔一毫〕此下那波本無注。

〔張蒼〕「蒼」，那波本、汪本俱作「倉」。下同。

池上清晨候皇甫郎中

曉景麗未熱，晨飈鮮且涼。池幽綠蘋合，霜潔白蓮香。深掃竹間逕，静拂松下牀。玉柄鶴翎扇，銀罌雲母漿。屏除無俗物，瞻望唯清光。何人擬相訪？嬴女從蕭郎。

【箋】

作於大和八年（八三四），六十三歲，洛陽，太子賓客分司。

〔皇甫郎中〕皇甫曙。字朗之，居易之親家翁。歷河南少尹、絳州刺史、澤州刺史等官。白氏答皇甫十郎中秋深酒熟見憶詩（卷三二）中之「皇甫十郎中」，龍門送別皇甫澤州赴任韋山人南遊詩（卷三二）中之「皇甫澤州」，閑吟贈皇甫郎中親家翁詩（卷三四）中之「皇甫郎中親家翁」，詠懷寄皇甫朗之詩（卷三四）中之「皇甫朗之」，劉集卷二八送河南皇甫少尹赴絳州詩中之「皇甫少尹」，全詩卷三六一劉禹錫酬皇甫十少尹暮秋久雨喜晴有懷見示詩中之「皇甫十少尹」，均指曙也。並參見白氏和皇甫郎中秋曉同登天宫閣言懷六韻（本卷）、雪中晏起偶詠所懷兼呈張常侍韋庶子皇甫郎中（卷三〇）、藍田劉明府攜酎相過與皇甫郎中卯時同飲醉後贈之（卷三一）、玩半開花贈皇甫郎中（卷三一）、對晚開夜合花贈皇甫郎中（卷三二）、酬皇甫郎中對新菊花見憶（卷三二）、五月齋戒罷宴徹樂聞韋賓客皇甫郎中飲會亦稀又知欲攜酒饌出齋先以長句呈謝（卷三二）、閑居偶吟招鄭庶子皇甫郎中（卷三六）等詩。

詠　懷

我知世無幻，了無干世意。世知我無堪，亦無責我事。由兹兩相忘，因得長自遂。自遂意何如？閑官在閑地。閑地唯東都，東都少名利。閑官是賓客，賓客無牽累。嵇康日日懶，畢卓時時醉。酒肆夜深歸，僧房日高睡。形安不勞苦，神泰無憂畏。從宦三十年，無如今氣味。鴻雖脱羅弋，鶴尚居禄位。唯此未忘懷，有時猶内愧！

【箋】作於大和八年（八三四），六十三歲，洛陽，太子賓客分司。

【校】

〔題〕汪本訛作「詠雪」。

〔從宦〕「宦」，各本俱訛作「官」，據盧校改正。

北窗三友

今日北窗下，自問何所爲？欣然得三友，三友者爲誰？琴罷輒舉酒，酒罷輒吟詩。三友遞相引，循環無已時。一彈愜中心，一詠暢四支。猶恐中有間，以醉彌縫之。豈獨吾拙好？古人多若斯。嗜詩有淵明，嗜琴有啓期。嗜酒有伯倫，三人皆吾師。或乏儋石儲，或穿帶索衣。絃歌復觴詠，樂道知所歸。三師去已遠，高風不可追。三友游甚熟，無日不相隨。左擲白玉卮，右拂黄金徽。興酣不疊紙，走筆操狂詞。誰能持此詞？爲我謝親知。縱未以爲是，豈以我爲非？

【箋】

作於大和八年（八三四），六十三歲，洛陽，太子賓客分司。唐宋詩醇卷二五：「『猶恐中有間，以醉彌縫之』，濁醪妙理如是，正從『三日不飲，覺形神不復相親』語化出。有三友，便有三師，涉筆成趣。」

〔三友〕杭世駿訂譌類編續補卷下：「雜纂：唐白樂天以詩酒琴爲三友，今人言三酉爲酒，音同之誤也。」

【校】

〔吾師〕「吾」，宋本、那波本俱作「我」。

〔儋石〕「儋」，那波本作「擔」。按：「擔石」同「儋石」。宋本作「檐」，誤。

吟四雖 雜言。

酒酣後，歌歇時。請君添一酌，聽我吟四雖。年雖老，猶少於韋長史。命雖薄，猶勝於鄭長水。眼雖病，猶明於徐郎中。家雖貧，猶富於郭庶子。省躬審分何僥倖？值酒逢歌且歡喜。忘榮知足委天和，亦應得盡生生理。分司同官中，韋長史績年七十餘，郭庶子求貧苦最甚，徐郎中晦因疾喪明，予爲河南尹時，見同年鄭俞始受長水縣令，因歎四子而成此篇也。

【箋】

作於大和八年（八三四），六十三歲，洛陽，太子賓客分司。

〔韋長史〕韋續。白氏此詩原注：「分司同官中，韋長史續，年七十餘。」

〔鄭長水〕長水縣令鄭俞。居易之同年。即早春雪後贈洛陽李長官長水鄭明府二同年詩（卷二八）中之「鄭明府」，酬鄭二司録與李六郎中寒食日相遇同宴見贈詩（卷三三）中之「鄭二司録」。白氏此詩原注：「予爲河南尹時，見同年鄭俞始受長水縣令。」唐詩紀事卷四五：「鄭俞，登貞元十六年進士第，杜元穎、吴丹、白樂天皆同年登科。」

〔徐郎中〕徐晦。白氏此詩原注：「徐郎中晦因疾喪明。」城按：徐晦，字大章，貞元十八年進士擢第。歷殿中侍御史，尚書郎，中書舍人。大和五年爲太子賓客分司東都。晚年因嗜酒太過喪明。卒於開成三年。見舊書卷一六五本傳、登科記考卷十五。又劉集外五寄唐州楊八歸厚詩自注云：「時徐晦、楊嗣復二舍人與唐州俱同年及第。」大唐傳載云：「徐尚書晦、沈吏部傳師，徐公嗜酒，沈公善飡。楊東川嗣復嘗云：徐家肺，沈家脾，真安穩耶！」

〔郭庶子〕郭求。白氏此詩原注云：「郭庶子求貧苦最甚。」城按：郭求，兩唐書無傳。京兆人。元和二年，賢良方正能言極諫科及第，自藍田尉、史館修撰充翰林學士。大和五年，自太子左庶子貶爲婺王府司馬。元和姓纂十九鐸：「司農郎中懷州刺史郭齊宗曾孫求，校書郎，京兆人。」唐摭言卷二府元落：「郭求（元和元年）。」重修承旨學士壁記：「郭求，元和十一年十一月六日，自藍田尉、史館修撰充。八月，遷左拾遺。十一月八日，出守本官。」勞格讀書雜識卷六云：「案壁記年月有誤。」故岑仲勉翰林學士壁記注補據以考訂謂「此處之『十一年』殆『九年』之誤，而下文『八月』之上殆奪『十年』二字」，其説甚是。又新書卷一六九韋貫之傳：「故罷爲吏部侍郎，於是翰林學士、左拾遺郭求上疏申理，詔免求學士，出貫之爲湖南觀察使。」據舊書卷十五憲宗紀，貫之元和十一年八月壬寅（九日）罷爲吏部侍郎，九月丙子（十四日），再貶湖南，則郭求罷學士必在是年八九月間。又舊書卷十七下文宗紀：「（大和五年）九月丙申朔，甲辰，貶太子左庶子郭求爲婺王府司馬，以其心疾與同寮忿競也。」則白氏作此詩時，求蓋已罷太子左庶子職。

【校】

〔生理〕此下那波本無注。注中「受」字，馬本作「及」，據宋本、全詩改。汪本作「授」。

裴侍中晉公以集賢林亭即事詩二十六韻見贈猥蒙徵和才拙詞繁輒廣爲五百言以伸酬獻

三江路萬里，五湖天一涯。何如集賢第，中有平津池？池勝主見覺，景新人未知。竹森翠琅玕，水深洞琉璃。水竹以爲質，質立而文隨。文之者何人？公來親指麾。疏鑿出人意，結構得地宜。靈襟一搜索，勝概無遁遺。因下張沼沚，依高築階基。嵩峯見數片，伊水分一枝。南溪修且直，長波碧逶迤。北館壯復麗，倒影紅參差。東島號晨光，杲曜迎朝曦。西嶺名夕陽，杳暧留落暉。前有水心亭，動蕩架漣漪。後有開闔堂，寒温變天時。幽泉鏡泓澄，怪石山攲危。已上八所各具本名。春葩雪漠漠，謂杏花島。夏果珠離離。謂櫻桃島。主人命方舟，宛在水中坻。親賓次第至，酒樂前後施。解纜始登汎，山遊仍水嬉。沿洄無滯礙，向背窮幽奇。瞥過遠橋下，飄旋深澗陲。管絃去縹緲，羅綺來霏微。棹風逐舞迴，梁塵隨歌飛。宴餘日云暮，醉客未放歸。高聲索彩牋，大笑催金巵。唱和筆走疾，問答盃行遲。一詠清兩耳，一酣暢四支。主客忘貴賤，不知俱是誰？客有詩魔者，吟哦不知疲。乞公殘紙墨，一掃狂歌詞。維云社稷臣，赫赫文武姿。十授丞相印，五建大將旗。四朝致勛華，一身冠皐夔。去年才七十，決赴懸車期。公志不可奪，君恩亦難違。從容就中道，俛僶來保釐。貂蟬雖未脱，鸞凰已不羈。歷徵今與古，獨步無等夷。陸賈功業少，二疏官秩卑。乘舟范蠡懼，辟穀留侯飢。豈如公今日，身安家國肥？羊祜在漢南，空留峴首碑。柳惲在江南，祇賦汀洲詩。謝安入東山，但説攜蛾眉。山簡醉高陽，唯聞倒接䍦。豈如公今日，餘力兼有之。願公壽如山，安樂長在兹。願我比蒲稗，永得相因依。謝靈運詩云：「蒲稗相因依。」

【箋】作於大和九年（八三五），六十四歲，洛陽，太子賓客分司。唐宋詩醇卷二五：「『三江路千里』

至『夏果珠離離』，詳叙林亭結構之勝。『公來親指麾』五句，特筆提寫，平章風月，行所無事，是大作用人間中經濟也。『主人命方舟』至『不知俱是誰』，極言宴飲之樂。『客有詩魔者』至『鸞凰已不羈』，入到自己，歷叙裴之功名出處，數行一筆寫出。『歷徵今與古』至『餘力兼有之』，又歷舉古人作襯，見其兼有衆美。『願公壽如山』四句，以祝頌意作結。洋洋大篇，一氣呵成，又復莊重得體，真絶大手筆，亦惟度足以當之。」城按：「三江路千里」句中之「千里」當作「萬里」，詩醇所引非，見後校文。

〔裴侍中晉公〕裴度。元和十三年二月，以平淮蔡有功，封晉國公。大和四年九月，加守司徒、兼侍中、襄州刺史、充山南東道節度使。八年三月，以本官判東都尚書省事、充東都留守。九年十月，進位中書令。見舊書卷一七〇本傳、卷十七下文宗紀。並參見裴侍中晉公出討淮西時過女几山下刻石題詩……居易作詩二百言繼題公之篇末……（卷三〇）、和裴侍中南園静興見示（卷三〇）、夜宴醉後留獻裴侍中（卷三一）等詩。

〔集賢林亭〕裴度集賢坊宅第之園亭，在洛陽長夏門之東第三街。舊書卷一七〇裴度傳：「東都立第於集賢里，築山穿池，竹木叢萃，有風亭水榭，梯橋架閣，島嶼迴環，極都城之勝概。」參見白氏和劉汝州酬侍中見寄長句因書集賢坊勝事戲而問之（卷三一）、集賢池答侍中問（卷三一）等詩。

〔去年才七十〕何義門云：「七十爲東都留守。」

〔顧我比蒲稗二句〕此下白氏自注云：「謝靈運詩云：『蒲稗相因依。』」城按：此爲文選謝靈運石壁精舍還湖中詩句，可見其平易句亦必有本，蓋唐人最重文選也。

【校】

〔萬里〕「萬」，馬本、汪本、全詩俱作「千」，據宋本、那波本、盧校改。

〔集賢第〕「第」，馬本作「地」，非。據宋本、那波本、汪本、全詩改正。

〔見覺〕「見」，那波本作「先」。

〔分一枝〕「枝」，馬本、汪本、全詩俱作「支」，據宋本、那波本、盧校改。

〔杲曜〕「杲」，宋本、馬本俱訛作「泉」，據那波本、汪本、盧校改正。全詩注云：「一作『泉』。」亦非。

〔杳曖〕「杳」，馬本訛作「香」，據宋本、那波本、汪本、全詩改正。

〔欹危〕此下馬本、那波本俱無注，據宋本、汪本、全詩增。

〔漠漠〕此下馬本、那波本俱無注，據宋本、汪本、全詩增。

〔離離〕此下馬本、那波本俱無注，據宋本、汪本、全詩增。

〔難違〕「違」，馬本、全詩俱作「希」，非。據宋本、那波本、汪本改正。全詩注云：「一作『違』。」亦非。

〔豈如〕「如」，宋本、那波本、全詩俱作「若」。下「豈如」無異文。

〔因依〕此下那波本無注。

晚歸香山寺因詠所懷

我年日已老，我身日已閑。閑出都門望，但見水與山。闕塞碧巖巖，伊流清潺潺。中有古精舍，軒户無扃關。岸草歇可籍，逕蘿行可攀。朝隨浮雲出，夕與飛鳥還。吾道本迂拙，世途多險艱。嘗聞嵇吕輩，尤悔生疏頑。巢悟入箕潁，皓知返商顔。豈唯樂肥遁，聊復袪憂患。吾亦從此去，終老伊嵩間。

【箋】

作於大和九年（八三五），六十四歲，洛陽，太子賓客分司。

〔香山寺〕見卷二三香山寺石樓潭夜浴詩箋。並參見舒員外遊香山寺數日不歸兼辱尺書大誇勝事時正值坐衙慮囚之際走筆題長句以贈之（卷二二）、菩提寺上方晚望香山寺寄舒員外（卷三〇）、重修香山寺畢題二十二韻以紀之（卷三一）、香山寺（卷三一）、宿香山寺酬廣陵牛相公見寄（卷三三）、五年秋病後獨宿香山寺（卷三五）等詩。

【校】

〔闕塞〕「闕」，各本俱誤作「關」。何校：「『關』當作『闕』。」城按：闕塞山即伊闕山，何校是，今改正。

〔商顏〕「顏」，馬本、全詩俱作「顛」，據宋本、那波本、汪本、盧校改。全詩注云：「一作『顏』。」城按：漢書溝洫志：「穿渠自徵引洛水至商顏下。」顏注：「應劭曰：徵在馮翊。商顏，山名也。師古曰：徵音懲，即今所謂澄城也。商顏，商山之顏也。謂之顏者，譬人之顏額也，亦猶山領象人之頸領。」顏説是。

張常侍池涼夜閑讌贈諸公

竹橋新月上，水岸涼風至。對月五六人，管絃三兩事。留連池上酌，欵曲城外意。或嘯或謳吟，誰知此閑味？迴看市朝客，矻矻趨名利。朝忙少遊宴，夕困多眠睡。清涼屬吾徒，相逢勿辭醉。

【箋】作於大和九年（八三五），六十四歲，洛陽，太子賓客分司。

〔張常侍〕見本卷張常侍相訪詩箋。

和皇甫郎中秋曉同登天宮閣言懷六韻

碧天忽已高，白日猶未短。玲瓏曉樓閣，清脆秋絲管。張翰一盃酣，嵇康終日懶。塵中足憂累，雲外多疏散。病木斧斤遺，冥鴻羈緤斷。逍遥二三子，永願爲閑伴。

【箋】作於大和九年（八三五），六十四歲，洛陽。太子賓客分司。查慎行白香山詩評：「『碧天忽已高』四句，秋曉二字寫得出。」〔皇甫郎中〕皇甫曙。見本卷池上清晨候皇甫郎中詩箋。〔天宫閣〕見卷二八登天宫閣詩箋。並參見天宫閣早春（卷二八）、早春獨登天宫閣（卷三四）等詩。

送呂漳州

今朝一壺酒，言送漳州牧。半自要閑遊，愛花憐草緑。花前下鞍馬，草上攜絲竹。行客飲數盃，主人歌一曲。端居惜風景，屢出勞僮僕。獨醉似無名，借君作題目。

【箋】作於大和九年（八三五），六十四歲，洛陽，太子賓客分司。查慎行白香山詩評：「『端居惜風景』四句妙得詩趣。」

〔吕漳州〕名未詳。古今圖書集成卷一一〇四職方典漳州府部雜録：「白居易長慶集送吕漳州詩：『今朝一壺酒，言送漳州牧。……獨醉似無名，借君作題目。』詩意自豪，但遺其名。……唐事已如晨星，載以待攷。」清漳州府志卷八秩官志一：「吕某，失名。白居易長慶集有送吕漳州牧詩。」城按：元稹酬哥舒大少府寄同年科第詩自注：「同年科第：宏辭吕二炅、王十一起，拔萃白二十二居易，平判李十一復禮、吕四頻（潁）、哥舒大烜（徐松登科記考作「哥舒恒」）、崔十八玄亮逮不肖八人，皆奉榮養。」又白氏大和三年作同崔十八寄元浙東王陜州詩云：「惆悵八科殘四在，兩人榮鬧兩人閑。」則貞元十九年科第同年惟餘居易、元稹、王起、崔玄亮四人，此「吕漳州」絶非吕炅或吕潁，蓋二人大和三年前已逝。並參見白氏常樂里閑居偶題十六韻兼寄劉十五公輿王十一起吕二炅吕四潁……詩（卷五）。

〔漳州〕漳州漳浦郡。本爲泉州地，垂拱二年置，因漳水爲名。爲江南道福建觀察使所管州。見元和郡縣志卷二九。

短歌行

世人求富貴，多爲身嗜欲。盛衰不自由，得失常相逐。聞君少年日，苦學將干禄。負笈塵中遊，抱書雪前宿。布衾不周體，藜茹纔充腹。三十登宦途，五十被朝服。奴温已挾纊，馬肥初食粟。未敢議歡遊，尚爲名檢束。耳目聾暗後，堂上調絲竹。牙齒缺落時，盤中堆酒肉。彼來此已去，外餘中不足。少壯與榮華，相避如寒燠。青雲去地遠，白日終天遠。從古無奈何，短歌聽一曲。

【箋】

作於大和九年（八三五），六十四歲，洛陽，太子賓客分司。查慎行白香山詩評：「『耳目聾暗後』八句，晚遇尚爾，況乃不遇。讀此真令落魄老生無生活處。」

〔短歌行〕樂府詩集卷三〇平調曲：「古今樂録曰：王僧虔大明三年宴樂技録：平調有七曲：一曰長歌行，二曰短歌行，三曰猛虎行，四曰君子行，五曰燕歌行，六曰從軍行，七曰鞠歌行。」

【校】

〔題〕全詩作「短歌曲」，注云：「一作『行』。」

〔身嗜欲〕「身」，英華、汪本、全詩俱作「奉」。

〔盛衰〕「盛」，宋本作「成」，非。

〔聞君〕各本俱誤作「問君」，據英華改正。

〔雪前宿〕「宿」，英華、汪本、全詩俱作「讀」。

〔藜茹〕「茹」，汪本作「茄」。全詩注云：「一作『茄』。」

〔三十〕「三」，英華作「四」。全詩注云：「一作『四』。」

〔已挾纊〕「已」，英華、汪本、全詩俱作「新」。全詩注云：「一作『已』。」

〔馬肥〕「肥」，英華作「飽」。

〔聽一曲〕「聽」，英華作「空」。汪本、全詩俱注云：「一作『空』。」

詠懷

高人樂丘園，中人慕官職。一事尚難成，兩途安可得？遑遑干世者，多苦時命塞。亦有愛閑人，又爲窮餓逼。我今幸雙遂，禄仕兼游息。未嘗羨榮華，不省勞心力。妻孥與婢僕，亦免愁衣食。所以吾一家，面無憂喜色。

【箋】作於大和九年（八三五），六十四歲，洛陽，太子賓客分司。查慎行白香山詩評：「『遑遑干世者』至末，詩境正以屢見爲嫌。」

府西亭納涼歸

避暑府西亭，晚歸有閑思。夏淺蟬未多，緑槐陰滿地。帶寛衫解領，馬穩人攏轡。面上有涼風，眼前無俗事。路經府門過，落日照官次。牽聯縲紲囚，奔走塵埃吏。低眉悄不語，誰復知兹意？憶得五年前，晚衙時氣味。

【箋】

作於開成元年（八三六），六十五歲，洛陽，太子少傅分司。

老熱

一飽百情乏，一酣萬事休。何人不衰老？我老心無憂。仕者拘職役，農者勞田疇。何人不苦熱？我熱身自由。卧風北窗下，坐月南池頭。腦涼脱烏帽，足熱濯清流。慵發晝高枕，興來夜汎舟。何乃有餘適，衹緣無過求。或問諸親友，樂天是與不？亦無别言語，多道天悠悠。悠悠君不知，此味深且幽。但恐君知後，亦來從我遊。

【箋】作於開成元年（八三六），六十五歲，洛陽，太子少傅分司。查慎行白香山詩評：「『何乃有餘適，祇緣無過求』十字，完得知足兩言。」

【校】〔天悠悠〕「天」，宋本、那波本、汪本俱作「大」。全詩注云：「一作『大』。」盧校：「當作『太』。」

新秋喜涼因寄兵部楊侍郎

外强火未退，中鋭金方戰。一夕風雨來，炎涼隨數變。徐徐炎景度，稍稍涼颼扇。枕簟忽凄清，巾裳亦輕健。老夫納秋候，心體殊安便。睡足一屈伸，搔首摩挲面。褰簾對池竹，幽寂如僧院。俯觀游魚羣，仰數浮雲片。閑忙各有趣，彼此寧相見？昨日聞慕巢，召對延英殿。

【箋】作於開成元年（八三六），六十五歲，洛陽，太子少傅分司。

〔兵部楊侍郎〕楊汝士。舊書卷一七六本傳：「（大和）九年九月，入爲户部侍郎。開成元年七月，轉兵部侍郎。其年十二月，檢校禮部尚書、梓州刺史、劍南東川節度使。」舊書卷十七下文宗紀：「（開成元年十二月）癸丑，以兵部侍郎楊汝士檢校禮部尚書、充劍南東川節度使。」白氏此詩蓋作於汝士方轉兵部時。參見和同州楊侍郎誇柘枝見寄（卷三二）、以詩代書寄户部楊侍郎勸買東鄰王家宅（卷三三）、和楊尚書罷相後夏日遊永安水亭兼招本曹楊侍郎同行（卷三五）等詩。

〔慕巢〕楊汝士。

〔延英殿〕程大昌雍録卷四：「代宗召苗晉卿對延英。晉卿，宰相也。羣臣初無許預之例。正元（城按：應作「貞元」，宋人避仁宗諱改）七年詔：每御延英，令諸司官長奏本司事。則百官許對延英矣。八年，葛洪本正衙奏私事，則羣臣亦得乞對延英矣。故憲宗時，元稹爲拾遺，乞於延英訪問也。」

懶放二首呈劉夢得吴方之

青衣報平旦，呼我起盥櫛。今早天氣寒，郎君應不出。又無賓客至，何以銷閑日？已向微陽前，暖酒開詩帙。

朝憐一牀日，暮愛一爐火。床暖日高眠，爐温夜深坐。雀羅門懶出，鶴髮頭慵裹。除却劉與吴，何人來問我？

【箋】 作於開成元年（八三六），六十五歲，洛陽，太子少傅分司。

〔吴方之〕開成元年爲秘書監。白氏吴秘監每有美酒獨酌獨醉但蒙詩報不以飲招輒此戲酬兼呈夢得（卷三三）、雪中酒熟欲攜訪吴監先寄此詩（卷三三）兩詩中之「吴秘監」、「吴監」均指方之。劉集外四有吴方之見示獨酌小醉首篇樂天續有酬答皆含戲謔極至風流兩篇之中並蒙見屬輒呈濫吹益美來章及秋齋獨坐寄樂天兼呈吴方之大夫兩詩。城按：方之即吴士矩。舊書卷十七下文宗紀：「（大和七年四月）癸酉，以同州刺史吴士矩（城按：舊紀作「士智」，訛）爲江西觀察使。」册府元龜卷五二〇下：「開成二年，貶前秘書監吴士矩爲蔡州别駕。士矩前爲江西觀察使，在任日應軍中諸色加給錢八萬八千貫，故貶之。」新書卷一五九本傳云：「開成初，爲江西觀察使，饗宴侈縱，一日費凡十數萬。初至，庫錢二十七萬緡，晚年纔九萬，軍用單匱，無所仰。事聞，中外共申解，得以親議，文宗弗窮治也。貶蔡州别駕。」故知士矩自江西觀察使遷秘書監在開成元年，居東都爲時甚暫，二年，即貶官。又白氏京使迴累得南省諸公書因以長句詩寄謝蕭五劉二元八吴十一韋大陸郎中崔二十二牛二庾三十二李六李十楊三樊大楊十二員外詩（卷十八），元集卷五元和五年予官不了罰俸西歸三月六日至陜府與吴十一兄端公崔二十二院長思愴曩遊因投五十韻詩中之「吴十一」均指士矩也。又士矩後自蔡州别駕改流端州，劉禹錫有酬端州吴大夫夜泊湘川見寄一絶（劉集卷二四）云：「夜泊湘川逐客心，月明猿苦血沾襟。湘妃舊竹痕猶淺，從此因君染更深。」

語意極沈痛，蓋觸舊日身世之感也。

【校】

〔題〕第二首前，宋本有「又」字，那波有「又一首」三字。

〔詩帙〕「帙」，宋本、那波本俱作「袟」，字通。

六十六

病知心力減，老覺光陰速。五十八歸來，今年六十六。鬢絲千萬白，池草八九緑。童稚盡成人，園林半喬木。看山倚高石，引水穿深竹。雖有潺湲聲，至今聽未足。

【箋】

作於開成二年（八三七），六十六歲，洛陽，太子少傅分司。見陳譜。

【校】

〔童稚〕「稚」，宋本訛作「雉」。

〔雖有〕何校：「『雖』疑作『惟』。」

三適贈道友

褐綾袍厚暖，卧蓋行坐披。紫氊履寬穩，蹇步頗相宜。足適已忘履，身適已忘衣。況我心又適，兼忘是與非。三適今爲一，怡怡復熙熙。禪那不動處，混沌未鑿時。此固不可説，爲君强言之。

【箋】作於開成二年（八三七），六十六歲，洛陽，太子少傅分司。

【校】〔忘屨〕「屨」，馬本、汪本、全詩俱作「履」，據宋本、那波本、盧校改。

〔今爲一〕「今」，宋本、那波本、汪本俱作「合」。全詩注云：「一作『合』。」

洛陽春贈劉李二賓客　齊梁格。

水南冠蓋地，城東桃李園。雪銷洛陽堰，春入永通門。淑景方靄靄，遊人稍喧喧。年豐酒漿賤，日晏歌吹繁。中有老朝客，華髮映朱軒。從容三兩人，籍草開一樽。樽前春可惜，身外事勿論。明日期何處？杏花遊趙村。洛城東有趙村，杏花千餘樹。

【箋】

作於開成二年（八三七），六十六歲，洛陽，太子少傅分司。劉集外四有和樂天洛陽春齊梁體八韻詩。

〔劉賓客〕劉禹錫。舊書卷一六〇本傳：「開成初，復爲太子賓客分司。俄授同州刺史。秩滿，檢校禮部尚書、太子賓客分司。」未詳爲太子賓客分司之年月。城按：劉集外九彭陽唱和集後引：「開成元年，公鎮南梁，予以太子賓客分司東都。」則知禹錫爲太子賓客分司在開成元年。舊傳謂授同州刺史在開成時，蓋誤。舊書卷十七下文宗紀：「（大和九年十月）乙未，以新授同州刺史白居易爲太子少傅分司，以汝州刺史劉禹錫爲同州刺史。」劉集外九汝洛集引亦云：「大和八年，予自姑蘇轉臨汝，樂天罷三川守，復以賓客分司東都。未幾有詔領馮翊，辭不拜職，授太子少傅分務，以遂其高，時予代居左馮。明年，予罷郡以賓客入洛。」均可證舊傳之非是。參見白氏和令公問劉賓客歸來稱意無之作（卷三三）、洛下雪中頻與劉李二賓客宴集因寄汴州李尚書（卷三四）等詩。

〔李賓客〕李仍叔。白氏三月三日祓禊洛濱詩序（卷三三）中有「太子賓客李仍叔」。舊書卷十七下文宗紀：「（大和八年十二月己亥），以宗正卿李仍叔爲湖南觀察使代李翺。」又云：「（大和九年八月壬寅），以蘇州刺史盧周仁爲湖南（城按：原誤作河南，據舊紀開成元年閏五月改正）觀察使。」則仍叔罷湖南觀察使爲太子賓客在大和末。城按：劉禹錫罷同州刺史爲太子賓客分司在開成元年秋。李紳爲太子賓客在大和九年五月。開成元年六月，李紳已自河南尹除宣武節度使。見舊書卷十七下文宗紀。故知此詩中之「李賓客」決非李紳。並參見白氏洛下雪中頻與劉李二賓客宴集因寄汴州李尚書詩（卷三四）。

〔永通門〕洛陽外郭城東門。兩京城坊考卷五：「東面三門：北曰上東門，中曰建春門，南曰永通門。」

〔趙村〕白氏游趙村杏花詩（卷三七）云：「游春紅杏每年開，十五年來看幾迴？」

【校】

〔趙村〕此下那波本無注。

寒食

人老何所樂？樂在歸鄉國。我歸故園來，九度逢寒食。故園在何處？池館東城側。四鄰梨花時，二月伊水色。豈獨好風土？仍多舊親戚。出去恣歡遊，歸來聊燕息。有官供禄俸，無事勞心力。但恐優穩多，微躬銷不得。

【箋】

作於開成二年（八三七），六十六歲，洛陽，太子少傅分司。何義門云：「『有官供禄俸』，優；『無事勞心力』，穩。」

【校】

〔風土〕「土」，馬本訛作「生」，據宋本、那波本、汪本、全詩、盧校改正。

和裴令公一日日一年年雜言見贈

一日日，作老翁。一年年，過春風。公心不以貴隔我，我散唯將閑伴公。我無才能忝高秩，合是人間閑散物。公有功德在生民，何因得作自由身？前日魏王潭上宴連夜，今日午橋池頭遊拂晨。山客硯前吟待月，野人樽前醉送春。不敢與公閑中爭第一，亦應占得第二第三人。

【箋】

作於開成二年（八三七），六十六歲，洛陽，太子少傅分司。

〔裴令公〕裴度。舊書卷一七〇本傳：「（大和）八年三月，以本官判東都尚書省事、充東都留守。九年十月，進位中書令。……開成二年五月，復以本官兼太原尹、北都留守、河東節度使。」舊紀同。則是年春度仍在東都。參見卷三三奉和裴令公新成午橋莊緑野堂即事、裴令公席上贈別夢得、秋霖中奉裴令公見招早出赴會馬上先寄六韻、三月三日祓禊洛濱、和裴令公南莊一絶、送盧郎中赴河東裴令公幕及卷三四酬裴令公贈馬相戲、奉和裴令公三月上巳日遊太原龍泉憶去歲禊洛見示之作等詩。

〔午橋〕見卷三三奉和裴令公新成午橋莊緑野堂即事詩箋。

【校】

〔高秩〕「秩」，宋本、那波本俱作「袟」，非。

白居易集箋校卷第三十

格詩 凡四十五首

題裴晉公女几山刻石詩後 并序

裴侍中晉公出討淮西時，過女几山下，刻石題詩，末句云：「待平賊壘報天子，莫指仙山示武夫。」果如所言，剋期平賊，由是淮蔡迄今底寧殆二十年，人安生業。夫嗟嘆不足則詠歌之，故居易作詩二百言，繼題公之篇末。欲使採詩者、修史者、後之往來觀者知公之功德本末前後也。

何處畫功業？何處題詩篇？麒麟高閣上，女几小山前。爾後多少時，四朝二十年。賊骨化爲土，賊壘犁爲田。一從賊壘平，陳蔡民晏然。騾軍成牛户，蔡寇號騾子軍。陳蔡間農驍鋭者，人畜牛者，呼爲牛户。鬼火變人煙。生子已嫁娶，種桑亦絲緜。皆云公之德，欲報無由緣。公今在何處？守都鎮三川。舊宅留永樂，新居開集賢。公今作何官？被衮珥貂蟬。戰袍破猶在，髀肉生欲圓。襟懷轉蕭灑，氣力彌精堅。登山不拄杖，上馬能掉鞭。利澤浸入地，福降昇自天。昔號天下將，今稱地上仙。勿追赤松遊，勿拍洪崖肩。商山有遺老，可以奉周旋。

【箋】

作於大和九年（八三五），六十四歲，洛陽，太子賓客分司。城按：此卷詩汪本編在後集卷四，那波本編在卷六三。

〔裴侍中晉公〕裴度。見卷二九裴侍中晉公以集賢林亭即事詩二十六韻見贈猥蒙徵和才拙詞繁輒廣爲五百言以伸酬獻詩箋。並參見和裴侍中南園静興見示（本卷）、夜宴醉後留獻裴侍中（卷三二）等詩。

〔女几山〕在河南宜陽縣西九十里，俗呼化姑山，即山海經所記姑媱之山。又稱宜陽山。見乾隆河南府志卷九。元和郡縣志卷五云：「女几山在（福昌）縣西南三十四里。」

〔舊宅留永樂〕裴度長安宅在朱雀門街東第二街永樂坊。兩京城坊考卷二：「唐實録云：度自興元請朝覲，宰相李逢吉之徒百計隳沮。有張權輿者，既爲嗾犬，尤出死力。乃上疏云：度名應圖讖，宅據岡原，不召而來，其意可見。蓋嘗有人與度作讖詞云：非衣小兒坦其腹，天上有口被驅逐。言度曾征討淮西平吴元濟也。又帝城東西横亘六岡，符易象乾卦之數。度永樂里第，偶得第五岡，故權輿以爲詞，晝欲成事，然竟不能動摇。」

〔新居開集賢〕裴度洛陽宅在長夏門之東第三街集賢坊。見兩京城坊考卷三。舊書卷一七〇裴度傳：「東都立第於集賢里，築山穿池，竹木叢萃，有風亭水榭，梯橋架閣，島嶼迴環，極都城之勝概。」

【校】

〔四十五首〕宋本、馬本俱誤作「四十七首」，今改正。

〔題〕盧校：「宋本無『題裴晉公』十三字，即以『裴侍中晉公』至『本末前後也』爲題，皆低三格。」那波本同宋本。全詩題下注云：「一本此篇無此題，序即題也。」何校：「田刻、蘭雪皆無『題裴晉公』一行。」

〔牛户〕此下那波本無注。注中「人畜牛」下馬本無「者」字，據宋本、汪本、全詩補。

〔作何官〕「作」，馬本、汪本、全詩俱作「在」，據宋本、那波本、何校改。全詩注云：「一作『作』。」

〔髀肉〕「髀」，宋本、那波本俱作「胜」，字同。

〔昇自天〕「昇自」，宋本、那波本、馬本、汪本俱倒作「自昇」，據全詩、何校、盧校乙轉。全詩注云：「一作『自昇』。」亦非。

洛陽有愚叟

洛陽有愚叟，白黑無分别。浪跡雖似狂，謀身亦不拙。點撿盤中飯，非精亦非糲。點撿身上衣，無餘亦無闕。天時方得所，不寒復不熱。體氣正調和，不飢仍不渴。閑將酒壺出，醉向人家歇。野食或烹鮮，寓眠多擁褐。抱琴榮啓樂，荷鍤劉伶達。放眼看青山，任頭生白髮。不知天地内，更得幾年活？從此到終身，盡爲閑日月。

【箋】作於大和八年（八三四），六十三歲，洛陽，太子賓客分司。

【校】〔非糲〕此下馬本注云：「郎達切。」

飽食閑坐

紅粒陸渾稻，白鱗伊水魴。庖童呼我食，飯熱魚鮮香。箸箸適我口，匙匙充我腸。八珍與五鼎，無復心思量。捫腹起盥漱，下階振衣裳。遶庭行數匝，却上簷下牀。箕踞擁裘坐，半身在日暘。可憐飽煖味，誰肯來同嘗？是歲大和八，兵銷時漸康。朝庭重經術，草澤搜賢良。堯舜求理切，夔龍啓沃忙。懷才抱智者，無不走遑遑。唯此不才叟，頑慵戀洛陽。飽食不出門，閑坐不下堂。子弟多寂寞，僮僕少精光。衣食雖充給，神意不揚揚。爲爾謀則短，爲吾謀甚長。

【箋】作於大和八年（八三四），六十三歲，洛陽，太子賓客分司。

【校】〔遶庭〕「庭」，馬本作「亭」，據宋本、那波本、汪本、全詩、盧改。全詩注云：「一作『亭』。」

閑居自題

門前有流水，牆上多高樹。竹逕遶荷池，縈迴百餘步。波閑戲魚鼈，風静下鷗鷺。寂無城市喧，渺有江湖趣。吾廬在其上，偃卧朝復暮。洛下安一居，山中亦慵去。時逢過客愛，問是誰家住？此是白家翁，閉門終老處。

【箋】約作於大和八年（八三四）至大和九年（八三五），洛陽，太子賓客分司。

覽鏡喜老

今朝覽明鏡，鬚鬢盡成絲。行年六十四，安得不衰羸？親屬惜我老。相顧興歎咨。而我獨微笑，此意何人知？笑罷仍命酒，掩鏡捋白髭。爾輩且安坐，從容聽我詞。生若不足戀，老亦何足悲？生若苟可戀，老即生多時。不老即須夭，不夭即須衰。晚衰勝早夭，此理決不疑。古人亦有言，浮生七十稀。我今欠六歲，多幸或庶幾。儻得及此限，何羨榮啓期？當喜不當歎，更傾酒一巵。

【箋】作於大和九年（八三五），六十四歲，洛陽，太子賓客分司。

【校】〔捋白髭〕「捋」，那波本訛作「將」。

風雪中作

歲暮風動地，夜寒雪連天。老夫何處宿？暖帳温爐前。兩重褐綺衾，一領花茸氈。粥熟呼不起，日高安穩眠。是時心與身，了無閑事牽。以此度風雪，閑居來六年。忽思遠遊客，復想早朝士。踏凍侵夜行，凌寒未明起。心爲身君父，身爲心臣子。不得身自由，皆爲心所使。我心既知足，我身自安止。方寸語形骸，吾應不負爾。

【箋】

作於大和八年（八三四），六十三歲，洛陽，太子賓客分司。

【校】

〔花茸〕「茸」，馬本作「叢」，非。據宋本、那波本、汪本、全詩、盧校改正。全詩注云：「一作『叢』。」亦非。

〔吾應〕「吾」，馬本、汪本俱作「我」，據宋本、那波本、全詩、盧校改。

對琴酒

西窗明且暖，晚坐卷書帷。琴匣拂開後，酒瓶添滿時。角樽白螺盞，玉軫黄金徽。未及彈與酌，相對已依依。泠泠秋泉韻，貯在龍鳳池。油油春雲心，一杯可致之。自古有琴酒，得此味者稀。祇應康與籍，及我三心知。

【箋】

作於大和九年（八三五），六十四歲，洛陽，太子賓客分司。

【校】

〔晚坐〕「晚」，何校從蘭雪本作「曉」。

〔角樽〕「樽」，汪本、全詩俱作「尊」。城按：尊爲樽之本字。

雪中晏起偶詠所懷兼呈張常侍韋庶子皇甫郎中

雜言。

窮陰蒼蒼雪雰雰，雪深没脛泥埋輪。東家典錢歸礙夜，南家貰米出凌晨。我獨何者無此弊？複帳重衾暖若春。怕寒放懶不肯動，日高睡足方頻伸。瓶中有酒爐有炭，甕中有飯庖有薪。奴温婢飽身晏起，致兹快活良有因。上無皐陶伯益廊廟材，的不能匡君輔國活生民。下無巢父許由箕潁操，又不能食薇飲水自苦辛。君不見，南山悠悠多白雲！又不見，西京浩浩唯紅塵！紅塵鬧熱白雲冷，好於冷熱中間安置身。三年徼幸忝洛尹，兩任優穩爲商賓。非賢非愚非智慧，不貴不富不賤貧。冉冉老去過六十，騰騰閑來經七春。不知張韋與皇甫，私喚我作何如人？

【箋】

作於大和八年（八三四），六十三歲，洛陽，太子賓客分司。

〔張常侍〕張仲方。見卷二九張常侍相訪詩箋。並參見張常侍池涼夜閑讌贈諸公詩（卷二九）。

〔韋庶子〕韋績。本卷有二月一日作贈韋七庶子詩，可知「韋庶子」即「韋七」。又有韋七自太子賓客再除秘書監以長句賀而餞之詩（卷三二）。城按：據白氏韋七自太子賓客再除秘書監以長句賀而餞之詩（卷三二）及舊書卷十七下文宗紀：「（大和九年八月）戊寅，以秘書監鄭覃爲刑部尚書。……（開成元年正月）丁未，以秘書監韋績爲工部尚書。」參證白詩，則知「韋庶子」、「韋七」、「韋賓客」俱指韋績，其爲秘書監蓋即鄭覃之後任。

〔皇甫郎中〕皇甫曙。見卷二九池上清晨候皇甫郎中詩箋。

【校】

〔題〕「雜言」二字，宋本、那波本、馬本俱爲大字同題，據汪本、全詩、盧校改。

〔西京〕何校：「『西京』，宋刻作『北闕』，黄校同。」盧校亦作「北闕」。俱與紹興本異。全詩注云：「一作『北闕』。」

和裴侍中南園靜興見示

池館清且幽，高懷亦如此。有時簾動風，盡日橋照水。靜將鶴爲伴，閑與雲相似。何必學留侯，崎嶇覓松子？

【箋】作於大和八年（八三四），六十三歲，洛陽，太子賓客分司。

〔裴侍中〕裴度。時爲東都留守。見卷二九裴侍中晉公以集賢林亭即事詩二十六韻見贈猥蒙徵和才拙詞繁輒廣爲五百言以伸酬獻詩箋。

〔南園〕在長安興化坊。白氏有宿裴相興化池亭詩（卷二六）。城按：長安永樂里亦有裴度宅，興化坊在永樂之南，兩京城坊考卷四云：「自永樂里視之在南，故曰南園。」

春寒

今朝春氣寒，自問何所欲？蘇煖薤白酒，乳和地黄粥。豈唯厭饞口，亦可調病腹。助酌有枯魚，佐飧兼旨蓄。省躬念前哲，醉飽多慚忸。君不聞靖節先生樽長空，廣文先生飯不足！

【箋】

作於大和九年（八三五），六十四歲，洛陽，太子賓客分司。

【校】

〔樽長空〕「樽」，汪本、全詩俱作「尊」。城按：尊爲樽之本字。

菩提寺上方晚望香山寺寄舒員外

晚登西寶刹，晴望東精舍。反照轉樓臺，輝輝似圖畫。冰浮水明滅，雪壓松偃亞。石閣僧上來，雲汀雁飛下。西京鬧於市，東洛閑如社。曾憶舊遊無？香山明月夜。

【箋】

作於大和八年（八三四），六十三歲，洛陽，太子賓客分司。唐宋詩醇卷二五：「真畫景，畫家却無下筆處。」

〔菩提寺〕在洛陽城南，後魏時建，見乾隆河南府志卷七五。洛陽伽藍記卷三城南：「菩提寺，西域胡人所立也，在慕義里。」

〔香山寺〕見卷二二舒員外遊香山寺數日不歸兼辱尺書大誇勝事時正值坐衙慮囚之際走筆題長句以贈之詩箋。

〔舒員外〕舒元輿。見卷二二苦熱中寄舒員外詩箋。城按：元輿大和七年秋自洛陽赴京，見白氏履信池櫻桃島上醉後走筆送別舒員外兼寄宗正李卿考功崔郎中（卷二九）、送舒著作重授省郎赴闕詩（卷三一），可知大和八年元輿已在長安。

【校】

〔冰浮〕何校：「『浮』，蘭雪作『淨』，誤也。」

二月一日作贈韋七庶子

園杏紅萼拆，庭蘭紫芽出。不覺春已深，今朝二月一。去冬病瘡痏，將養遵醫術。今春入道場，清淨依僧律。嘗聞聖賢語，所慎齋與疾。遂使愛酒人，停盃一百日。明朝二月二，疾平齋復畢。應須挈一壺，尋花覓韋七。

【箋】

作於大和九年（八三五），六十四歲，洛陽，太子賓客分司。

〔韋七庶子〕韋縝。見本卷雪中晏起偶詠所懷兼呈張常侍韋庶子皇甫郎中詩箋。城按：此詩作於九年二月，則是時縝猶未自太子庶子遷太子賓客也。

犬鳶

晚來天氣好，散步中門前。門前何所有？偶覩犬與鳶。鳶飽凌風飛，犬暖向日眠。腹舒穩帖地，翅凝去聲高摩天。上無羅弋憂，下無羈鎖牽。見彼物遂性，我亦心適然。心適復何爲？一詠逍遥篇。此仍著於適，尚未能忘言。

【箋】

作於大和九年（八三五），六十四歲，洛陽，太子賓客分司。

【校】

〔翅凝〕此下那波本無注。

〔著於適〕「適」，汪本注云：「『適』疑作『迹』。」全詩注云：「一作『迹』。」

夢劉二十八因詩問之

昨夜夢夢得，初覺思踟躕。忽忘來汝郡，猶疑在吴都。吴都三千里，汝郡二百餘。非夢亦不見，近與遠何殊？尚能齊近遠，焉用論榮枯？但問寢與食，近日兩何如？病後能吟否？春來曾醉無？樓臺與風景，汝又何如蘇？相思一相報，勿復慵爲書。

【箋】

作於大和九年（八三五），六十四歲，洛陽。太子賓客分司。

〔劉二十八〕劉禹錫。見卷二六聞新蟬贈劉二十八詩箋。並參見醉贈劉二十八使君（卷二五）、夢劉二十八因詩問之（本卷）、初見劉二十八郎中有感（外集卷上）等詩。城按：禹錫大和八年自蘇州移刺汝州，大和九年十月又自汝州移刺同州，見劉集卷九汝洛集引及舊書卷十七下文宗紀，故此時仍在汝州任。

【校】

〔論榮枯〕何校：『論』，蘭雪作『諭』。

閑吟

貧窮汲汲求衣食，富貴營營役心力。人生不富即貧窮，光陰易過閑難得。我今幸在窮富間，雖在朝庭不入山。看雪尋花玩風月，洛陽城裏七年閑。

【箋】作於大和九年（八三五），六十四歲，洛陽，太子賓客分司。

西　行

衣裘不單薄，車馬不羸弱。藹藹三月天，閑行亦不惡。壽安流水館，硤石青山郭。官道柳陰陰，行宮花漠漠。常聞俗間語，有錢在處樂。我雖非富人，亦不苦寂寞。家僮解絃管，騎從攜盃杓。時向春風前，歇鞍開一酌。

【箋】作於大和九年（八三五），六十四歲，洛陽至下邽途中，太子賓客分司。城按：是年春白氏作將歸渭村先寄舍弟詩（卷三二）云：「爲報阿連寒食下，與吾釀酒掃柴扉」，東歸詩（本卷）云：「殘春三百里，送我歸東都。」可知約在三月末自下邽返洛陽。〔壽安流水館〕外集卷上西還壽安路西歇馬、壽安歇馬重吟兩詩，俱爲同時之作，可參看。

東　歸

翩翩平肩輿，中有醉老夫。膝上展詩卷，竿頭懸酒壺。食宿無定程，僕馬多緩軀。臨水歇半日，望山傾一盂。籍草坐嵬峨並上聲，攀花行踟躕。風將景共暖，體與心同舒。始悟有營者，居家如在途。方知無繫者，在道如安居。前夕宿三堂三堂在虢，今旦遊申湖申湖在陝。殘春三百里，送我歸東都。

【箋】

作於大和九年（八三五），六十四歲，長安至洛陽途中，太子賓客分司。參見前一首西行詩箋。

〔三堂〕在虢州。此詩自注云：「三堂在虢。」呂和叔文集卷十虢州三堂記：「開元初，天子思二南之風，並選宗英共持理柄。虢大而近，匪親不居，時惟五王出入相授，承平易理，逸政多暇，考卜惟勝，作爲三堂。三者明臣子在三之節，堂者勵宗室克構之義，豈徒造適，實亦垂訓居德樂善，何其盛哉！」全詩卷三四二韓愈奉和虢州劉給事使君（伯芻）三堂新題二十一詠詩序：「虢州刺史宅連水池竹林，往往爲亭臺島渚，目其處爲三堂。」清統志陝州一：「三堂在靈寶縣舊虢州治内。名勝志：唐岐、薛二王刺史時建。」

【校】

〔肩輿〕「輿」，宋本、那波本、汪本俱作「舁」。全詩注云：「一作『舁』。」

〔嵬峨〕此下那波本無注。下同。

途中作

早起上肩輿，一盃平且醉。晚憩下肩輿，一覺殘春睡。身不經營物，心不思量事。但恐綺與里，只如吾氣味。

【箋】作於大和九年（八三五），六十四歲，長安至洛陽途中，太子賓客分司。參見本卷西行、東歸詩箋。

【校】〔肩輿〕「輿」，宋本、那波本、汪本、全詩俱作「舁」。下同。全詩注云：「一作『輿』。」

小臺

新樹低如帳，小臺平似掌。六尺白藤床，一莖青竹杖。風飄竹皮落，苔印鶴跡上。幽境與誰同？閑人自來往。

【箋】作於大和九年（八三五），六十四歲，洛陽，太子賓客分司。唐宋詩醇卷二五：「似王，亦似韋。」

睡後茶興憶楊同州

昨晚飲太多，嵬峨並上聲連宵醉。今朝飡又飽，爛熳移時睡。睡足摩挲眼，眼前無一事。信脚遶池行，偶然得幽致。婆娑緑陰樹，斑駮青苔地。此處置繩牀，傍邊洗茶器。白瓷甌甚潔，紅爐炭方熾。沫下麴塵香，花浮魚眼沸。盛來有佳色，嚥罷餘芳氣。不見楊慕巢，誰人知此味？

【箋】

作於大和九年（八三五），六十四歲，洛陽，太子賓客分司。

〔楊同州〕楊汝士。舊書卷十七下文宗紀：「（大和八年七月）丙辰，以工部侍郎楊汝士爲同州刺史。……（九年九月）辛亥，以太子賓客分司東都白居易爲同州刺史代楊汝士，以汝士爲駕部侍郎。」城按：舊書卷一七六楊汝士傳：「（大和）八年出爲同州刺史。九年九月入爲户部侍郎。」白氏亦有曉眠後寄楊户部詩（卷三三）。則舊紀作「駕部」當爲「户部」之誤。並參見和楊同州寒食乾坑會後聞楊工部欲到知予與工部有宿酲（卷三一）、別楊同州後却寄（外集卷上）等詩。

【校】

〔嵬峨〕此下那波本無注。

題文集櫃

破柏作書櫃，櫃牢柏復堅。收貯誰家集？題云白樂天。我生業文字，自幼及老年。前後七十卷，小大三千篇。誠知終散失，未忍遽棄捐。自開自鎖閉，置在書帷前。身是鄧伯道，世無王仲宣，只應分付女，留與外孫傳。

【箋】

約作於大和九年（八三五）至開成元年（八三六），洛陽。查慎行白香山詩評：「『誠知終散失』二句，此真達者之言。」

【校】

〔前後〕「後」，馬本誤作「有」，據宋本、那波本、汪本、全詩、盧校改正。

早熱二首

彤雲散不雨，赫日吁可畏。端坐猶揮汗，出門豈容易？忽思公府内，青衫折腰吏。復想驛路中，紅塵走馬使。征夫更辛苦，逐客彌顦顇。日入尚趨程，宵分不遑寐。安知北窗叟，偃卧風颯至？簟拂碧龍鱗，扇摇白鶴翅。豈唯身所得？兼示心無事。誰言苦熱天，元有清涼地。

勃勃旱塵氣，炎炎赤日光。飛禽颱將墜，行人渴欲狂。壯者不耐飢，飢火燒其腸。肥者不禁熱，喘急汗如漿。此時方自悟，老瘦亦何妨？肉輕足健逸，髮少頭清涼。薄食不飢渴，端居省衣裳。數匙粱飯冷，一領綃衫香。持此聊過日，焉知畏景長？

【箋】

作於大和九年（八三五），六十四歲，洛陽，太子賓客分司。

【校】

〔題〕第二首前，宋本有「又」字，那波本有「又一首」三字。

〔颯至〕「颯」，馬本注云：「悉合切，又音立。」

〔兼示〕「示」，盧校作「亦」。

〔颱將墜〕「墜」，宋本、那波本俱作「墮」。

偶作二首

戰馬春放歸，農牛冬歇息。何獨徇名人，終身役心力？來者殊未已，去者不知還。我今悟已晚，六十方退閑。猶勝不悟者，老死紅塵間。名無高與卑，未得多健羨。事無小與大，已得多厭賤。如此常自苦，反此或自安。此理知甚易，此道行甚難。勿信人虚語，君當事上看。

【箋】作於大和九年（八三五），六十四歲，洛陽，太子賓客分司。

【校】〔題〕何校：「以下宋板有雨歇池上一篇，按此即後七月一日作一篇，題爲『雨歇池上』者誤。」

城按：何校宋本與紹興本異。那波本此詩後有雨歇池上一篇，與七月一日一篇重複。

池上作 西溪、南潭皆池中勝處也。

西溪風生竹森森，南潭萍開水沉沉。叢翠萬竿湘岸色，空碧一泊松江心。浦派縈迴誤遠近，橋島向背迷窺臨。澄瀾方丈若萬頃，倒影咫尺如千尋。泛然獨遊邈然坐，坐念行心思古今。菟裘不聞有泉沼，西河亦恐無雲林。豈如白翁退老地，樹高竹密池塘深？華亭雙鶴白矯矯，太湖四石青岑岑。眼前盡日更無客，膝上此時唯有琴。洛陽冠蓋自相索，誰肯來此同抽簪？

【箋】

作於大和九年（八三五），六十四歲，洛陽，太子賓客分司。白氏池上篇序（卷六九）云：「都城風土水木之勝在東南偏，東南之勝在履道里，里之勝在西北隅，西閈北垣第一第即白氏叟樂天退老之地。地方十七畝，屋室三之一，水五之一，竹九之一，而島樹橋道間之。」

【校】

〔題〕此詩那波本在因夢有悟詩後。又題下那波本無注。

〔窺臨〕汪本作「登臨」。

何處堪避暑

何處堪避暑？林間背日樓。何處好追涼？池上隨風舟。日高飢始食，食竟飽還遊。遊罷睡一覺，覺來茶一甌。眼明見青山，耳醒聞碧流。脱襪閑濯足，解巾快搔頭。如此來幾時？已過六七秋。從心至百骸，無一不自由。拙退是其分，榮耀非所求。雖被世間笑，終無身外憂。此語君莫怪，静思吾亦愁。如何三伏月，楊尹謫虔州。

【箋】

作於大和九年（八三五），六十四歲，洛陽，太子賓客分司。

〔楊尹謫虔州〕楊尹即楊虞卿。舊書卷十七下文宗紀：「（大和九年四月）辛卯，以京兆尹賈餗爲浙西觀察使，以工部侍郎楊虞卿爲京兆尹。……秋七月甲申朔，貶京兆尹楊虞卿爲虔州司馬。」舊書卷一七六本傳云：「九年四月，拜京兆尹。其年六月，京師訛言：鄭注爲上合金丹，須小兒心肝，密旨捕小兒無算，民間相告語，扃鎖小兒甚密，街肆恟恟。上聞之不悦，鄭注頗不自安。御史大夫李固言素嫉虞卿朋黨，乃奏曰：『臣昨窮問其由，此語出於京兆尹從人，因此扇於都下。』上怒，即令收虞卿下獄。虞卿弟漢公并男知進等八人自繫撾鼓訴寃。詔虞卿歸私第。翌日，貶虔州司馬，再貶虔州司户。卒於貶所。」參見本卷白氏哭師皐詩。

【校】

〔已過〕「過」，汪本作「經」。

詔下

昨日詔下去罪人，今日詔下得賢臣。進退者誰非我事，世間寵辱常紛紛。我心與世兩相忘，時事雖聞如不聞。但喜今年飽飯喫，洛陽禾稼如秋雲。更傾一樽歌一曲，不獨忘世兼忘身。

【箋】

作於大和九年（八三五），六十四歲，洛陽，太子賓客分司。

【校】

〔一樽〕「樽」，汪本、全詩俱作「尊」。城按：尊爲樽之本字。

七月一日作

七月一日天，秋生履道里。閑居見清景，高興從此始。林間暑雨歇，池上涼風起。橋竹碧鮮鮮，岸莎青靡靡。蒼然古磐石，清淺平流水。何言中門前，便是深山裏。雙僮侍坐卧，一杖扶行止。飢聞麻粥香，渴覺雲湯美。胡麻粥、雲母湯。平生所好物，今日多在此。此外更何思？市朝心已矣。

【箋】作於大和九年（八三五），六十四歲，洛陽，太子賓客分司。

【校】〔題〕那波本偶作二首後有雨歇池上一篇，與此詩重，無前四句，「林間暑雨歇」作「簷前微雨歇」。盧校：「宋本有雨歇池上一首，在前池上作前，即此詩少前四句耳。」據此可知盧校所據影宋鈔本與何校所據宋本同，與紹興本異。

〔青靡靡〕「靡靡」，那波本訛作「霏霏」。

〔雲湯美〕此下那波本無注。

〔已矣〕此下那波本注云：「是一篇重出而小異，故依舊存之。」

開襟

開襟何處好？竹下池邊地。餘熱體猶煩，早涼風有味。黄萎槐蕊結，紅破蓮芳墜。無奈每年秋，先來入衰思。

【箋】作於大和九年（八三五），六十四歲，洛陽，太子賓客分司。

【校】〔蓮芳〕「芳」，汪本作「房」。全詩注云：「一作『房』。」

自賓客遷太子少傅分司

頭上漸無髮，耳間新有毫。形容逐日老，官秩隨年高。優饒又加俸，閑穩仍分曹。飲食免藜藿，居處非蓬蒿。何言家尚貧，銀榼提緑醪。勿謂身未貴，金章照紫袍。誠合知止足，豈宜更貪饕？默然心自問：於國有何勞？

【箋】作於大和九年（八三五），六十四歲，洛陽，太子少傅分司。城按：舊書卷十七下文宗紀：「（大和九年十月）乙未（二十三日），以新授同州刺史白居易爲太子少傅，以汝州刺史劉禹錫爲同州刺史。」又劉集外九彭陽唱和集後引：「開成元年，公鎮南梁，予以太子賓客分司東都。」同卷汝洛集引：「大和八年，予自姑蘇轉臨汝，樂天罷三川守，復以賓客分司東都。未幾有詔領馮翊，辭不拜職，授太子少傅分務，以遂其高。時予代居左馮。明年，予罷郡，以賓客入洛。」所叙與舊紀合。汪譜繫此詩於開成元年，蓋誤。

【校】

〔默然〕「然」，全詩作「默」，注云：「一作『然』。」

〔何勞〕「勞」，何校從黄校作「功」。

自在

杲杲冬日光，明暖真可愛。移榻向陽坐，擁裘仍解帶。小奴捶我足，小婢搔我背。自問我爲誰？胡然獨安泰？安泰良有以，與君論梗概。心了事未了，飢寒迫於外。事了心未了，念慮煎於内。我今實多幸，事與心和會。内外及中間，了然無一礙。所以日陽中，向君言自在。

【箋】

作於大和九年（八三五），六十四歲，洛陽，太子少傅分司。

【校】

〔搔我背〕「搔」，宋本，馬本俱作「搥」，據那波本、汪本、全詩、盧校改。

〔日陽〕「陽」，那波本作「暘」，非。

詠史　九年十一月作。

秦磨利刀斬李斯，齊燒沸鼎烹酈其，可憐黄綺入商洛，閑卧白雲歌紫芝。彼爲葅醢机上盡，此作鸞凰天外飛。去者逍遥來者死，乃知禍福非天爲。

【箋】　作於大和九年（八三五），六十四歲，洛陽，太子少傅分司。見陳譜及汪譜。何義門云：「不如獨遊香山寺一篇猶有含蓄。」城按：此詩蓋爲大和九年十一月甘露之變而作。舊書卷一六九李訓傳：「九年七月，改兵部郎中、知制誥，充翰林學士。九月，遷禮部侍郎、同平章事，仍賜金紫之服。詔以平章之暇，三五日一入翰林。訓既秉權衡，即謀誅内豎。……約以其年十一月誅中官，須假兵力，乃以大理卿郭行餘爲邠寧節度使，户部尚書王璠爲太原節度使，京兆少尹羅立言權知大尹事，太府卿韓約爲金吾街使，刑部郎中、知雜李孝本權知中丞事，皆訓之親厚者。冀王璠、郭行餘未赴鎮間，廣令召募豪俠及金吾臺府之從者，俾集其事。是月二十一日，帝御紫宸，班定，韓約不報平安，奏曰：『金吾左仗院石榴樹夜來有甘露，臣已進狀訖。』乃蹈舞再拜，宰相百官相次稱賀。李訓奏曰：『甘露降祥，俯在宫禁，陛下宜親幸左仗觀之。』班退，上乘軟舁出紫宸門，由含元殿東階昇殿，宰相侍臣立於副階，文武兩班列於殿前。上令兩省官先往視之，既還，曰：『臣等恐非真露，不敢輕言，言出，四方必稱賀也。』上曰：『韓約妄耶？』乃令左右軍中尉、樞密内臣往視之。既去，訓召王璠、郭行餘曰：『來受勑旨。』璠恐悚不能前，行餘獨拜殿下。時兩鎮官健皆執兵在丹鳳門外，訓已令召之，唯璠從兵入，邠寧兵竟不至。中尉、樞密至左仗，聞幕下有兵聲，驚恐走出，閽者欲扃鎖之，爲中人所叱，執關而不能下。内官迴奏，韓約氣懾汗流，不能舉首。中官謂之曰：『將軍何及此耶？』又奏曰：『事急矣，請陛下入内。』即舉軟輿迎帝。訓殿上呼曰：『金吾衞士上殿來，護乘輿者，人賞百千。』内官決殿後罘罳，舉輿疾趨，訓攀呼曰：『陛下不得入内。』金吾衞士數十人隨訓而入。羅立言率府中從人自東來，李孝本率臺中從人自西來，共四百餘人，上殿縱擊，内官死傷者數十人。訓時愈急，邐迤入宣政門，帝瞋目叱訓，内官郄志榮奮拳擊其胸，訓即僵仆於地。帝入東上閤門，門即闔，内官呼萬歲者數四。須臾，内官率禁兵五百人，露刃出閤門，遇人即殺。宰相王涯、賈餗、舒元輿方中書會食，聞難出走，諸司從吏死者六七百人。」

【校】

〔鸞凰〕「凰」，馬本作「鳳」，非。據宋本、那波本、汪本、全詩、盧校改正。

因夢有悟

交友淪殁盡，悠悠勞夢思。平生所厚者，昨夜夢見之。夢中幾許事？枕上無多時。欵曲數盃酒，從容一局棋。棋酒皆夢中所見事。初見韋尚書弘景，金紫何輝輝？中遇李侍郎建，笑言甚怡怡。終爲崔常侍玄亮，意色苦依依。一夕三改變，夢心不驚疑。此事人盡怪，此理誰得知？我粗知此理，聞於竺乾師。識行妄分别，智隱迷是非。若轉識爲智，菩提其庶幾！

【箋】

作於大和九年（八三五），六十四歲，洛陽，太子賓客分司。

【校】

〔題〕此詩「意色苦依依」句至卷末，宋本缺，蓋據别本配補。

〔一局棋〕「局」，宋本作「扃」，誤。又此下那波本無注，下同。

〔初見〕「見」，盧校作「是」。全詩注云：「一作『是』。」

〔中遇〕「遇」，宋本、那波本、盧校俱作「作」。

春　遊

上馬臨出門，出門復逡巡。迴頭問妻子，應怪春遊頻？誠知春遊頻，其奈老大身！朱顔去復去，白髮新更新。請君屈十指，爲我數交親。大限年百歲，幾人及七旬？我今六十五，走若下坡輪。假使得七十，衹有五度春。逢春不遊樂，但恐是癡人！

【箋】作於開成元年（八三六），六十五歲，洛陽，太子少傅分司。見陳譜及汪譜。

【校】〔年百歲〕「年」，宋本、那波本俱作「言」。全詩注云：「一作『言』。」

題天竺南院贈閑元旻清四上人

雜芳澗草合，繁緑巖樹新。山深景候晚，四月有餘春。竹寺過微雨，石逕無纖塵。白衣一居士，方袍四道人。地是佛國土，人非俗交親。城中山下别，相送亦殷勤。

【箋】作於開成元年（八三六），六十五歲，洛陽，太子少傅分司。

〔天竺〕天竺寺。在洛陽龍門山，後魏時所建，爲龍門十寺之一。見乾隆河南府志卷七五。並參見白氏宿天竺寺迴詩（卷三一）。

〔閑上人〕僧清閑，神照弟子。見卷二七贈清閑上人詩箋。並參見喜照密閑實四上人見遇詩（卷三一）。

【校】

〔澗草〕「澗」，馬本訛作「間」，據宋本、那波本、汪本、全詩、盧校改正。

哭師皐

南康丹旐引魂迴，洛陽籃舁送葬來。北邙原邊尹村畔，月苦烟愁夜過半。妻孥兄弟號一聲，十二人腸一時斷。往者何人送者誰？樂天哭别師皐時。平生分義向人盡，今日哀寃唯我知。我知何益徒垂淚，籃輿迴竿馬迴轡。何日重聞掃市歌？誰家收得琵琶妓？師皐醉後善歌掃市詞。又有小妓攻琵琶，不知今落何處？蕭蕭風樹白楊影，蒼蒼露草青蒿氣。更就墳邊哭一聲，與君此别終天地。

【箋】

作於開成元年（八三六），六十五歲，洛陽，太子少傅分司。陳譜開成元年丙辰：「是歲楊虞卿死於虔州，有哭師皐詩。」

〔師皐〕楊虞卿。舊書卷一七六、新書卷一七五有傳。白氏與楊虞卿書（卷四四）云：「師皐足下：自僕再來京師，足下守官鄠縣，吏職拘絆，相見甚稀。」又有和楊師皐傷小姬英英詩（卷二六）。據舊書卷十七下文宗紀，虞卿大和九年七月貶爲虔州司馬，再貶虔州司户。參見本卷何處堪避暑詩箋。按：舊、新書均不詳虞卿卒於何年。張采田玉谿生年譜會箋卷一繫楊虞卿卒於大和九年云：「案：虞卿再貶虔州司户，舊書傳但云『卒於貶所』，不詳何年。哭虔州楊侍郎詩云：『甘心親垤蟻，旋踵戮城狐。』自注：『是冬舒、李伏罸（戮）。』則虞卿之卒當在甘露事變前後。詩有『莫憑牲玉請，便望救焦枯』句，舊紀：『開成二年七月乙亥，以久旱徙市、閉坊門。』其歸葬不妨稍遲，今據詩書此。」張氏據義山詩自注，考定虞卿卒於大和九年歲暮，其説甚是，且足以糾直齋繫於開成元年之繆。然據舊紀謂虞卿歸葬在開成二年，似亦太泥。今據白氏此詩編次，則虞卿似應歸葬於開成元年。

〔北邙〕太平寰宇記卷三河南府：「芒山一作邙山，在（河南）縣北十里。」

〔掃市歌〕崔令欽教坊記有掃市舞。任半塘教坊記箋訂曲名云：「唐詩紀事作掃市詞，謂楊雲卿醉後善歌之。白居易哭楊詩：『何日重聞掃市歌？』注『師皐醉後善歌掃市詞。』梅苑所載之一首有兩片，而用韻不同，實係兩首。夢溪筆談載潘閬作，較少三句。『掃市』之義仍俟解。」城按：「雲卿」，各本唐詩紀事均作「虞卿」，任氏蓋誤引。

【校】

〔籃舁〕「舁」下馬本注云：「雲俱切。」

〔送葬來〕「來」，宋本、那波本俱作「去」。

〔尹村〕馬本、汪本俱作「草樹」，據宋本、那波本、全詩、盧校改。全詩注云：「一作『草樹』。」汪本注云：「一作『尹村』。」

〔琵琶妓〕此下那波本無注。注中「落」下馬本、汪本俱衍「在」字，據宋本、全詩删。

隱几贈客

官情本淡薄，年貌又老醜。紫綬與金章，於予亦何有？有時猶隱几，苔音塔然無所偶。臥枕一卷書，起嘗一盃酒。書將引昏睡，酒用扶衰朽。客到忽已酣，脱巾坐搔首。疏頑倚老病，容恕慚交友。忽思莊生言，亦擬鞭其後。

【箋】

作於開成元年（八三六），六十五歲，洛陽，太子少傅分司。

【校】

〔猶隱几〕「猶」，全詩注云：「一作『獨』。」

〔荅然〕「荅」下那波本作「嗒」，字通。又此下無「音塔」小注。

夏日作

葛衣疏且單，紗帽輕復寬。一衣與一帽，可以過炎天。止於便吾體，何必被羅紈？宿雨林笥嫩，晨露園葵鮮。烹葵炮嫩笥，可以備朝飡。止於適吾口，何必飫腥羶？飯訖盥漱已，捫腹方果音顆然。婆娑庭前步，安穩窗下眠。外養物不費，内歸心不煩。不費用難盡，不煩神易安。庶幾無夭閼，得以終天年！

【箋】

作於開成元年（八三六），六十五歲，洛陽，太子少傅分司。

【校】

〔果然〕「果」下馬本、汪本、那波本、全詩俱無注，據宋本增。

〔夭閼〕「閼」，馬本注云：「阿葛切。」

晚涼偶詠

日下西牆西，風來北窗北。中有逐涼人，單牀獨棲息。飄蕭過雲雨，搖曳歸飛翼。新葉多好陰，初筠有佳色。幽深小池館，優穩閑官職。不愛勿復論，愛亦不易得。

【箋】作於開成元年（八三六），六十五歲，洛陽，太子少傅分司。

酬牛相公宮城早秋寓言見示兼呈夢得 時夢得有疾。

七月中氣後，金與火交爭。一聞白雪唱，暑退清風生。碧樹未搖落，寒蟬始悲鳴。夜涼枕簟滑，秋燥衣巾輕。疏受老慵出，劉楨疾未平。何人伴公醉？新月上宮城。

【箋】作於開成二年（八三七），六十六歲，洛陽，太子少傅分司。劉集外六有酬留守牛相公宮城早秋寓言見寄詩。

〔牛相公〕牛僧孺。見卷二三求分司東都寄牛相公十韻詩箋。並參見洛下送牛相公出鎮淮南（卷三一）、宿香山寺酬廣陵牛相公見寄（卷三三）、偶於維陽牛相公處覓得箏箏未到先寄詩來走筆戲答（卷三三）、同夢得酬牛相公初到洛中小飲見贈（卷三三）、題牛相公歸仁里宅新成小灘（卷三六）、初致仕後戲酬留守牛相公（卷三七）、酬牛相公同宿話舊勸酒見贈（卷三七）等詩。城按：僧孺開成二年五月加檢校司空、判東都尚書省事、東都留守。三年九月，徵拜左僕射入朝。見舊書卷一七二本傳、卷十七下文宗紀。

【校】

〔題〕那波本此下無小注。馬本爲大字，據宋本、汪本、全詩改。

小臺晚坐憶夢得

汲泉灑小臺，臺上無纖埃。解帶面西坐，輕襟隨風開。晚涼閑興動，憶同傾一盃。月明候柴户，藜杖何時來？

【箋】

作於開成二年（八三七），六十六歲，洛陽，太子少傅分司。劉集外四有酬樂天小臺晚坐見憶詩。

種桃歌

食桃種其核，一年核生芽。二年長枝葉，三年桃有花。憶昨五六歲，灼灼盛芬華。迨茲八九載，有減而無加。去春已稀少，今春漸無多。明年後年後，芳意當如何？命酒樹下飲，停盃拾餘葩。因桃忽自感，悲吒成狂歌。

【箋】作於開成二年（八三七），六十六歲，洛陽，太子少傅分司。

狂言示諸姪

世欺不識字，我忝攻文筆。世欺不得官，我忝居班秩。人老多病苦，我今幸無疾。人老多憂累，我今婚嫁畢。心安不移轉，身泰無牽率。所以十年來，形神閑且逸。況當垂老歲，所要無多物。一裘煖過冬，一飯飽終日。勿言舍宅小，不過寢一室。何用鞍馬多？不能騎兩匹。如我優幸身，人中十有七。如我知足心，人中百無一。傍觀愚亦見，當己賢多失。不敢論他人，狂言示諸姪。

【箋】作於開成二年（八三七），六十六歲，洛陽，太子少傅分司。

【校】〔題〕何校：「以下脱秋涼、酬思黯二首。」城按：那波本（卷六三）此詩後有狂言示諸姪、酬思黯相公見過弊居戲贈兩詩，紹興本此兩詩編在卷二九，與何校所據宋本異。

〔文筆〕宋本作「文章」，非。

偶以拙詩數首寄呈裴少尹侍郎蒙以盛製四篇一時酬和重投長句美而謝之

投君之文甚荒蕪，數篇價直一束芻。報我之章何璀璨？纍纍四貫驪龍珠。毛詩三百篇後得，文選六十卷中無。一麋麗龜絶報賽，五鹿連柱難支梧。高興獨因秋日盡，清吟多與好風俱。銀鈎金錯兩殊重，宜上屏風張座隅。

【箋】作於開成二年（八三七），六十六歲，洛陽，太子少傅分司。

〔裴少尹侍郎〕河南尹裴潾。河東人，以門蔭入仕。開成元年，轉兵部侍郎。二年，加集賢院學士、判院事。尋出爲河南尹。入爲兵部侍郎。三年四月卒。見舊書卷一七一、新書卷一一八本傳。城按：裴潾爲河南尹在開成二年三月。舊書卷十七下文宗紀：「（開成二年三月壬辰），以兵部侍郎裴潾爲河南尹。」文饒别集卷十潾題平泉山居詩後云：「開成二年，有（城按：全詩卷五〇七無「有」字，當係「春」字之誤）潾自兵部侍郎除河南尹，乃於河南廨中自書於石，立於平泉之山居。開成二年九月二十五日，河南尹裴潾題。」據此則裴潾開成二年官河南尹，非少尹，題作「裴少尹」當係「裴大尹」或「裴尹」之衍文。又白氏裴常侍以題薔薇架十八韻見示因廣爲三十韻以和之詩（卷三一）、劉集外六裴侍郎大尹雪中遺酒一壺兼示喜眼疾平一絶有閑行把酒之句斐然仰酬詩中之「裴常侍」、「裴侍郎大尹」均指裴潾。白氏又有與裴華州同過敷水戲贈詩（外集卷上）亦爲酬裴潾之作。

白居易集箋校卷第三十一

律詩 凡一百首

六年冬暮贈崔常侍晦叔 時爲河南尹。

鬢毛霜一色，光景水争流。易過唯冬日，難銷是老愁。香開緑蟻酒，煖擁褐綾裘。已共崔君約，樽前倒即休。

【箋】 作於大和六年（八三二），六十一歲，洛陽，河南尹。見陳譜及汪譜。城按：此卷詩汪本編在後集卷十一及卷十二，那波本編在卷六四。

〔崔常侍晦叔〕見卷二五題崔常侍濟源莊詩箋。並參見題崔常侍濟上別墅（卷二七）、哭崔常泉石。」是詩作於大和六年十月，則玄亮罷歸洛陽必在是年秋後。

侍晦叔（卷二九）等詩。城按：白氏題崔常侍濟上別墅詩自注云：「時常侍以長告罷歸，今故先報

【校】

〔題〕「六年」上汪本、盧校俱有「大和」二字。城按：汪本訛作「太和」。此詩以下至嘗新酒憶晦叔二首，宋本缺，蓋據別本配補。

戲招諸客

黄醅綠醑迎冬熟，絳帳紅爐逐夜開。誰道洛中多逸客，不將書喚不曾來？

【箋】

作於大和六年（八三二），六十一歲，洛陽，河南尹。

【校】

〔黄醅〕「醅」，馬本注云：「鋪不切。」

〔綠醑〕「醑」，馬本注云：「私吕切。」

十二月二十三日作兼呈晦叔

案頭曆日雖未盡，向後唯殘六七行。牀下酒瓶雖不滿，猶應醉得兩三場。病身不許依年老，拙宦虚教逐日忙。聞健偷閑且勤飲，一盃之外莫思量。

【箋】

作於大和六年（八三二），六十一歲，洛陽，河南尹。見陳譜。

〔晦叔〕崔玄亮。見卷二一答崔賓客晦叔十二月四日見寄詩箋。並參見本卷六年冬暮贈崔常侍晦叔詩。

【校】

〔勤飲〕「勤」，宋本、汪本俱作「歡」。全詩注云：「一作『歡』。」

七年元日對酒五首

慶弔經過懶，逢迎拜跪遲。不因時節日，豈覺此身羸？

衆老憂添歲，余衰喜入春。年開第七秩，屈指幾多人？

三杯藍尾酒，一楪膠牙餳。除却崔常侍，無人共我爭。

今朝吴與洛，相憶一欣然。夢得君知否？俱過本命年。余與蘇州劉郎中同壬子歲，今年六十二。

同歲崔何在？同年杜又無。余與吏部崔相公甲子同歲，與循州杜相公及第同年。秋冬二人俱逝。應無藏避處，只有且歡娱。

【箋】

作於大和七年（八三三），六十二歲，洛陽，河南尹。見陳譜及汪譜。城按：此詩汪本編在後集卷十二，那波本編在卷六四，下同。

〔三杯藍尾酒二句〕見卷二四歲日家宴戲示弟姪等兼呈張侍御二十八丈殷判官二十三兄詩箋。又白氏喜入新年自詠詩（卷三六）云：「老過占他藍尾酒，病餘收得到頭身。」

〔夢得君知否二句〕陳譜大和七年癸丑：「又云：『夢得君知否？俱過本命年。』公與夢得皆壬子生也。」

〔同歲崔何在〕白氏此詩自注云：「余與吏部崔相公甲子同歲。」城按：「崔相公」指崔羣，卒於大和六年八月，年六十一歲，見舊書卷一五九本傳。白氏有祭崔相公文（卷七〇）。又自覺詩（卷十）云：「同歲崔舍人，容光方灼灼。」

〔同年杜又無〕白氏此詩自注云：「與循州杜相公及第同年。」城按：杜相公指杜元穎，與居易貞元十六年同年進士及第。舊書卷一六三本傳：「（大和）六年，卒於貶所。」卷十七文宗紀：「（大和六年十二月丁未），責授循州司户杜元穎卒，贈湖州刺史。」考大和六年十二月己未朔，舊紀所載「丁未」有誤。據白氏此詩，元穎應卒於是年十一月間，蓋唐實録書法於外臣之卒，率以報到日爲準，固因追書不便，尤與廢朝有關也。

【校】

〔題〕二、三、四、五首前，宋本有「二」、「三」、「四」、「五」字，那波本俱有「又一首」三字。

〔拜跪〕馬本、全詩俱作「跪拜」，據宋本、那波本、汪本、萬首、盧校改。

〔身羸〕宋本、那波本、馬本、汪本俱作「時衰」，非。據萬首、全詩、盧校、何校改正。全詩注云：「一作『時衰』。」

〔一楪〕「楪」，馬本注云：「弋涉切。」

〔牙餳〕「餳」，馬本注云：「徐盈切。」

〔欣然〕宋本作「忻然」。按：説文解字段注：「忻謂心之開發，與欠部欣謂笑喜也異義。」

〔本命年〕此下那波本無注。下同。

七年春題府廳

潦倒守三川，因循涉四年。推誠廢鈎距，示耻用蒲鞭。以此稱公事，將何銷俸錢？雖非好官職，歲久亦妨賢。

【箋】作於大和七年（八三三），六十二歲，洛陽，河南尹。見陳譜及汪譜。

〔因循涉四年〕居易大和四年十二月二十八日代韋弘景爲河南尹。至大和七年春已歷第四年，故云「因循涉四年」。

早春醉吟寄太原令狐相公蘇州劉郎中

雪夜閑遊多秉燭，花時暫出亦提壺。別來少遇新詩敵，老去難逢舊飲徒。大振威名降北虜，勤行惠化活東吴。不知歌酒騰騰興，得似河南醉尹無？

【箋】作於大和七年（八三三），六十二歲，洛陽，河南尹。見陳譜。劉集外二有和樂天洛下醉吟寄太原令狐相公兼見懷長句詩。

〔太原令狐相公〕令狐楚。舊書卷十七下文宗紀：「（大和）六年）二月甲子朔，以前義昌軍節度使殷侑檢校吏部尚書、充天平軍節度使、鄆曹濮等州觀察使代令狐楚，以楚檢校右僕射、兼太原尹、北都留守、河東節度使。」舊書卷一七二本傳：「（大和）七年二月，入爲吏部尚書，仍檢校右僕射。」參見宣武令狐相公以詩寄贈傳播吴中聊用短章用伸酬謝（卷二四）、早春同劉郎中寄宣武令狐相公（卷二五）、雪中寄令狐相公兼呈夢得（卷二五）、將發洛中枉令狐相公手札兼辱二篇寵行以長句答之（卷二五）、令狐相公拜尚書後有喜從鎮歸朝之作劉郎中先和因以繼之（卷二六）、和令狐相公新於郡内栽竹百竿拆壁開軒旦夕對翫偶題七言五韻（卷二六）、酬令狐相公春日尋花見寄六韻（卷二六）、送令狐相公赴太原（卷二六）、和令狐相公寄劉郎中兼見示長句（卷二七）、洛下閑居寄山南令狐相公（卷三三）、令狐相公與夢得交情素深眷予分亦不淺一聞薨逝相顧泫然……（卷三四）等詩。

〔蘇州劉郎中〕劉禹錫。大和五年十月十二日，自禮部郎中、集賢學士除蘇州刺史。大和八年七月，自蘇州移任汝州。見白氏與劉蘇州書（卷六八）、劉禹錫蘇州舉韋中丞自代狀、汝州刺史謝上表。並參見寄劉蘇州（卷二六）、喜劉蘇州恩賜金紫遥想賀宴以詩慶之（本卷）、劉蘇州寄釀酒糯米李浙東寄楊柳枝舞衫偶因嘗酒試衫輒成長句寄謝之（卷三一）、送劉郎中赴任蘇州（外集卷上）、福光寺雪中餞劉蘇州（外集卷上）等詩。

洛下送牛相公出鎮淮南

北闕至東京，風光十六程。坐移丞相閣，春入廣陵城。紅旆擁雙節，白鬚無一莖。萬人開路看，百吏立班迎。闖外君彌重，樽前我亦榮。何須身自得，將相是門生。元和初牛相公應制策登第三等，予爲翰林考覈官。

【箋】作於大和六年（八三二），六十一歲，洛陽，河南尹。見汪譜。城按：舊書卷一七二牛僧孺傳：「（大和六年）十二月，檢校左僕射兼平章事、揚州大都督府長史、淮南節度副大使、知節度事。」舊書卷十七下文宗紀：「（大和六年）十二月己未朔，乙丑（七日），以中書侍郎同平章事牛僧孺檢校右僕射同平章事、揚州大都督府長史、充淮南節度使。」新書卷六三宰相表同。此詩云：「坐移丞相閣，春入廣陵城。」可知僧孺抵淮南時當已是大和七年正月。

〔牛相公〕牛僧孺。參見前箋及宿香山寺酬廣陵牛相公見寄（卷三三）、偶於維陽牛相公處覓得箏箏未到先寄詩來走筆戲答（卷三三）、題牛相公歸仁里宅新成小灘（卷三六）、初致仕後戲酬留守牛相公（卷三七）、酬牛相公同宿話舊勸酒見贈（卷三七）等詩。

〔北闕至東京二句〕見卷二五從陝至東京詩箋。

【校】

〔白鬚〕「鬚」，英華作「鬢」。

〔門生〕此下那波本無注。盧校「考覈官」作「考覆官」。

箏

雲髻飄蕭緑，花顔旖旎紅。雙眸剪秋水，十指剥春葱。楚豔爲門閥，秦聲是女工。甲鳴銀玓瓅，柱觸玉玲瓏。猿苦啼嫌月，鶯嬌語詐風。移愁來手底，送恨入絃中。趙瑟清相似，胡琴鬧不同。慢彈迴斷雁，急奏轉飛蓬。霜珮鏘還委，冰泉咽復通。珠聯千拍碎，刀截一聲終。倚麗精神定，矜能意態融。歇時情不斷，休去思無窮。燈下青春夜，樽前白首翁。且聽應得在，老耳未多聾。

【箋】

作於大和七年（八三三），六十二歲，洛陽，河南尹。城按：此詩見英華卷二一二。

【校】

〔女工〕「工」，盧校作「功」。何校：「『工』，葉作『功』，英華同。」

〔玓瓅〕馬本「玓」注云：「丁歷切。」「瓅」注云：「郎狄切。」

〔鶯嬌〕「鶯」，馬本作「鸞」，非。據宋本、那波本、汪本、全詩、盧校改。全詩注云：「一作『鸞』。」

〔泥風〕「泥」，那波本誤作「詆」。全詩注云：「一作『泥』。」馬本注云：「乃禮切。」

〔清相似〕「清」，汪本、全詩俱注云：「一作『情』。」

〔鬧不同〕「鬧」，汪本、全詩俱注云：「一作『調』。」

〔冰泉〕「冰」，宋本作「水」。

〔青春夜〕汪本、全詩俱注云：「一作『清歌夜』。」

洛中春遊呈諸親友

莫嘆年將暮，須憐歲又新。府中三遇臘，洛下五逢春。春樹花珠顆，春塘水麴塵。春娃無氣力，春馬有精神。詠春遊一時之態。並轡鞭徐動，連盤酒慢巡。經過舊鄰里，追逐好交親。笑語銷閑日，酣歌送老身。一生歡樂事，亦不少於人。

【箋】

作於大和七年（八三三），六十二歲，洛陽，河南尹。

〔府中三遇臘二句〕居易大和三年春以太子賓客分司東都。四年十二月二十八日，除河南尹。至七年春故云「三遇臘」、「五逢春」。又甌北詩話卷四：「香山於古詩律詩中，又多創體，自成一格。……洛下春遊五排内：『府中三遇臘，……春馬有精神。』連用五春字。」

【校】

〔精神〕此下那波本無注。

酬舒三員外見贈長句

自請假來多少日，五旬光景似須臾。已判到老爲狂客，不分當春作病夫。楊柳花飄新白雪，櫻桃子綴小紅珠。頭風不敢多多飲，能酌三分相勸無？

【箋】

作於大和七年（八三三），六十二歲，洛陽，河南尹。

〔舒三員外〕舒元輿。白氏履信池櫻桃島上醉後走筆送别舒員外兼寄宗正李卿考功崔郎中詩（卷二九）云：「不論崔李上青雲，明日舒三亦抛我。」知「舒三」即元輿也。參見苦熱中寄舒員外

（卷二二）、舒員外遊香山寺數日不歸兼辱尺書大誇勝事時正值坐衙慮囚之際走筆題長句以贈之（卷二二）、濟源上枉舒員外兩篇因酬六韻（外集卷中）等詩。城按：是年春元輿仍在東都。〔自請假來多少日二句〕城按：詩云：「楊柳花飄新白雪，櫻桃子綴小紅珠。」當爲三月天氣，此時居易請假已達五旬，故知長告必在正月末或二月初。

將歸一絶

欲去公門返野扉，預思泉竹已依依。更憐家醖迎春熟，一甕醍醐待我歸。

【箋】

作於大和七年（八三三），六十二歲，洛陽，河南尹。

【校】

〔題〕萬首作「將歸」。

罷府歸舊居　自此後重授賓客歸履道宅作。

陋巷乘籃入，朱門挂印迴。腰間抛組綬，纓上拂塵埃。屈曲閑池沼，無非手自開。青蒼好竹樹，亦是眼看栽。石片擡琴匣，松枝閣酒盃。此生終老處，昨日却歸來。

【箋】作於大和七年（八三三），六十二歲，洛陽，太子賓客分司。見陳譜。城按：白氏詠興五首詩序（卷二九）云：「七年四月，予罷河南府，歸履道第。」舊書卷十七下文宗紀：「（大和七年四月）壬子（二十五日），以河南尹白居易爲太子賓客分司東都。」

睡覺偶吟

官初罷後歸來夜，天欲明前睡覺時。起坐思量更無事，身心安樂復誰知？

【箋】作於大和七年（八三三），六十二歲，洛陽，太子賓客分司。

【校】〔題〕萬首作「睡覺」。

問支琴石

疑因星隕空中落，嘆被泥埋澗底沉。天上定應勝地上，支機未必及支琴。提攜拂拭知恩否？雖不能言合有心。

【箋】作於大和七年（八三三），六十二歲，洛陽，太子賓客分司。

自喜

身慵難勉强，性拙易遲迴。布被辰時起，柴門午後開。忙驅能者去，閑逐鈍人來。自喜誰能會？無才勝有才。

【箋】作於大和七年（八三三），六十二歲，洛陽，太子賓客分司。

裴常侍以題薔薇架十八韻見示因廣爲三十韻以和之

託質依高架，攢華對小堂。晚開春去後，獨秀院中央。霽景朱明早，芳時白晝長。穠因天與色，麗共日争光。剪碧排千萼，研朱染萬房。烟條塗石緑，粉蕊撲雌黄。根動彤雲湧，枝摇赤羽翔。九微燈炫轉，七寶帳熒煌。淑氣薰行徑，清陰接步廊。照梁迷藻棁，耀壁變雕牆。爛若叢燃火，殷於葉得霜。臙脂含笑臉，蘇合裛衣香。浹洽濡晨露，玲瓏漏夕陽。合羅排勘纈，醉暈淺深粧。乍見疑迴面，遥看誤斷腸。風朝舞飛燕，雨夜泣蕭娘。桃李慚無語，芝蘭讓不芳。山榴何細碎？石竹苦尋常。蕙慘偎欄避，蓮羞映浦藏。怯教蕉葉戰，妬得柳花狂。豈可輕嘲詠！應須痛比方。畫幈風自展，繡繖蓋誰張？翠錦挑成字，丹砂印著行。猩猩凝血點，瑟瑟蹙金匡。散亂萎紅片，尖纖嫩紫芒。觸僧飄毳褐，留妓冒羅裳。寡和陽春曲，多情騎省郎。緣誇美顔色，引出好文章。東顧辭仁里，語曰：里仁爲美。又裴君所居名仁和里。西歸入帝鄉。假如君愛殺，留著莫移將。裴君題詩之次，而常侍詔到，唱和未竟，而軒騎西歸。故云。

【箋】

作於大和七年(八三三),六十二歲,洛陽,太子賓客分司。何義門云:「太煩則少味。」

〔裴常侍〕裴潾。舊書卷一七一本傳:「大和四年,出爲汝州刺史、兼御史中丞,賜紫。坐違法杖殺人,貶左庶子分司東都。七年,遷左散騎常侍、充集賢殿學士。」與白氏此詩相證,時間蓋合。參見卷三〇偶以拙詩數首寄呈裴少尹侍郎蒙以盛製四篇一時酬和重投長句美而謝之詩箋。

城按:此與白氏江西裴常侍以優禮見待又蒙贈詩輒叙鄙誠用伸感謝(卷十七)、初除官蒙裴常侍贈鶻銜瑞草緋袍魚袋因謝惠貺兼抒離情(卷十七)兩詩中之「裴常侍」顯非一人,蓋彼詩所指乃裴堪,卒於寶曆元年閏七月,見舊書卷十七上敬宗紀。花房英樹以爲一人,非是。

〔東顧辭仁里〕兩京城坊考卷五兵部侍郎裴隣宅條云:「按白居易裴常侍薔薇架詩注:『裴君所居名仁和里。』蓋亦裴氏(寬)之族也。諸城劉氏云:大和題名有裴潾,則『隣』當作『潾』。」城按:當以「潾」爲正。參見卷三〇偶以拙詩數首寄呈裴少尹侍郎蒙以盛製四篇一時酬和重投長句美而謝之詩箋。

【校】

〔雌黄〕「雌」,宋本作「雄」。全詩注云:「一作『雄』。」

〔九微〕「微」,那波本作「萃」,非。城按:字書無此字。

〔叢燃火〕「叢」,馬本注云:「徂紅切。」

〔笑臉〕汪本、全詩俱倒作「臉笑」。

〔裛衣香〕「裛」，馬本注云：「於業切。」

〔浹洽〕那波本作「洽恰」。

〔排勘纈〕「纈」，馬本注云：「胡結切。」

〔繖蓋〕「繖」，馬本注云：「先諫切。」

〔仁里〕此下那波本無注。下同。

感舊詩卷

夜深吟罷一長吁，老淚燈前濕白鬚。二十年前舊詩卷，十人酬和九人無！

【箋】作於大和七年（八三三），六十二歲，洛陽，太子賓客分司。

酬李二十侍郎

筍老蘭長花漸稀，衰翁相對惜芳菲。殘鶯著雨慵休囀，落絮無風凝不飛。行掇木芽供野食，坐牽蘿蔓掛朝衣。十年分手今同醉，醉未如泥莫道歸。

【箋】　作於大和七年（八三三），六十二歲，洛陽，太子賓客分司。何義門云：「白詩中最有餘味者。三四兩句畫出『衰』字。」唐宋詩醇卷二六：「頷聯似賦，似比，意致纏緜，深人無淺語。」〔李二十侍郎〕李紳。城按：李紳，大和七年正月自壽州刺史授太子賓客分司東都，見全詩卷四八〇李紳發壽陽分司勑到又遇新正感懷書事詩原注。蓋唐人多喜稱内職，據舊書穆宗紀，長慶三年十月，出紳爲江西觀察使，紳請留，改户部侍郎。故此詩仍以侍郎相稱也。參見本卷贈皇甫六張十五李二十三賓客、醉送李二十常侍赴鎮浙東及卷三三歎春風兼贈李二十侍郎等詩。

和夢得

夢得來詩云：「謾讀圖書四十車，年年爲郡老天涯。一生不得文章力，百口空爲飽煖家。」

綸閣沉沉無寵命，蘇臺籍籍有能聲。豈惟不得清文力，但恐空傳冗吏名。郎署迴翔何水部，江湖留滯謝宣城。所嗟非獨君如此，自古才難共命爭。

【箋】　作於大和七年（八三三），六十二歲，洛陽，太子賓客分司。劉集外二有郡齋書懷寄河南白尹兼簡分司崔賓客詩云：「謾讀圖書二十車，年年爲郡老天涯。一生不得文章力，百口空爲飽暖家。綺季衣冠稱鬢面，吴公政事副詞華。還思謝病今歸去，同醉城東桃李花。」即白詩題下自注所引之句，惟「四十」劉集作「二十」。又白氏和集賢劉學士早朝作詩云：「暫留春殿多稱屈，合入綸闈即可知。」參以此詩「綸閣沈沈無寵命」句，知當時物望皆以禹錫當入掖垣掌誥，集賢之命，蘇州之除，皆屈於不得已也。

【校】

〔題〕此下那波本無注。「四十車」，何校作「三十車」，注云：「蘭雪作『四』。」

贈草堂宗密上人

吾師道與佛相應，念念無爲法法能。口藏傳宣十二部，心臺照耀百千燈。盡離文字非中道，長住虚空是小乘。少有人知菩薩行，世間只是重高僧。

【箋】

作於大和七年（八三三），六十二歲，洛陽，太子賓客分司。劉集卷二九及英華卷二二一有送宗密上人歸南山草堂寺因詣河南尹白侍郎詩。

〔草堂宗密上人〕草堂寺僧宗密。又號圭峯禪師。城按：草堂寺在長安終南山。張禮遊城南記：「圭峯、紫閣在（終南山）祠之西。圭峯下有草堂寺，唐僧宗密所居，因號圭峯禪師。紫閣之陰即渼陂，杜甫詩曰『紫閣峯陰入渼陂』是也。」參見本卷喜照密閑實四上人見過詩。又按：李訓於甘露事變後單騎走入終南山，投寺僧宗密。密與訓素善，欲剃其髮匿之，未果。仇士良以宗密容李訓，遣人縛入左軍，將殺之。賴中尉魚弘志奏釋之。見舊書卷一六九李訓傳。則似宗密亦同情甘露事變黨人者。

【校】

〔十二〕「二」，英華注云：「集作『五』。」汪本、全詩俱注云：「一作『五』。」

〔心臺〕「臺」，英華作「傳」。全詩注云：「一作『傳』。」

喜照密閑實四上人見過

紫袍朝士白髯翁，與俗乖疏與道通。官秩三迴分洛下，交遊一半在僧中。臭帑世界終須出，香火因緣久願同。齋後將何充供養？西軒泉石北窗風。

【箋】

作於大和七年（八三三），六十二歲，洛陽，太子賓客分司。

〔照上人〕僧神照。見卷二七贈神照上人詩箋。並參見神照禪師同宿（卷二九）詩及唐東都奉國寺禪德大師照公塔銘并序（卷七一）。

〔密上人〕僧宗密。見本卷贈草堂宗密上人詩箋。

〔閑上人〕僧清閑。見卷二七贈清閑上人詩箋。

〔實上人〕僧宗實。見卷二七贈宗實上人詩箋。並參見白氏送宗實上人遊江南（卷三二）詩。

【校】

〔紫袍〕「袍」，那波本、盧校俱作「衫」。全詩注云：「一作『衫』。」

〔臭帤〕「帤」，馬本、汪本、全詩俱誤作「帑」，馬本注云：「農都切。」汪本注云：「古『孥』字。」盧校：「『帑』，馬音農都切，謬甚。此與『袽』同，黄庭經：『人間紛紛臭如帤。』」據宋本、那波本、盧校改正。

贈皇甫六張十五李二十三賓客

昨日三川新罷守，今年四皓盡分司。幸陪散秩閑居日，好是登山臨水時。家未苦貧常醖酒，身雖衰病尚吟詩。龍門泉石香山月，早晚同遊報一期。

【箋】

作於大和七年（八三三），六十二歲，洛陽，太子賓客分司。

〔皇甫六賓客〕皇甫鏞。參見卷二一寄皇甫賓客詩箋。並參見白氏酬皇甫賓客（卷二五）、贈皇甫賓客（卷二七）、酬皇甫賓客（卷二八）、拜表早出贈皇甫賓客（外集卷上）等詩。

〔張十五賓客〕張仲方。見卷二九秋日與張賓客舒著作同遊龍門醉中狂歌凡百三十八字詩箋。

〔李二十賓客〕李紳。見本卷酬李二十侍郎詩箋。

〔今年四皓盡分司〕指居易及皇甫鏞、張仲方、李紳四人同一年俱以太子賓客分司東都。全詩卷四八一李紳七年初到洛陽寓居宣教里時已春暮而四老俱在洛中分司詩云：「青莎滿地無三徑，白髮緣頭忝四人。」亦指此四人也。

【校】

〔三川〕「川」，宋本訛作「州」。城按：居易大和七年四月罷河南尹，「昨日三川新罷守」，指此。

〔閑居〕那波本作「同居」，非。

〔苦貧〕「苦」，那波本訛作「若」。

微之敦詩晦叔相次長逝巋然自傷因成二絶

併失鵷鸞侶，空留麋鹿身。只應嵩洛下，長作獨遊人。

長夜君先去，殘年我幾何？秋風滿衫淚，泉下故人多！

【箋】作於大和七年（八三三），六十二歲，洛陽，太子賓客分司。劉集外二有樂天見示傷微之敦詩晦叔三君子皆有深分因成是詩詩。見陳譜。

〔微之〕元稹。卒於大和五年七月二十二日。見白氏元稹墓誌銘（卷七〇）。

〔敦詩〕崔羣。卒於大和六年八月。見舊書卷一五九本傳。

〔晦叔〕崔玄亮。卒於大和七年七月十一日。見白氏崔玄亮墓誌銘（卷七〇）。又感舊詩序（卷三六）云：「元相公微之，大和六（城按：「六」爲「五」字之訛）年秋薨。崔侍郎晦叔，大和七年夏薨。」

【校】〔題〕第二首前，宋本有「又」字，那波本有「又一首」三字。「長」，英華作「薨」。

〔鵷鸞〕英華作「鴛鴦」。

〔只應〕「應」，馬本訛作「因」，據宋本、那波本、汪本、全詩、盧校改正。

池上閑詠

青莎臺上起書樓，緑藻潭中繫釣舟。日晚愛行深竹裏，月明多上小橋頭。暫嘗新酒還成醉，亦出中門便當遊。一部清商聊送老，白鬚蕭颯管絃秋。

【箋】作於大和七年（八三三），六十二歲，洛陽，太子賓客分司。唐宋詩醇卷二六：「天機清妙，吐屬自然，不知者或以爲開宋派矣。」

【校】〔深竹〕「竹」，英華作「徑」。全詩注云：「一作『徑』。」

〔多上〕「上」，宋本作「在」。全詩注云：「一作『在』。」

涼風歎

昨夜涼風又颯然，螢飄葉墜臥床前。逢秋莫歎須知分，已過潘安三十年。

【箋】作於大和七年（八三三），六十二歲，洛陽，太子賓客分司。

和高僕射罷節度讓尚書授少保分司喜遂游山水之作

暫辭八座罷雙旌，便作登山臨水行。能以忠貞酬重任，不將富貴礙高情。朱門出去簪纓從，絳帳歸來歌吹迎。鞍轡鬧裝光滿馬，何人信道是書生？

【箋】作於大和七年（八三三），六十二歲，洛陽，太子賓客分司。

〔高僕射〕高瑀。舊書卷十七下文宗紀：「大和（七年六月）甲戌，以刑部尚書高瑀爲太子少保分司。」參見白氏送徐州高僕射赴鎮（卷二六）、送陳許高僕射赴鎮（本卷）等詩。

〔鞍轡鬧裝光滿馬〕見卷十五渭村退居寄禮部崔侍郎翰林錢舍人詩一百韻詩箋。

送考功崔郎中赴闕

稱意新官又少年，秋涼身健好朝天。青雲上了無多路，却要徐驅穩著鞭。

【箋】作於大和七年（八三三），六十二歲，洛陽，太子賓客分司。黄徹䂬溪詩話卷八：「白公送崔考功云：『稱意新官又少年……。』余謂新進少年，躁鋭不已，往往自取傾覆，此詩可謂忠誨矣。又有云：『竿頭已到應難久，局勢雖遲未必輸。』嘗三復之，豈椎鈍者偏樂聞此等語耶？」唐宋詩醇卷二六：「規戒深摯。」

〔考功崔郎中〕參見本卷池上送考功崔郎中兼別房竇二妓及卷二九履信池櫻桃島上醉後走筆送別舒員外兼寄宗正李卿考功崔郎中等詩。

重修香山寺畢題二十二韻以紀之

闕塞龍門口，祇園鷲嶺頭。曾隨減音陷劫壞，今遇勝緣修。再瑩新金剎，重裝舊石樓。病僧皆引起，忙客亦淹留。四望窮沙界，孤標出贍洲。地圖鋪洛邑，天柱倚崧丘。兩面蒼蒼岸，中心瑟瑟流。波翻八灘雪，堰護一潭油。臺殿朝彌麗，房廊夜更幽。千花高下塔，一葉往來舟。岫合雲初吐，林開霧半收。静聞樵子語，遠聽棹郎謳。官散殊無事，身閑甚自由。吟來攜筆硯，宿去抱衾裯。霽月當窗白，涼風滿簟秋。烟香封藥竈，泉冷洗茶甌。南祖心應學，西方社可投。先宜知止足，次要悟浮休。覺路隨方樂，迷塗到老愁。須除愛名障，莫作戀家囚。便合窮年住，何言竟日遊。可憐終老地，此是我菟裘！

【箋】

作於大和六年（八三二），六十一歲，洛陽，太子賓客分司。見汪譜。城按：此詩汪本編在後集卷十一，那波本編在卷六四。白氏修香山寺記（卷六八）：「洛都四郊，山水之勝，龍門十寺，觀遊之勝，香山首焉。香山之壞久矣，樓亭騫崩，佛僧暴露。士君子惜之，予亦惜之。佛弟子恥之，予亦恥之。頃予爲庶子、賓客，分司東都時，性好閑遊，靈跡勝概，靡不周覽。每至兹寺，慨然有葺完之願焉。迨今七八年，幸爲山水主，是償初心、復始願之秋也。似有緣會，果成就之。噫！予早與故元相國微之，定交於生死之間，冥心於因果之際。去年秋，微之將薨，以墓誌文見託。既而元氏之老，狀其臧獲輿馬綾帛洎銀鞍玉帶之物，價當六七十萬，爲謝文之贄，來致於予。予念平生分，文不當辭，贄不當納。自秦抵洛，往返再三，訖不得已，迴施兹寺。因請悲智僧清閑主張之，命謹幹將士復掌治之。始自寺前亭一所，登寺橋一所，連橋廊七間，次至石樓一所，連廊六間，次東佛龕大屋十一間，次南賓院堂一所，大小屋共七間。凡支壞、補缺、壘隤、覆漏，杇墁之功必精，赭堊之飾必良。雖一日必葺，越三月而就。譬如長者壞宅，欻爲導師化城。於是龕像無燥濕陊泐之危，寺僧有經行宴坐之安。游者得息肩，勸者得寓目。關塞之氣色，龍潭之景象，香山之泉石，石樓之風月，與往來者耳目一時而新。士君子、佛弟子豁然如釋憾刷恥之爲者。清閑上人與予及微之皆夙舊也，交情願力，盡得知之。感往念來，歡且贊曰：凡此利益，皆名功德。而是功德，應歸微之。必有以滅宿殃，薦冥福也。予應曰：嗚呼！乘此功德，安知他劫不與微之結後緣於兹土乎？因此行願，安知他生不與微之復同遊於茲寺乎？言及於斯，漣而涕下。唐大和六年八月一日，河南尹太原白居易記。」據此則居易詩亦當爲同時之作。

〔香山寺〕見卷六八修香山寺記箋。

〔闕塞龍門〕見卷二五龍門下作詩箋。

〔石樓〕白氏修香山寺記（卷六八）云：「始自寺前亭一所，登寺橋一所，連橋廊七間。次至石樓一所，連樓一所，連廊七間。」參見香山寺石樓潭夜浴詩（卷二二）。

〔波翻八灘雪〕八灘即龍門八節灘，在洛陽龍門山下。白氏開龍門八節石灘詩序（卷三七）云：「東都龍門潭之南有八節灘、九峭石，船筏過此，例反破傷。」

〔南祖心應學〕南祖指禪宗南宗始祖慧能。白氏唐東都奉國寺禪德大師照公塔銘并序（卷七一）云：「明年，傳教主院上首弟子沙門清閑，糾門徒，合財施，與服勤弟子志行等，營度裏事，卜兆於寶應寺荷澤祖師塔東若干步，窆而塔焉，示不忘其本也。」又修香山寺記（卷六八）云：「因請悲智僧清閑主張之，命謹幹將士復掌治之。……清閑上人與予及微之皆夙舊也，交情願力，盡得知之。」城按：清閑主持香山寺，乃禪宗荷澤宗神照弟子，亦可知當時之香山寺乃禪宗系統，居易亦禪宗弟子，故詩云「南祖心應學」也。

【校】

〔鷲嶺〕「鷲」，馬本注云：「音就。」

〔滅劫〕「滅」，宋本作「滅」，非。城按：「滅劫」乃佛家語，見俱舍論。又，「滅」下各本俱無注，據宋本、盧校增。

〔崧丘〕「崧」，馬本誤作「松」，據宋本、那波本、汪本、全詩、盧校改正。全詩注云：「一作『松』。」亦非。城按：「崧」通「嵩」。

〔當窗〕「窗」，宋本、那波本、盧校俱作「軒」。全詩注云：「一作『軒』。」

〔菟裘〕「菟」，馬本注云：「土故切。」

送楊八給事赴常州

無嗟別青瑣，且喜擁朱輪。五十得三品，百千無一人。須勤念黎庶，莫苦憶交親。此外無過醉，毗陵何限春。

【箋】

作於大和七年（八三三），六十二歲，洛陽，太子賓客分司。城按：此詩汪本編在後集卷十二，那波本編在卷六四，下同。

〔楊八給事〕楊虞卿。舊書卷一七六本傳：「（大和）六年，轉給事中。七年，宗閔罷相，李德裕知政事，出爲常州刺史。八年，宗閔復入相，尋召爲工部侍郎。」舊書卷十七下文宗紀：「（大和七年三月)庚戌，出給事中楊虞卿爲常州刺史。」參見本卷晚春閑居楊工部寄詩楊常州寄茶同到因以長句答之詩。城按：虞卿爲李宗閔之黨，楊嗣復之宗人，而李德裕之所惡。新書卷一七四李宗閔傳載虞卿貶常州之事云：「德裕爲相，與宗閔共當國。……帝(文宗)曰：『衆以楊虞卿、張元夫、蕭澣爲黨魁。』德裕因請皆出爲刺史，帝然之，即以虞卿爲常州，元夫爲汝州，蕭澣爲鄭州。宗閔曰：『虞卿位給事中，州不容在元夫下，德裕居外久，其知黨人不如臣之詳。虞卿日見賓客於第，世號行中書，故臣未嘗與美官。』德裕質之曰：『給事中非美官云何！』宗閔大沮，不得對。」則虞卿結援怙勢，囂張自喜之情態可以概見。劉集外八有寄毗陵楊給事三首詩，亦係此時酬虞卿之作。

聞歌者唱微之詩

新詩絶筆聲名歇，舊卷生塵篋笥深。時向歌中聞一句，未容傾耳已傷心。

【箋】作於大和七年(八三三)，六十二歲，洛陽，太子賓客分司。

醉送李二十常侍赴鎮浙東

靖安客舍花枝下，共脱青衫典濁醪。今日洛橋還醉別，金盃翻汙麒麟袍。喧闐夙駕君脂轄，酩酊離筵我藉糟。好去商山紫芝伴，珊瑚鞭動馬頭高。

【箋】

作於大和七年（八三三），六十二歲，洛陽，太子賓客分司。

〔李二十常侍〕李紳。舊書卷十七下文宗紀：「（大和七年閏七月）癸未，以太子賓客李紳檢校左散騎常侍、兼越州刺史、充浙東觀察使代陸亘。」城按：舊書卷一七三本傳作「七月」，誤。又全文卷六九四李紳龍宫寺碑云：「（太（大）和癸丑歲，余自分命洛陽，承詔以檢校左騎省廉察于兹。」與舊傳、紀同。並參見酬李二十侍郎（本卷）、劉蘇州寄釀酒糯米李浙東寄楊柳枝舞衫偶因嘗酒試衫輒成長句寄謝之（卷三二）等詩。又按：劉集外六有酬浙東李侍郎越州春晚即事長句亦係酬紳之作。紳長慶初與元稹、李德裕同在翰林，時稱三俊，綜其一生仕歷，皆緣李德裕之故，與李逢吉、李宗閔爲死敵，其自太子賓客出爲浙東觀察使亦由李德裕作相之故。以元稹、李德裕與劉禹錫交情言之，紳與禹錫交情必亦不薄。

〔浙東〕見卷五〇尚書工部侍郎集賢殿學士丁公著可檢校左散騎常侍越州刺史浙東觀察使制箋。

〔靖安客舍花枝下二句〕太平廣記卷四八八元稹鶯鶯傳：「貞元歲九月，執事李公垂宿于予靖安里第，語及于是，公垂卓然稱異，遂爲鶯鶯歌以傳之。」此「貞元歲」，陳寅恪元白詩箋證稿以爲「貞元二十年最爲可能」，則知居易因元稹與李紳訂交亦在是年。

【校】〔翻汙〕「汙」，馬本訛作「汗」，據宋本、那波本、汪本、全詩改正。

醉别程秀才

五度龍門點額迴，却緣多藝復多才。貧泥客路粘難出，愁鎖鄉心掣不開。何必更遊京國去，不如且入醉鄉來。吴絃楚調瀟湘弄，爲我慇懃送一盃。程生善琴，尤能沉湘曲。

【箋】作於大和七年（八三三），六十二歲，洛陽，太子賓客分司。

【校】〔一盃〕此下那波本無注。

自詠

白衣居士紫芝仙，半醉行歌半坐禪。今日維摩兼飲酒，當時綺季不請平聲錢。等閑池上留賓客，隨事燈前有管絃。但問此身銷得否？分司氣味不論年。

【箋】作於大和七年（八三三），六十二歲，洛陽，太子賓客分司。

〔綺季不請錢〕查慎行白香山詩評：「『當時綺季不請錢』，『請』字不可解。後和裴令詩又有『請錢不早朝』之句。」

【校】〔請錢〕「請」下馬本、那波本俱無注，據宋本、汪本、全詩、盧校增。

把酒思閑事二首

把酒思閑事，春愁誰最深？乞錢羈客面，落第舉人心。月下低眉立，燈前抱膝吟。憑君勸一醉，勝與萬黄金！

把酒思閑事，春嬌何處多？試鞍新白馬，弄鏡小青娥。掌上初教舞，花前欲按歌。憑君勸一醉，勸了問如何？

【箋】作於大和七年（八三三），六十二歲，洛陽，太子賓客分司。

【校】

〔題〕第二首前，宋本有「二」字，那波本有「又一首」三字。

衰荷

白露凋花花不殘，涼風吹葉葉初乾。無人解愛蕭條境，更遶衰叢一匝看。

【箋】

作於大和七年（八三三），六十二歲，洛陽，太子賓客分司。

【校】

〔衰叢〕「叢」，馬本注云：「徂紅切。」

池上送考功崔郎中兼別房竇二妓

文昌列宿徵還日，洛浦行雲放散時。鵷鷺上天花逐水，無因再會白家池。

【箋】

作於大和七年（八三三），六十二歲，洛陽，太子賓客分司。

〔考功崔郎中〕見本卷送考功崔郎中赴闕詩箋。

自問

依仁臺廢悲風晚，履信池荒宿草春。晦叔亭臺在依仁，微之池館在履信。自問老身騎馬出，洛陽城裏覓何人？

【箋】作於大和七年（八三三），六十二歲，洛陽，太子賓客分司。劉集外二有吟樂天自問愴然有作詩。

〔依仁〕洛陽依仁坊。見卷二二聞崔十八宿予新昌弊宅時予亦宿崔家依仁新亭一宵偶同兩興暗合因而成詠聊以寫懷詩箋。

〔履信〕洛陽履信坊。見卷二七過元家履信宅詩箋。

【校】〔宿草春〕此下那波本無注。

送陳許高僕射赴鎮

敦詩閱禮中軍帥，重士輕財大丈夫。常與師徒同苦樂，不教親故隔榮枯。花鈿坐遶黄金印，絲管行隨白玉壺。商皓老狂唯愛醉，時時能寄酒錢無？

【箋】

作於大和七年（八三三），六十二歲，洛陽，太子賓客分司。何義門云：「五六寫榮樂章法錯綜。」

〔陳許高僕射〕高瑀。舊書卷十七下文宗紀：「（大和七年八月戊申），以刑部尚書高瑀爲忠武軍節度使。」参見送徐州高僕射赴鎮（卷二六）、和高僕射罷節度讓尚書授少保分司喜遂游山水之作（本卷）等詩。城按：陳許節度使管陳、許兩州，治所在許州。見元和郡縣志卷八。

【校】

〔師徒〕「師」，馬本訛作「司」，據宋本、那波本、汪本、全詩、查校改正。

〔絲管〕「管」，馬本、汪本作「竹」。據宋本、那波本、全詩、盧校改。全詩注云：「一作『竹』。」

青氈帳二十韻

合聚千羊毳，施張百子弮。司馬遷書云：「張空弮。」骨盤邊柳健，色染塞藍鮮。北製因戎創，南移逐虜遷。汰音闥風吹不動，禦雨濕彌堅。有頂中央聳，無隅四嚮圓。旁通門豁爾，内密氣溫然。遠別關山外，初安庭户前。影孤明月夜，價重苦寒年。軟煖圍氈毯，鎗摐束管絃。最宜霜後地，偏稱雪中天。側置低歌座，平鋪小舞筵。閑多揭簾入，醉便擁袍眠。鐵檠去聲移燈背，銀囊帶火懸。深藏曉蘭焰，暗貯宿香烟。獸炭休親近，狐裘可棄捐。硯溫融凍墨，缾煖變春泉。蕙帳徒招隱，茅庵浪坐禪。貧僧應嘆羨，寒士定留連。賓客於中接，兒孫向後傳。王家誇舊物，未及此青氈。王子敬語偷兒云：「青氈我家舊物。」

【箋】

作於大和七年（八三三），六十二歲，洛陽，太子賓客分司。

〔青氈帳〕程大昌演繁露卷十三：「唐人昏禮多用百子帳，特貴其名與昏宜，而其制度則非有子孫衆多之義。蓋其制本出戎虜，特穹廬之具體而微者耳。棬柳爲圈，以相連瑣，可張可闔，爲其圈之多也，故以百子總之，亦非真有百圈也。其施張既成，大抵如今尖頂圓亭子，而用青氈通冒四隅上下，便於移置耳。白樂天有青氊帳詩，其規模可考也。其詩始曰『合聚千羊毳，施張百子卷。骨盤邊柳健，色染塞藍鮮』，其下注文自引史記『張空卷』爲證，即是以柳爲圈而青氊冒之也。又曰『北製因戎創，南移逐虜遷』，是制出戎虜也。『有頂中央聳，無隅四嚮圓』，是頂聳旁圓也。既曰『影孤明月夜』，又曰『最宜霜後地』，則是以之弛張移置於月於霜隨處悉可也。又曰『側置低歌座，平鋪小舞筵』，則其中亦差寬矣。既曰『銀囊帶火懸』，又曰『獸炭休親近』，則是其間不設燎爐，但用銀囊貯火虛懸其中也。又曰『蕙帳徒招隱，茅庵浪坐禪』，其所稱比，但言蕙帳茅庵而正比穹廬，知其制出穹廬也。樂天詩最爲平易，至其鋪叙物制，如有韻之記，則豈世之徒綴聲韻者所能希哉！唐德宗時，皇女下降，顏真卿爲禮儀使，如俗傳障車却扇花燭之禮，顏皆遵用不廢，獨言氊帳本北虜穹廬遺制，請皆不設。其言氊帳，即樂天所賦而宋之問所謂『催鋪百子帳』者是也。」城按：程氏之考釋綦詳，樂天所詠青氈帳即今之蒙古包。查慎行白香山詩評：「『骨盤邊柳健』四句，切貼。『有頂中央聳』二句，今蒙古包也。」趙翼甌北詩話卷四亦云：「香山集有青氊帳詩二十韻，中有云：『有頂中央聳，無隅四嚮圓。』又云：『北製因戎創，南移逐虜遷。』按其製頂高體圓，來自戎俗，即今蒙古包也。但今製用白氊而朱其頂，香山所咏則純用青氊耳。」

【校】

〔羊毳〕「羊」，宋本作「年」，非。全詩注云：「一作『年』。」「毳」，馬本注云：「蚩瑞切。」

〔百子卷〕此下那波本無注。

〔汏風〕「汏」下那波本、馬本俱無注，據宋本、汪本、全詩、盧校增。

〔氈毯〕「毯」，馬本注云：「吐敢切。」

〔鐵檠〕「檠」下那波本、馬本、汪本俱無「去聲」二字注，據宋本、全詩、盧校增。又馬本此下注云：「渠京切。」

〔青氈〕此下那波本無注。注中「倫」字，宋本誤作「倫」。

答夢得秋日書懷見寄

幸免非常病，甘當本分衰。眼昏燈最覺，腰瘦帶先知。樹葉霜紅日，髭鬚雪白時。悲愁緣欲老，老過却無悲。

【箋】作於大和七年（八三三），六十二歲，洛陽，太子賓客分司。劉集外二有秋日書懷寄白賓客詩。

同諸客題于家公主舊宅

平陽舊宅少人遊，應是遊人到即愁。春榖鳥啼桃李院，絡絲蟲怨鳳凰樓。臺傾滑石猶殘砌，簾斷真珠不滿鈎。聞道至今蕭史在，髭鬚雪白向明州。

【箋】

作於大和七年（八三三），六十二歲，洛陽，太子賓客分司。城按：劉集外二有題于家公主舊宅詩云：「樹滿荒臺葉滿池，簫聲一絶草蟲悲。鄰家猶學宮人髻，園客争偷御果枝。馬埒蓬蒿藏狡兔，鳳棲煙雨嘯愁鴟。何郎猶在無恩澤，不似當初傅粉時。」（城按：此詩題上海人民出版社一九七五年排印本誤作「丁家公主」。）何義門云：「不及夢得詩，然風調自妙。」查慎行白香山詩評：「『聞道至今蕭史在』二句，第三十三卷中有寄明州于駙馬使君絶句可引爲註脚。」唐宋詩醇卷二六：「寫景穠麗，倍覺蒼涼，一結黯然神傷，不堪卒讀。」

〔于家公主〕憲宗長女永昌公主。新書卷八三諸帝公主傳：「梁國惠康公主，始封普寧，帝特愛之，下嫁于季友。元和中，徙永昌。薨，詔追封及謚。」

〔聞道至今蕭史在二句〕蕭史指于季友。大和七年前後爲明州刺史。城按：文苑英華載此詩「明州」誤作「韶州」。文苑英華辨證卷九：「白居易題于家公主舊宅詩：『髭鬚皓白向韶州。』按：于家公主，憲宗之女永昌公主，下嫁于頔之子季友……居易所題舊宅在洛中……其後有寄明州于駙馬使君詩『留滯三年在浙東』，又有『近海饒風』、『海味腥鹹』之語，皆指明州也。檢唐史于頔傳，不書季友終於何官，而宰相世系表，季友絳、宋等州刺史，不及明州，蓋省文也。今文苑乃作『韶州』，誤指季友爲于琮，遂改作『韶州』，不可不辨。」汪立名云：「英華作『韶州』，是誤以于季友爲于琮也。琮尚宣宗廣德公主在大中十三年，居易殁已久，至貶韶州則在咸通十三年，相去更遠矣。」汪氏亦承辨證之説，而彭叔夏誤引作周益公。岑仲勉唐集質疑于明州條亦云：「余按『皓』，白集作『雪』，白前詩收白集六四，後詩收六五，皆大和三年居易分司東都後所作，今育王寺碑後記末，題『大和七年十二月一日明州刺史于季友記』（萃編一〇八），時代正合，更足爲彭説之確證。萃編疑季友是否同人，平津續記言新表不載，則未知南宋人早經論定也。」岑氏之説可補彭、汪兩氏之不足，然謂此兩詩俱大和三年後作則仍有未諦，蓋前詩大和七年作，後詩則大和八年春作也。明州，本會稽之鄮縣。開元二十六年，分越州之鄮縣置明州，以境内四明山爲名，屬江南道。見元和郡縣志卷二六。

【校】

〔舊宅〕何校：「英華作『有宅』，『有』字健，視『舊』字生死懸絶。」

〔春轂〕「春」，馬本、那波本俱訛作「春」，據宋本改正。英華、汪本、全詩俱作「布」，注云：「一作『春』。」

〔蟲怨〕何校：「英華『怨』作『繞』，蟲聲入夜可聞，『繞』字勝。」

〔真珠〕「真」，馬本、全詩俱作「珍」，據宋本、那波本、汪本、盧校改。

〔髭鬚〕「髭」，英華作「鬢」。汪本注云：「一作『鬢』。」

〔明州〕「明」，英華訛作「韶」。説見前箋。全詩注云：「一作『韶』。」亦非。

答夢得八月十五日夜玩月見寄

南國碧雲客，東京白首翁。松江初有月，伊水正無風。遠思兩鄉斷，清光千里同。不知娃館上，何似石樓中？其夜余在龍門石樓上望月。

【箋】

作於大和七年（八三三），六十二歲，洛陽，太子賓客分司。劉集外二有八月十五日夜半雲開然後玩月因書一時之景寄呈樂天詩。考唐人中秋玩月詩或始於開元後。清陳彝握蘭軒隨筆云：「中秋玩月不知起何時，考古人賦詩則始於杜子美，而戎昱登樓望月、冷朝陽與空上人宿華巖寺對月、陳羽鶴鑑湖望月、張南史和崔中丞望月、武元衡錦樓望月皆在中秋……然則玩月盛於中秋，其在開元以後乎！」

〔娃館〕館娃宮。見卷二四代諸妓贈送周判官詩箋。

〔石樓〕香山寺石樓。見卷六八修香山寺記箋。

【校】

〔有月〕「有」，英華作「上」。全詩注云：「一作『上』。」

〔石樓中〕以下那波本無注。

初冬早起寄夢得

起戴烏紗帽，行披白布裘。爐温先煖酒，手冷未梳頭。早景烟霜白，初寒鳥雀愁。詩成遣誰和？還是寄蘇州。

【箋】作於大和七年（八三三），六十二歲，洛陽，太子賓客分司。劉集外二有酬樂天初冬早寒見寄詩云：「乍起衣猶冷，微吟帽半欹。霜凝南屋瓦，雞唱後園枝。洛水碧雲曉，吴宫黄葉時。兩傳千里意，書札不如詩。」全詩亦收劉詩入元稹卷中，然白詩明是寄劉，劉詩亦有「吴宫黄葉」之句，必係劉作無疑。

【校】〔早景〕「景」，馬本、汪本、全詩俱作「起」，據宋本、那波本改。汪本、全詩俱注云：「一作『景』」。

秋夜聽高調涼州

樓上金風聲漸緊，月中銀字韻初調。促張絃柱吹高管，一曲涼州入泬寥。

【箋】

作於大和七年（八三三），六十二歲，洛陽，太子賓客分司。

【校】

〔泬寥〕「泬」下馬本注云：「音血，又音決。」

香山寺二絶

空門寂静老夫閑，伴鳥隨雲往復還。家醖滿缾書滿架，半移生計入香山。

愛風巖上攀松蓋，戀月潭邊坐石稜。且共雲泉結緣境，他生當作此山僧。

【箋】

作於大和七年（八三三），六十二歲，洛陽，太子賓客分司。

〔香山寺〕見卷二三舒員外遊香山寺數日不歸兼辱尺書大詩勝事時正值坐衙慮囚之際走筆題長句以贈之詩箋。

【校】

〔題〕第二首前宋本有「二」字。

〔坐石〕萬首作「住日」。全詩注云：「一作『住日』。」

送舒著作重授省郎赴闕

三歲相依在洛都，遊花宴月飽歡娱。惜别笙歌多怨咽，願留軒蓋少踟躕。劍磨光彩依前出，鵬舉風雲逐後驅。從此求閑應不得，更能重醉白家無？

【箋】

作於大和七年（八三三），六十二歲，洛陽，太子賓客分司。

〔舒著作〕舒元輿。見卷二一九日代羅樊二妓招舒著作詩箋。並參見秋日與張賓客舒著作同遊龍門醉中狂歌凡二百三十八字詩（卷二九）。城按：白氏履信池櫻桃島上醉後走筆送别舒員外兼寄宗正李卿考功崔郎中詩（卷二九）云：「歲晚無花空有葉，風吹滿地乾重疊。踏葉悲秋復憶春，池邊樹下重殷勤。」則知元輿離洛陽往長安，必在是年秋末。册府元龜卷九四五總録部：「舒元輿爲著作郎分司東都，日與李訓深相結納。大和末訓居中用事，亟加遷擢，自右司郎中兼侍御史知雜事爲權知御史中丞。」可參證。

〔三歲相依在洛都〕元輿大和五年八月改授著作郎分司東都，至七年故云「三歲相依在洛都」也。

同諸客嘲雪中馬上妓

珊瑚鞭彈馬踟躕，引手低蛾索一盂。腰爲逆風成弱柳，面因衝冷作凝蘇。銀篦穩簪去呼烏羅帽，花襜宜乘叱撥駒。雪裏君看何所似？王昭君妹寫真圖。

【箋】

作於大和七年（八三三），六十二歲，洛陽，太子賓客分司。何義門云：「太近俳，然分明畫出矣。」

〔王昭君妹寫真圖〕清孫璧文考古録卷六：「陳氏黄嬭餘話引白樂天同諸客嘲雪中馬上妓詩云：『雪裏君看何所似？王昭君妹寫真圖。』因謂昭君有妹史所不載，人亦罕稱，不知樂天所據何書？愚謂白詩不過形容妓女之美如昭君之妹耳。非必昭君真有妹耳。」

【校】

〔鞭彈〕「彈」，馬本注云：「丁可切。」

〔穩簪〕此下注「去呼」二字，那波本、馬本、汪本俱無。據宋本、盧校增。又馬本注云：「作紺切。」全詩注云：「去聲。」

喜劉蘇州恩賜金紫遥想賀宴以詩慶之

海内姑蘇太守賢，恩加章綬豈徒然。賀賓喜色欺盃酒，醉妓歡聲遏管絃。魚佩葺鱗光照地，鶻銜瑞帶勢沖天。莫嫌鬢上些些白，金紫由來稱長年。

【箋】作於大和七年（八三三），六十二歲，洛陽，太子賓客分司。劉集外二有酬樂天見貽賀金紫之什詩云：「久學文章含白鳳，卻因故事賜金魚。郡人未識聞謡詠，天子知名與詔書。珍重和詩呈錦繡，願言歸計並園廬。舊來詞客多無位，金紫同遊誰得如？」城按：禹錫賜金紫在大和七年冬，見劉集卷十六蘇州謝恩賜加章服表。

〔劉蘇州〕劉禹錫。見卷二六寄劉蘇州詩箋。並參見劉蘇州以華亭一鶴遠寄以詩謝之（本卷）、劉蘇州寄釀酒糯米李浙東寄楊柳枝舞衫偶因嘗酒試衫輒成長句寄謝之（卷三二）、送劉郎中赴任蘇州（外集卷上）、福先寺雪中餞劉蘇州（外集卷上）等詩。

〔鶻銜瑞帶勢沖天〕見卷十七初除官蒙裴常侍贈鶻銜瑞草緋袍魚袋因謝惠貺兼抒離情詩箋。

【校】

〔題〕「想」，全詩誤作「相」。

〔鬢上〕「鬢」，那波本作「鬚」。

藍田劉明府攜酎相過與皇甫郎中卯時同飲醉後贈之

臘月九日煖寒客，卯時十分空腹盃。玄晏舞狂烏帽落，藍田醉倒玉山頹。貌偷花色老暫去，歌蹋柳枝春暗來。不爲劉家賢聖物，愁翁笑口大難開。

【箋】

作於大和七年（八三三），六十二歲，洛陽。太子賓客分司。

〔皇甫郎中〕皇甫曙。見卷二九池上清晨候皇甫郎中詩箋。並參見和皇甫郎中秋曉同登天宮閣言懷六韻（卷二九）、雪中晏起偶詠所懷兼呈張常侍韋庶子皇甫郎中（卷三〇）、玩半開花贈皇甫郎中（本卷）、對晚開夜合花贈皇甫郎中（卷三一）、酬皇甫郎中對新菊花見憶（卷三一）、五月齋戒罷宴徹樂聞韋賓客皇甫郎中飲會亦稀又知欲攜酒饌出齋先以長句呈謝（卷三二）、閑居偶吟招鄭庶子皇甫郎中（卷三六）等詩。

【校】

〔題〕「攜酎」，馬本、汪本、全詩俱誤作「攜酌」，據宋本、那波本、盧校改正。全詩注云：「一作

『酎』。」亦非。

〔大難〕「大」，那波本作「太」，非。

劉蘇州以華亭一鶴遠寄以詩謝之

老鶴風姿異，衰翁詩思深。素毛如我鬢，丹頂似君心。松際雪相映，雞羣塵不侵。慇懃遠來意，一隻重千金。

【箋】

作於大和七年（八三三），六十二歲，洛陽，太子賓客分司。

〔劉蘇州〕劉禹錫。見本卷喜劉蘇州恩賜金紫遥想賀宴以詩慶之詩箋。

〔華亭〕華亭縣。唐屬蘇州。元和郡縣志卷二五：「華亭谷在（華亭）縣西三十五里。陸遜、陸抗宅在其側。陸機云『華亭鶴唳』，此地是也。」太平寰宇記卷九五秀州：「吴大帝以漢建安中封陸遜爲華亭侯，即以其地所居爲封。（華亭）谷出佳魚蓴菜，又多白鶴清唳，故陸機嘆曰：『華亭鶴唳，不可復聞。』」城按：華亭縣本嘉興縣地，唐天寶十載置，因華亭谷以爲名。白氏洛下卜居詩（卷八）云：「三年典郡歸，所得非金帛。天竺石兩片，華亭鶴一隻。」

早春憶蘇州寄夢得

吴苑四時風景好，就中偏好是春天。霞光曙後殷於火，水色晴來嫩似煙。士女笙歌宜月下，使君金紫稱花前。誠知歡樂堪留戀，其奈離鄉已四年！

【箋】

作於大和八年（八三四），六十三歲，洛陽，太子賓客分司。

嘗新酒憶晦叔二首

樽裹看無色，盃中動有光。自君抛我去，此物共誰嘗？

世上强欺弱，人間醉勝醒。自君抛我去，此語更誰聽？

【箋】

作於大和八年（八三四），六十三歲，洛陽，太子賓客分司。

〔晦叔〕崔玄亮。城按：玄亮卒於大和七年七月，參見本卷微之敦詩晦叔相次長逝巋然自傷因成二絶詩箋。

【校】

〔題〕第二首前宋本有「二」字，那波本有「又一首」三字。何校云：「馮校云：『已上宋板闕。』」按：紹興本闕卷三一、三二、三三、三五、三六五卷，楊柳枝詞第二首後何校引馮校亦云：「此下宋本缺。」疑馮校所據即紹興本也。

〔樽裏〕「樽」，汪本、全詩俱作「尊」。城按：尊爲樽之本字。

負　春

病來道士教調氣，老去山僧勸坐禪。辜負春風楊柳曲，去年斷酒到今年。

【箋】

作於大和八年（八三四），六十三歲，洛陽，太子賓客分司。

池上閑吟二首

高卧閑行自在身，池邊六見柳條新。幸逢堯舜無爲日，得作羲皇向上人。四皓再除猶且健，三川罷守未全貧。莫愁客到無供給，家醖香濃野菜春。

非莊非宅非蘭若，竹樹池亭十畝餘。非道非僧非俗吏，褐裘烏帽閉門居。夢遊信意寧殊蝶，心樂身閑便是魚。雖未定知生與死，其間勝負兩何如？

【箋】作於大和八年（八三四），六十三歲，洛陽，太子賓客分司。

【校】〔三川〕「川」，馬本、全詩俱訛作「州」，據宋本、那波本、汪本、盧校改正。

〔猶且健〕「健」，那波本訛作「倢」。

早春招張賓客

久雨初晴天氣新，風煙草樹盡欣欣。雖當冷落衰殘日，還有陽和暖活身。池色溶溶藍染水，花光焰焰火燒春。商山老伴相收拾，不用隨他年少人。

【箋】作於大和八年（八三四），六十三歲，洛陽，太子賓客分司。

〔張賓客〕張仲方。見卷二九秋日與張賓客舒著作同遊龍門醉中狂歌凡二百三十八字詩箋。

並參見本卷贈皇甫六張十五李二十三賓客詩。

營閑事

自笑營閑事，從朝到日斜。澆畦引泉脈，掃徑避蘭芽。暖變牆衣色，晴催木筆花。桃根知酒渴，晚送一甌茶。

【箋】作於大和八年（八三四），六十三歲，洛陽，太子賓客分司。

感春

老思不禁春，風光照眼新。花房紅鳥觜，池浪碧魚鱗。倚棹誰爲伴？持盃自問身。心情多少在，六十二三人！

【箋】作於大和八年（八三四），六十三歲，洛陽，太子賓客分司。

春池上戲贈李郎中

滿池春水何人愛？唯我迴看指似君。直似挼藍新汁色，與君南宅染羅裙。

【箋】作於大和八年（八三四），六十三歲，洛陽，太子賓客分司。

【校】〔挼藍〕挼，馬本注云：「奴回切。」

玩半開花贈皇甫郎中　八年寒食日，池東小樓上作。

勿訝春來晚，無嫌花發遲。人憐全盛日，我愛半開時。紫蠟黏爲蔕，紅蘇點作蕤。成都新夾纈，梁漢碎燕脂。樹杪真珠顆，牆頭小女兒。淺深粧駮落，高下火參差。蝶戲争香朵，鶯啼選穩枝。好教郎作伴，合共酒相隨。醉玩無勝此，狂嘲更讓誰？猶殘少年興，未似老人詩。西日憑輕照，東風莫殺去聲吹。明朝應爛熳，後夜更離披。林下遥相憶，樽前暗有期。銜盃嚼蕊思，唯我與君知。

【箋】作於大和八年（八三四），六十三歲，洛陽，太子賓客分司。見陳譜及汪譜。何義門云：「最愛堯夫『美酒領教微醉後，好花看到半開時』一聯，不謂白公已曾道來。」

〔皇甫郎中〕皇甫曙。見本卷藍田劉明府攜酎相過與皇甫郎中卯時同飲醉後贈之詩箋。

【校】

〔題〕此下小注，那波本空一格爲大字同題。

〔點作蕤〕「蕤」，馬本注云：「如佳切。」

〔夾纈〕「纈」，馬本注云：「胡結切。」

〔香朵〕「朵」，馬本訛作「孕」，據宋本、那波本、汪本、全詩、盧校改正。

〔未似〕「似」，馬本作「是」，據宋本、那波本、汪本、盧校改。全詩作「不似」，注云：「一作『未是』。」

〔殺吹〕「殺」下馬本、那波本俱無注。據宋本、汪本、全詩、盧校增。汪本「去聲」下有「一作『噤』」三字。

〔更離披〕「更」，全詩注云：「一作『即』。」

池　邊

柳老香絲宛，荷新鈿扇圓。殘春深樹裏，斜日小樓前。醉遣收盃杓，閑聽理管絃。池邊更無事，看補採蓮船。

【箋】作於大和八年（八三四），六十三歲，洛陽，太子賓客分司。

【校】〔蓮船〕「船」，宋本作「舡」。

家釀新熟每嘗輒醉妻姪等勸令少飲因成長句以諭之

君應怪我朝朝飲，不説向君君不知。身上幸無疼痛處，甕頭正是撇嘗時。劉妻勸諫夫休醉，王姪分疏叔不癡。六十三翁頭雪白，假如醒黠欲何爲？

【箋】作於大和八年（八三四），六十三歲，洛陽，太子賓客分司。見汪譜。

【校】〔醒黠〕「黠」，那波本作「得」。

送常秀才下第東歸

東歸多旅恨，西上少知音。寒食看花眼，春風落第心。百憂當二月，一醉直千金。到處公卿席，無辭酒盞深。

【箋】作於大和八年（八三四），六十三歲，洛陽，太子賓客分司。見陳譜及汪譜。

【校】〔西上〕「上」，宋本作「土」。

且遊

手裏一盃滿，心中百事休。春應唯仰醉，老更不禁愁。弄水迴船尾，尋花信馬頭。眼看筋力減，遊得且須遊。

【箋】作於大和八年（八三四），六十三歲，洛陽，太子賓客分司。

題王家莊臨水柳亭

弱柳緣堤種，虚亭壓水開。條疑逐風去，波欲上階來。翠羽偷魚入，紅腰學舞迴。春愁正無緒，争不盡殘盃？

【箋】作於大和八年（八三四），六十三歲，洛陽，太子賓客分司。

題令狐家木蘭花

膩如玉指塗朱粉，光似金刀剪紫霞。從此時時春夢裏，應添一樹女郎花。

【箋】作於大和八年（八三四），六十三歲，洛陽，太子賓客分司。城按：李商隱有木蘭及木蘭花兩詩（見馮浩玉谿生詩箋注卷二），均係寓意令狐之作，可與此詩參證。

〔應添一樹女郎花〕女郎花指木蘭花，蓋取木蘭辭「不知木蘭是女郎」詩意。白氏戲題木蘭花詩（卷二〇）云：「紫房日照燕脂坼，素豔風吹膩粉開。怪得獨饒脂粉態，木蘭曾作女郎來。」全詩卷四七四徐凝和白使君木蘭花云：「枝枝轉勢雕弓動，片片摇光玉劍斜。見説木蘭征戍女，不知那作酒邊花。」

【校】

〔題〕萬首作「木蘭花」。

拜表迴閑遊

玉珮金章紫花綬，紵衫藤帶白綸巾。晨興拜表稱朝士，晚出遊山作野人。達磨傳心令息念，玄元留語遣同塵。八關浄戒齋銷日，一曲狂歌醉送春。酒肆法堂方丈室，其間豈是兩般身。

【箋】

作於大和八年（八三四），六十三歲，洛陽，太子賓客分司。

西街渠中種蓮疊石頗有幽致偶題小樓

朱檻低牆上，清流小閣前。雇人栽菡萏，買石造潺湲。影落江心月，聲移谷口泉。閑看卷簾坐，醉聽掩窗眠。路笑淘宫水，家愁費料錢。是非君莫問，一對一翛然。

【箋】

作於大和八年（八三四），六十三歲，洛陽，太子賓客分司。

〔西街〕洛陽履道坊西街。居易宅在履道坊西門，宅西牆下臨伊水渠。

晚春閑居楊工部寄詩楊常州寄茶同到因以長句答之

宿酲寂寞眠初起，春意闌珊日又斜。勸我加餐因早筍，恨人休醉是殘花。悶吟工部新來句，渴飲毗陵遠到茶。兄弟東西官職冷，門前車馬向誰家？

【箋】

作於大和八年（八三四），六十三歲，洛陽，太子賓客分司。

〔楊工部〕楊汝士。舊書卷十七下文宗紀：「（大和七年四月）庚辰，以工部侍郎李固言爲右丞，中書舍人楊汝士爲工部侍郎。……（八年）秋七月庚戌朔，丙辰，以工部侍郎楊汝士爲同州刺史。」舊傳同。參見白氏和楊同州寒食乾坑會後聞楊工部欲到知予與工部有宿酲詩(卷三二)。

〔楊常州〕楊虞卿。見本卷送楊八給事赴常州詩箋。城按:咸淳毗陵志卷七秩官:「楊虞卿,字師皐,弘農人。累遷給事中,出爲常州刺史。」未載刺常州之時間。常州府志卷十三職官謂虞卿寶曆時刺常州,蓋誤。

玉泉寺南三里澗下多深紅躑躅繁豔殊常感惜題詩以示遊者

玉泉南澗花奇怪,不似花叢似火堆。今日多情唯我到,每年無故爲誰開?寧辭辛苦行三里,更與留連飲兩盃。猶有一般辜負事,不將歌舞管絃來。

【箋】

作於大和八年(八三四),六十三歲,洛陽,太子賓客分司。

〔玉泉寺〕見卷二八獨遊玉泉寺詩箋。並參見外集卷上夜題玉泉寺詩。

早服雲母散

曉服雲英漱井華,寥然身若在烟霞,藥銷日晏三匙飯,酒渴春深一椀茶。每夜坐禪觀水月，有時行醉玩風花。浄名事理人難解，身不出家心出家。

【箋】

作於大和八年（八三四），六十三歲，洛陽，太子賓客分司。

三月晦日晚聞鳥聲

晚來林鳥語殷勤，似惜風光説向人。遣脱破袍勞報暖，催沽美酒敢辭貧？聲聲勸醉應須醉，一歲唯殘半日春。

【箋】

作於大和八年（八三四），六十三歲，洛陽，太子賓客分司。

【校】

〔題〕「日」下宋本、那波本、盧校俱多一「日」字。全詩注云：「一下又有『日』字。」

早夏遊平泉迴

夏早日初長，南風草木香。肩輿頗平穩，澗路甚清涼。紫蕨行看採，青梅旋摘嘗。療飢兼解渴，一盞冷雲漿。

【箋】

作於大和八年（八三四），六十三歲，洛陽，太子賓客分司。

〔平泉〕各本俱誤作「平原」。見卷二一秋遊平泉贈韋處士閑禪師詩箋。

〔紫蕨行看採〕查愼行得樹樓雜鈔卷一：「紫蘢，詩家罕有用者。按爾雅蕨蘢注引舍人曰：蕨一名蘢。郭璞云：初生無葉可食，江西謂之蘢。陸璣詩疏云：蕨，山菜也。初生似蒜，莖紫黑色。又白香山詩『紫蕨行看採』，李贊皇詩『飯思餐紫蕨』，……蓋蕨根可食，今蕨粉是也。合諸説觀之，其爲蕨菜無疑。」

【校】

〔題〕各本俱誤作「平原」。何校：「『原』疑作『泉』，以意改。」城按：何校是也，據改。

宿天竺寺迴

野寺經三宿，都城復一還。家仍念婚嫁，身尚繫官班。蕭洒秋臨水，沉吟晚下山。長閑猶未得，逐日且偷閑。

【箋】作於大和八年（八三四），六十三歲，洛陽，太子賓客分司。

〔天竺寺〕在洛陽龍門山，後魏時所建，爲龍門十寺之一。見乾隆河南府志卷七十五。

【校】〔官班〕「官」，馬本作「朝」，據宋本、那波本、汪本、全詩、盧校改。全詩注云：「一作『朝』。」

侍中晉公欲到東洛先蒙書問期宿龍門思往感今輒獻長句

昔蒙興化池頭送，大和三年春，居易授賓客分司東來，特蒙侍中於興化里池上宴送。今許龍門潭上期。聚散但慚長見念，榮枯安敢道相思？功成名遂來雖久，雲卧山遊去未遲。聞説風情筋力在，只如初破蔡州時。

【箋】作於大和八年（八三四），六十三歲，洛陽，太子賓客分司。陳譜大和八年甲寅：「三月，裴度爲東都留守，有侍中晉公欲到東洛先蒙書問期宿龍門詩。」劉集外四有郡内書懷獻裴侍中留守詩，作於是年在汝州任内。

〔侍中晉公〕裴度。大和八年三月爲東都留守。見卷二九裴侍中晉公以集賢林亭即事詩二十六韻見贈猥蒙徵和才拙詞繁輒廣爲五百言以申酬謝詩箋。

〔興化〕興化里。裴度長安興化里宅。見卷二五酬裴相公題興化小池見招長句詩箋。

〔聞説風情筋力在二句〕黄徹䂬溪詩話卷九：「白獻裴晉公云：『聞説風情筋力在，只如初破蔡州時。』雖叙其功業與壽康，其語緩而不迫，此可爲作詩法也。」龔頤正芥隱筆記：「王歧公元豐中餞文潞公歸洛詩有『精神如破貝州時』，蓋用樂天上裴晉公詩『聞説風情筋力健，只如初破蔡州時』語。」

【校】

〔池頭送〕此下那波本無注。注中「特」字馬本作「時」，據宋本、汪本、全詩改。

奉和晉公侍中蒙除留守行及洛師感悦發中斐然成詠

鸞鳳翱翔在寥廓，貂蟬蕭洒出埃塵。致成堯舜昇平代，收得夔龍强健身。抛擲功名還史册，分張歡樂與交親。商山老皓雖休去，終是留侯門下人。

【箋】

作於大和八年（八三四），六十三歲，洛陽，太子賓客分司。

〔晉公侍中〕裴度。見本卷侍中晉公欲到東洛先蒙書問期宿龍門思往感今輒獻長句詩箋。

【校】

〔埃塵〕二字馬本誤倒，據宋本、那波本、汪本、全詩、盧校乙轉。

送劉五司馬赴任硤州兼寄崔使君

位下才高多怨天，劉兄道勝獨恬然。貧於楊子兩三倍，老過榮公六七年。筆硯莫拋留壓案，簞瓢從陋也銷錢。郡丞自合當優禮，何況夷陵太守賢！

【箋】

作於大和八年（八三四），六十三歲，洛陽，太子賓客分司。

〔劉五司馬〕名未詳。疑與卷十二醉後走筆酬劉五主簿長句之贈兼簡張大賈二十四先輩昆季詩中之「劉五主簿」爲同一人。

〔硤州〕硤州夷陵郡。唐武德二年置。屬山南東道。見舊書卷三九地理志。城按：「硤州」，新書地理志作「峽州」。

【校】

〔題〕「劉五」，宋本、那波本俱作「劉吾」。何校：「『五』下黄校脱一字。蘭雪作『吾』。」

菩提寺上方晚眺

樓閣高低樹淺深，山光水色暝沉沉。嵩煙半卷青綃幕，伊浪平鋪緑綺衾。飛鳥滅時宜極目，遠風來處好開襟。誰知不離簪纓内，長得逍遥自在心？

【箋】

作於大和八年（八三四），六十三歲，洛陽，太子賓客分司。

〔菩提寺〕見卷三〇菩提寺上方晚望香山寺寄舒員外詩箋。

楊柳枝詞八首

六么水調家家唱，白雪梅花處處吹。古歌舊曲君休聽，聽取新翻楊柳枝。

陶令門前四五樹，亞夫營裏百千條。何似東都正二月，黄金枝映洛陽橋？

依依嫋嫋復青青，勾引春風無限情。白雪花繁空撲地，緑絲條弱不勝鶯。

紅板江橋青酒旗，館娃宮暖日斜時。可憐雨歇東風定，萬樹千條各自垂。

蘇州楊柳任君誇，更有錢塘勝館娃。若解多情尋小小，緑楊深處是蘇家。

蘇家小女舊知名，楊柳風前別有情。剥條盤作銀環樣，卷葉吹爲玉笛聲。

葉含濃露如啼眼，枝嫋輕風似舞腰。小樹不禁攀折苦，乞君留取兩三條。

人言柳葉似愁眉，更有愁腸似柳絲。柳絲挽斷腸牽斷，彼此應無續得期。

【箋】約作於大和二年（八二八）至開成三年（八三八），洛陽。劉集卷二七有楊柳枝詞九首。查慎行白香山詩評：「『可憐雨歇東風定』二句（其四）無意求工，自成絶調。『小樹不禁攀折苦』二句（其七）楚楚動人憐。」

〔楊柳枝〕樂府詩集卷八一：「楊柳枝，白居易洛中所製也。本事詩曰：白尚書有妓樊素善歌，小蠻善舞，嘗爲詩曰：『櫻桃樊素口，楊柳小蠻腰。』年既高邁，而小蠻方豐豔，乃作楊柳枝辭以託意曰：『永豐西角荒園裏，盡日無人屬阿誰？』及宣宗朝，國樂唱是辭，帝問誰辭？永豐在何處？左右具以對。時永豐坊西南角園中有垂柳一株，柔條極茂，因東使命取兩枝植於禁中。居易感上知名，且好尚風雅，又作辭一章云：『定知玄象今春後，柳宿光中添兩星。』河南盧尹亦繼和。薛能曰：楊柳枝者，古題所謂折楊柳也。乾符五年，能爲許州刺史，飲酣，令部妓少女作楊柳枝健舞，復賦其辭爲楊柳枝新聲云。」城按：宣宗時居易已卒，本事詩所記有誤。清何琇樵香小記卷下：「柳枝詞起於中唐，故白香山稱『聽取新翻楊柳枝』也。才調集乃有賀知章柳枝詞。考何光遠鑑戒録稱是篇爲賀秘監知章詠柳，是才調集誤。」考楊柳曲見於教坊記，非起自中唐，本隋曲柳枝，傳至開元，故張祜詩云：「莫折宮前楊柳枝，玄宗曾向笛中吹。」後白居易新翻入健舞曲，已非舊聲。詳見碧雞漫志卷五。

〔若解多情尋小小〕「小小」爲蘇小小。見卷二六和春深第二十首箋。

【校】

〔題〕何校：「馮校：『第二首以下宋本缺。』」城按：此詩宋本第二首以後蓋據别本配補。

〔嫋嫋〕全詩作「褭褭」，字通。

〔春風〕「春」，宋本、那波本、萬首、樂府俱作「清」。全詩注云：「一作『清』。」何校：「馮校作『清』，黄同，蘭雪同。『春』字得之。」

〔青酒旗〕「青」，宋本、那波本俱誤作「清」。

浪淘沙詞六首

一泊沙來一泊去，一重浪滅一重生。相攪相淘無歇日，會教山海一時平。

白浪茫茫與海連，平沙浩浩四無邊。暮去朝來淘不住，遂令東海變桑田。

青草湖中萬里程，黄梅雨裏一人行。愁見灘頭夜泊處，風翻暗浪打船聲。

借問江潮與海水，何似君情與妾心？相恨不如潮有信，相思始覺海非深。

海底飛塵終有日，山頭化石豈無時？誰道小郎抛小婦，船頭一去没迴期。

隨波逐浪到天涯，遷客生還有幾家？却到帝鄉重富貴，請君莫忘浪淘沙。

【箋】

約作於大和二年（八二八）至開成四年（八三九），洛陽。城按：劉集卷二七有浪淘沙詞九首。何義門云：「不如夢得。」白詩與劉詩寓意相同，或係和劉之作。

〔浪淘沙〕此調見於教坊記，可知非始於劉、白。任半塘教坊記箋訂曲名：「此調於七言四句聲詩外，或尚有他體。調名既見於盛唐，其調不始於劉禹錫等可知。唐馮贄雲仙雜記七樂音泉條謂唱浪淘沙一曲方得泉，不知指何體。敦煌卷子内曾見此曲名，但無辭。因柳永有浪淘沙令，疑此調始爲酒令中之著詞，其與劉禹錫等所作同名異體，並可以知。」

〔青草湖〕見卷八自蜀江至洞庭湖口有感而作詩箋。

【校】

〔浪滅〕「浪」，萬首作「沙」。

〔會教〕全詩作「會交」。

〔江潮〕「潮」，宋本、那波本、樂府俱作「湖」。何校：「『潮』，葉作『湖』。」

〔有日〕馬本誤倒，據宋本、那波本、汪本、盧校、萬首、樂府乙轉。

白居易集箋校卷第三十二

律詩 凡八十二首

讀老子

言者不知知者默，此語吾聞於老君。若道老君是知者，緣何自著五千文？

【箋】作於大和八年（八三四），六十三歲，洛陽，太子賓客分司。城按：此卷詩汪本編在後集卷十三，那波本編在卷六五。又此卷宋本缺，蓋據別本配補。

【校】〔不知〕「知」，馬本、汪本、全詩俱作「如」，非。據宋本、那波本、盧校改正。全詩注云：「一作

『知』。」亦非。

讀莊子

莊生齊物同歸一，我道同中有不同。遂性逍遥雖一致，鸞凰終校勝蛇蟲。

【箋】作於大和八年（八三四），六十三歲，洛陽，太子賓客分司。

讀禪經

須知諸相皆非相，若住無餘却有餘。言下忘言一時了，夢中説夢兩重虚。空花豈得兼求果？陽焰如何更覓魚？攝動是禪禪是動，不禪不動即如如。

【箋】作於大和八年（八三四），六十三歲，洛陽，太子賓客分司。

〔陽焰〕汪立名云：「佛語陽焰者，謂遠地日光如見水然，以對空花，與夢幻泡影譬喻正同。」

【校】

〔陽焰〕「陽」，馬本作「物」，據那波本、汪本、全詩、盧校改正。全詩注云：「一作『物』。」亦非。又宋本作「楊」，字通。

感興二首

吉凶禍福有來由，但要深知不要憂。只見火光燒潤屋，不聞風浪覆虚舟。名爲公器無多取，利是身災合少求。雖異匏瓜難不食，大都食足早宜休。

樽前誘得猩猩血，幕上偷安燕燕窠。我有一言君記取，世間自取苦人多。魚能深入寧憂釣，鳥解高飛豈觸羅？熱處先争炙手去，悔時其奈噬臍何！

【箋】

作於大和八年（八三四）至大和九年（八三五），洛陽，太子賓客分司。何義門云：「擊壤之祖。」城按：此詩亦致慨於甘露變前之長安政局而作。

〔名爲公器無多取〕白氏與元九書（卷四五）云：「古人云：名者公器，不可以多取。」

問鶴

烏鳶争食雀争窠，獨立池邊風雪多。盡日踏冰翹一足，不鳴不動意如何？

【箋】作於大和八年（八三四），六十三歲，洛陽，太子賓客分司。

【校】〔不動〕何校：「『動』，蘭雪作『食』。」

代鶴答

鷹爪攫雞雞肋折，鶻拳蹙雁雁頭垂。何如斂翅水邊立，飛上雲松棲穩枝？

【箋】作於大和八年（八三四），六十三歲，洛陽，太子賓客分司。城按：此一首與上首問鶴俱係有感於甘露變前之長安政局而作。又卷三六池鶴八絶句及卷三七禽蟲十二章亦係假寓言有所感而作，可參看。

【校】

〔攖雞〕「攖」，馬本、汪本俱作「攖」，非。據宋本、那波本、全詩改正。何校：「『攖』字從黄校。蘭雪同。」

閑卧有所思二首

向夕褰簾卧枕琴，微涼入户起開襟。偶因明月清風夜，忽想遷臣逐客心。何處投荒初恐懼？誰人遶澤正悲吟？始知洛下分司坐，一日安閑直萬金。

權門要路是身災，散地閑居少禍胎。今日憐君嶺南去，當時笑我洛中來。蟲全性命緣無毒，木盡天年爲不材。大底吉凶多自致，李斯一去二疏迴。

【箋】

作於大和九年（八三五），六十四歲，洛陽，太子賓客分司。見汪譜。何義門云：「朱子謂李德裕之貶，樂天爲詩快之，其此二詩耶。是時乃袁州，又與嶺南之語不合。」城按：此詩指大和九年八月李宗閔之再貶潮州司户也。汪立名云：「按此詩作於太（大）和九年，時李訓、鄭注用事，絲恩髪怨必報，盡逐二李之黨。德裕既外貶，注又素惡京兆尹楊虞卿，搆貶虔州，宗閔論救，亦坐貶。公於楊本姻親，史稱其惡緣黨人斥，亟求分司東都，故有『當時笑我洛中來』之句也。『權門要路』

及『李斯』等蓋指宗閔耳。可見公不特不附宗閔，亦并不私虞卿，久已潔身於二黨之外矣。晚年恬退，遇人患難，憫然歎息，多見於詩，如聞甘露之變之類，要非幸人之禍也。甘露之變在是年冬。」

【校】

〔題〕「卧」下全詩注云：「一作『居』。」

〔是身災〕「是」，宋本、那波本俱作「足」。汪本、全詩俱注云：「一作『足』。」

喜閑

蕭灑伊嵩下，優遊黄綺間。未曾一日悶，已得六年閑。魚鳥爲徒侶，煙霞是往還。伴僧禪閉目，迎客笑開顔。興發宵遊寺，慵時晝掩關。夜來風月好，悔不宿香山。

【箋】

作於大和八年（八三四），六十三歲，洛陽，太子賓客分司。

詩酒琴人例多薄命予酷好三事雅當此科而所得已多爲幸斯甚偶成狂詠聊寫愧懷

愛琴愛酒愛詩客，多賤多窮多苦辛。中散步兵終不貴，孟郊張籍過於貧。一之已嘆關於命，三者何堪併在身。只合飄零隨草木，誰教凌勵出風塵？榮名厚禄二千石，樂飲閑遊三十春。何得無厭時咄咄，猶言薄命不如人。

【箋】作於大和八年（八三四），六十三歲，洛陽，太子賓客分司。何義門云：「以孟、張擬嵇、阮，當時聲價之高如此。」

寄明州于駙馬使君三絶句

有花有酒有笙歌，其奈難逢親故何！近海饒風春足雨，白鬚太守悶時多。

平陽音樂隨都尉，留滯三年在浙東。吴越聲邪無法用，莫教偷入管絃中。

何郎小妓歌喉好，嚴老呼爲一串珠。嚴尚書與于駙馬詩云：「莫損歌喉一串珠。」海味腥鹹損聲氣，聽看猶得斷腸無？

【箋】作於大和八年（八三四），六十三歲，洛陽，太子賓客分司。城按：白氏同諸客題于家公主舊宅詩（卷三一）作於大和七年，此詩云：「近海饒風春雨足」，則最早當作於大和八年。

〔明州于駙馬使君〕明州刺史于季友。于頔第四子（城按：新書卷一七二于頔傳作第五子），尚憲宗長女永昌公主。見舊書卷一五六于頔傳。新唐書卷四一地理志江南道明州鄮縣：「西南四十里有仲夏堰，溉田數千頃，大和六年刺史于季友築。」明統志卷四六寧波府：「于季友，大和中明州刺史，於州城西南四十里築仲夏堰，溉田至數千頃。」並參見卷三一白氏同諸客題于家公主舊宅詩箋。

〔近海饒風春足雨〕元和郡縣志卷二六：「（明州）東北至大海七十里。」

【校】

〔小妓〕「妓」，萬首作「女」。

〔串珠〕此下那波本無注。

閑　卧

薄食當去齋戒，散班同隱淪。佛容爲弟子，天許作閑人。唯置牀臨水，都無物近身。清風散髮卧，兼不要紗巾。

【箋】

作於大和八年（八三四），六十三歲，洛陽，太子賓客分司。

【校】

〔當齋〕「當」下那波本、馬本、汪本、全詩俱無「去」字注，據宋本增。

春早秋初因時即事兼寄浙東李侍郎

春早秋初晝夜長，可憐天氣好年光。和風細動簾帷暖，清露微凝枕簟涼。窗下曉眠初減被，池邊晚坐乍移牀。閑從蕙草侵堦緑，静任槐花滿地黄。理曲管絃聞後院，熨衣燈火映深房。四時新景何人別？遥憶多情李侍郎。

【箋】

作於大和八年（八三四），六十三歲，洛陽，太子賓客分司。查慎行白香山詩評：「『和風細動簾帷暖』八句，句句分對。」唐宋詩醇卷二六：「春早秋初起句揭出，以下兩兩分寫，言下俱有情在，結以多情一句收足，點睛欲飛。」

〔浙東李侍郎〕李紳。舊書卷十七下文宗紀：「（大和七年閏七月）癸未，以太子賓客李紳檢校左散騎常侍兼越州刺史、充浙東觀察使代陸亘。……（九年）五月乙巳朔，丁未，以浙東觀察使李紳爲太子賓客分司東都。」城按：舊傳作「七月」，誤。又全文卷六九四李紳龍宫寺碑云：「太（大）和癸丑歲，余自分命洛陽，承詔以檢校左騎省廉察于兹。」全詩卷四八二李紳宿越州天王寺詩序云：「大和八（城按：「八」爲「九」字之訛）年，自浙東觀察使又除太子賓客分司東都。」則白氏此詩作於大和八年，時間正合。並參見白氏酬李二十侍郎（卷三一）、新亭病後獨坐招李侍郎公垂（卷三三）、歎春風兼贈李二十侍郎（卷三三）、看夢得題答李侍郎詩詩中有文星之句因戲和之（卷三四）等詩。

【校】

〔新景〕「景」，宋本、那波本俱作「境」。全詩注云：「一作『境』。」何校：「『境』字從黄校，蘭雪同。」

新秋喜涼

過得炎蒸月，尤宜老病身。衣裳朝不潤，枕簟夜相親。樓月纖纖早，波風嫋嫋新。光陰與時節，先感是詩人。

【箋】

作於大和八年（八三四），六十三歲，洛陽，太子賓客分司。城按：劉集外四有酬樂天感秋涼見寄詩。

初夏閑吟兼呈韋賓客

孟夏清和月，東都閑散官。體中無病痛，眼下未飢寒。世事聞常悶，交遊見即歡。盃觴留客切，妓樂取人寬。雪鬢隨身老，雲心著處安。此中殊有味，試説向君看。

【箋】

作於大和九年（八三五），六十四歲，洛陽，太子賓客分司。

（韋賓客）韋縝。陸增祥金石續編有韋夫人王氏墓誌，哀子前鄉貢進士縝撰並書，即其人也。考韋縝兩除太子賓客：其一在開成初官工部尚書之後。劉集卷三〇傷韋賓客縝詩自注云：「自工部尚書除賓客。」舊書卷十七下文宗紀：「（大和九年八月）戊寅，以秘書監鄭覃爲刑部尚書。……（開成元年正月）丁未，以秘書監韋縝爲工部尚書。」其一在大和末爲秘書監之前。白氏又有雪中晏起偶詠所懷兼呈張常侍韋庶子皇甫郎中雜言（卷三〇）、二月一日作贈韋七庶子（卷三〇）、韋七自太子賓客再除秘書監以長句賀而餞之（本卷）等詩，則知「韋七」、「韋七庶子」、「韋庶子」、「韋賓客」均指韋縝，其爲太子賓客在庶子之後；約當大和九年春；花房英樹繫此詩於大和八年，蓋誤。又全詩卷五〇一有姚合和裴令公遊南莊憶白二十韋七二賓客詩，亦指縝也。（城按：全詩「白二十」下脱「二」字。）

哭崔二十四常侍

崔好酒放歌，忘懷生死。知疾不起，自爲誌文。

貂冠初别九重門，馬鬣新封四尺墳。薤露歌詞非白雪，旌銘官爵是浮雲。伯倫每置隨身鍤，元亮先爲自祭文。莫道高風無繼者，一千年内有崔君。

【箋】作於大和八年（八三四），六十三歲，洛陽，太子賓客分司。

〔崔二十四常侍〕崔咸。字重易，卒於大和八年十月。舊書卷一九〇下本傳云：「入爲右散騎常侍，秘書監，大和八年十月卒。」舊書卷十七下文宗紀：「（大和八年十月）己丑，秘書監崔威卒。」城按：「威」爲「咸」之訛文，舊紀誤。白氏祭崔常侍文（卷七〇）云：「維大和九年歲次乙卯二月丙午（城按：丙午爲丙子之訛）朔七日壬子，中大夫、守太子賓客分司東都、上柱國、賜紫金魚袋白居易，謹以清酌庶羞之奠，敬祭于故秘書監贈禮部尚書崔公，……」此「崔常侍」即指「崔咸」。又元和十一年作於江州之惜落花贈崔二十四詩（卷十六）亦係酬咸之作。

【校】

〔題〕此下那波本無注。

〔先爲〕「先」，全詩注云：「一作『初』。」

奉酬侍中夏中雨後遊城南莊見示八韻

島樹間林巒，雲收雨氣殘。四山嵐色重，五月水聲寒。老鶴兩三隻，新篁千萬竿。化成天竺寺，移得子陵灘。心覺閑彌貴，身緣健更歡。帝將風后待，人作謝公看。甪里年雖老，高陽興未闌。佳辰不見召，爭免趁盃盤？來詩云：「何處趁盃盤。」

【箋】

作於大和八年（八三四），六十三歲，洛陽，太子賓客分司。

〔侍中〕裴度。舊書卷十七下文宗紀：「（大和八年三月）庚午，以山南東道節度使裴度充東都留守，依前守司徒兼侍中。」則知此詩作於八年夏。參見集賢池答侍中問（本卷）、和劉汝州酬侍中見寄長句因書集賢坊勝事獻而問之（本卷）、池畔閑坐兼呈侍中（外集卷上）等詩。

〔城南莊〕裴度午橋莊別墅，在洛陽城南。見卷三三奉和裴令公新成午橋莊緑野堂即事詩箋。

【校】

〔島樹〕「島」，汪本訛作「烏」。

〔甪里〕「甪」，宋本、那波本俱作「角」。宋本注云：「音鹿。」盧校同宋本。城按：資暇録謂應作「角里」。

〔盃盤〕此下那波本無注。

送兗州崔大夫駙馬赴鎮

戚里誇爲賢駙馬，儒家認作好詩人。魯侯不得辜風景，沂水年年有暮春。

【箋】

作於大和八年（八三四），六十三歲，洛陽，太子賓客分司。

〔兗州崔大夫駙馬〕崔杞。舊書卷十七下文宗紀：「（大和八年三月）丙子，以右丞李固言爲華州刺史代崔戎，以戎爲兗海觀察使。……（六月）庚子，兗海觀察使崔戎卒。……戊申，以將作監、駙馬都尉崔杞爲兗、海、沂、密觀察使。」可知崔杞即崔戎之後任。馮浩樊南文集詳注誤以白氏此詩所指爲崔戎，張采田已辨其非是，其所撰之玉谿生年譜會箋卷一云：「杞以駙馬都尉代崔戎鎮兗、海，香山所送者必即此人。馮氏疑爲崔戎，蓋未見此（舊）紀文耳。」城按：張氏所考似本之劉師培，劉氏左盦集卷八樊南文集詳注書後云：「桐鄉馮浩樊南文集詳注於唐代史乘徵引靡遺，惟樊南爲安平公謝除兗海觀察使表注補云：白香山後集送兗州崔大夫駙馬赴鎮：戚里誇爲賢駙馬，儒家認作好詩人。魯侯不得辜風景，沂水年年有暮春。按此詩年時姓地皆可相合，則崔大夫頗疑即是崔戎，但駙馬之稱，本集中不一叙及。舊書既無可徵，新書公主表亦無此下嫁之主，白公只此一絶，更無他篇取證。按：馮氏所疑非是。舊唐書本紀：太（大）和八年三月，以崔戎爲兗海觀察使。沈氏新唐書方鎮表考證云：太（大）和八年廢沂海節度使爲觀察使，崔戎拜，尋卒，崔杞代。是崔戎、崔杞均鎮沂海，李集所言乃崔戎也，白集所言乃崔杞也。新唐書公主傳云：順宗女東陽公主始封信安郡主，下嫁崔杞。此杞爲駙馬之證。新唐書宰相世系表云：崔戎字可大，兗海觀察使、安平縣公。杞，駙馬都尉。此崔戎封安平之證，惟表不載杞鎮沂海，則新書之疏。又考世系表崔姓世系，則杞、戎同出博陵，杞係二房，戎係大房，皆爲崔懿之後。以行輩推之，戎於杞爲族曾孫，特出鎮沂海則戎先而杞後，惜乎馮氏未諳也。」

【校】

〔題〕全詩此下注云：「唐人絶句作『送崔駙馬赴兗州』。」

少年問

少年怪我問如何，何事朝朝醉復歌？號作樂天應不錯，憂愁時少樂時多。

【箋】作於大和八年（八三四），六十三歲，太子賓客分司。

問少年

千首詩堆青玉案，十分酒寫白金盂。迴頭却問諸年少，作个狂夫得了無？

【箋】作於大和八年（八三四），六十三歲，洛陽，太子賓客分司。

【校】〔酒寫〕何校：「『寫』，蘭雪作『瀉』。」萬首亦作「瀉」。汪本「寫」下注云：「去聲。」城按：説文解字段注謂去此注彼也。俗作瀉者，乃寫之俗字。

代琵琶弟子謝女師曹供奉寄新調弄譜

琵琶師在九重城，忽得書來喜且驚。一紙展看非舊譜，四絃翻出是新聲。蕤賓掩抑嬌多怨，散水玲瓏峭更清。珠顆淚霑金捍撥，紅粧弟子不勝情。蕤賓、散水皆新調名。

【箋】作於大和八年（八三四），六十三歲，洛陽，太子賓客分司。

〔曹供奉〕當爲琵琶名手曹綱之族人。向達唐代長安與西域文明頁二〇云：「此善琵琶之女師曹供奉，疑是曹綱一家，如其不誤，則其祖孫父子兄妹（？）並以琵琶著於世，與曹妙達一家先後媲美矣。」參見聽曹剛琵琶兼示重蓮詩（卷二六）箋。

〔弄譜〕唐代於曲譜曰弄譜。見任半塘唐戲弄總説。

【校】

〔不勝情〕此下那波本無注。

代林園戲贈 裴侍中新修集賢宅成，池館甚盛，數往遊宴，醉歸自戲耳。

南院今秋遊宴少，西坊近日往來頻。假如宰相池亭好，作客何如作主人？

【箋】作於大和八年（八三四），六十三歲，洛陽，太子賓客分司。此詩題下自注云：「裴侍中新修集賢宅成，池館甚盛，數往遊宴，醉歸自戲耳。」城按：舊書卷一七〇裴度傳：「（大和）八年三月，以本官判東都尚書省事、充東都留守。……立第於集賢里，築山穿池，竹木叢萃，有風亭水榭，梯橋架閣，島嶼迴環，極都城之勝概。」則此詩當作於八年秋。參見白氏裴侍中晉公以集賢林亭即事詩二十六韻見贈猥蒙徵和才拙詞繁輒廣爲五百言以伸酬獻（卷二九）、集賢池答侍中問（本卷）、和劉汝州酬侍中見寄長句因書集賢坊勝事戲而問之（本卷）等詩。

【校】

〔題〕此下那波本無注。

戲答林園

豈獨西坊來往頻？偷閑處處作遊人。衡門雖是棲遲地，不可終朝鎖老身。

【箋】

作於大和八年（八三四），六十三歲，太子賓客分司。

重戲贈

集賢池館從他盛，履道林亭勿自輕。往往歸來嫌窄小，年年爲主莫無情。

【箋】作於大和八年（八三四），六十三歲，太子賓客分司。

重戲答

小水低亭自可親，大池高館不關身。林園莫妬裴家好，憎故憐新豈是人？

【箋】作於大和八年（八三四），六十三歲，洛陽，太子賓客分司。

早秋登天宫寺閣贈諸客

天宫閣上醉蕭辰，絲管閑聽酒慢巡。爲向涼風清景道，今朝屬我兩三人。

【箋】作於大和八年（八三四），六十三歲，洛陽，太子賓客分司。

〔天宫寺〕在洛陽。見卷二八登天宫閣詩箋。

曉上天津橋閑望偶逢盧郎中張員外攜酒同傾

上陽宮裏曉鐘後，天津橋頭殘月前。空闊境疑非下界，飄颻身似在寥天。星河隱映初生日，樓閣葱蘢半出煙。此處相逢傾一盞，始知地上有神仙。

【箋】

作於大和八年（八三四），六十三歲，洛陽，太子賓客分司。

〔上陽宮〕見卷二上陽白髮人詩箋。

〔天津橋〕見卷二八天津橋詩箋。

〔盧郎中〕盧簡求。白氏送盧郎中赴河東裴令公幕詩（卷三三）中所指當係同一人。城按：舊書卷一六三盧簡辭傳：「簡求，字子臧，長慶元年登進士第，釋褐江西王仲舒從事。又從元稹爲浙東、江夏二府掌書記。裴度鎮襄陽、保釐洛都，皆辟爲賓佐，奏殿中侍御史，入朝拜監察。裴度鎮太原，復奏爲記室，入爲殿中，賜緋。牛僧孺鎮襄、漢，辟爲觀察判官，入爲水部、户部二員外郎。」惟簡求在東都、太原幕時，官非郎中，與此詩題不合，疑當時或帶有檢校郎中之銜也。

〔張員外〕司封員外郎張可續。參見白氏三月三日祓禊洛濱詩序（卷三三）及郎官考卷六司封員外郎。

【校】〔題〕「天津橋」，汪本作「天津閣」，非。全詩注云：「一作『閣』。」亦非。

八月十五日夜同諸客玩月

月好共傳唯此夜，境閑皆道是東都。嵩山表裏千重雪，洛水高低兩顆珠。清景難逢宜愛惜，白頭相勸强歡娱。誠知亦有來年會，保得晴明强健無？

【箋】作於大和八年（八三四），六十三歲，洛陽，太子賓客分司。

對晚開夜合花贈皇甫郎中

移晚校一月，花遲過半年。紅開杪秋日，翠合欲昏天。白露滴未死，涼風吹更鮮。後時誰肯顧？唯我與君憐。

【箋】作於大和八年（八三四），六十三歲，洛陽，太子賓客分司。

〔皇甫郎中〕皇甫曙。見卷二九池上清晨候皇甫郎中詩箋。

【校】

〔未死〕「未」，宋本、那波本、唐歌詩俱作「不」。全詩注云：「一作『不』。」

醉遊平泉

狂歌箕踞酒樽前，眼不看人面向天。洛客最閑唯有我，一年四度到平泉。

【箋】作於大和八年（八三四），六十三歲，洛陽，太子賓客分司。

〔平泉〕見卷二二秋遊平泉贈韋處士閑禪師詩箋。

題贈平泉韋徵君拾遺

箕潁千年後，唯君得古風。位留丹陛上，身入白雲中。躁静心相背，高低跡不同。籠雞與梁燕，不信有冥鴻。

【箋】

作於大和八年（八三四），六十三歲，洛陽，太子賓客分司。

〔平泉〕見卷二二秋遊平泉贈韋處士閑禪師詩箋。

〔韋徵君〕韋楚。見卷二一贈韋處士六年夏大熱旱詩箋。並參見秋遊平泉贈韋處士閑禪師（卷二二），贈張處士韋山人（外集卷上）等詩及薦李晏韋楚狀（卷六八）。

【校】

〔箕潁〕「潁」，那波本訛作「潁」，蓋「潁」之俗字。

酬皇甫郎中對新菊花見憶

愛菊高人吟逸韻，悲秋病客感衰懷。黄花助興方攜酒，紅葉添愁正滿階。居士葷腥今已斷，仙郎盃杓爲誰排？愧君相憶東籬下，擬廢重陽一日齋。

【箋】

作於大和八年（八三四），六十三歲，洛陽，太子賓客分司。

〔皇甫郎中〕皇甫曙。見卷二九池上清晨候皇甫郎中詩箋。並參見本卷對晚開夜合花贈皇甫郎中詩。

【校】

〔題〕「菊花」上馬本脱「新」字，據宋本、那波本、汪本、全詩補。

夜宴醉後留獻裴侍中

九燭臺前十二姝，主人留醉任歡娱。翩翻舞袖雙飛蝶，宛轉歌聲一索珠。坐久欲醒還酩酊，夜深初散又踟躕。南山賓客東山妓，此會人間曾有無？

【箋】

作於大和八年（八三四），六十三歲，洛陽，太子賓客分司。何義門云：「五六妙絶，補之不知此樂，故視爲平平結，在白公都是常語。」

〔裴侍中〕裴度。見本卷奉酬侍中夏中雨後遊城南莊見示八韻詩箋。

和韋庶子遠坊赴宴未夜先歸之作兼呈裴員外 員外亦愛先逃歸。

促席留歡日未曛，遠坊歸思已紛紛。無妨按轡行乘月，何必逃盃走似雲。銀燭忍拋楊柳曲，金鞍潛送石榴裙。到時常晚歸時早，笑樂三分校一分。

【箋】

作於大和八年（八三四），六十三歲，洛陽，太子賓客分司。何義門云：「『紛紛』二字帶裴在內。『送』字疑主人不覺，止有歌伎潛送，是逃歸也。」

〔韋庶子〕韋縝。見卷三〇雪中晏起偶詠所懷兼呈張常侍韋庶子皇甫郎中詩箋。並參見本卷初夏閑吟兼呈韋賓客詩。

〔裴員外〕疑爲白氏三月三日祓禊洛濱詩序（卷三三）中之「國子司業裴惲」。

【校】

〔題〕此下那波本無注。

〔忍拋〕「忍」，全詩注云：「一作『忽』。」

集賢池答侍中問

主人晚入皇城宿，問客徘徊何所須？池月幸閑無用處，今宵能借客遊無？

【箋】

作於大和八年（八三四），六十三歲，洛陽，太子賓客分司。

〔集賢池〕見卷二九裴侍中晉公以集賢林亭即事詩二十六韻見贈猥蒙徵和才拙詞繁輒廣爲五百言以伸酬獻詩箋。

〔侍中〕裴度。見本卷奉酬侍中夏中雨後遊城南莊見和八韻詩箋。

楊柳枝二十韻

楊柳枝，洛下新聲也。洛之小妓有善歌之者，詞章音韻，聽可動人，故賦之。

小妓攜桃葉，新歌踏柳枝。粧成剪燭後，醉起拂衫時。繡履嬌行緩，花筵笑上遲。身輕委迴雪，羅薄透凝脂。笙引簧頻煖，箏催柱數移。樂童翻怨調，才子與妍詞。便想人如樹，先將髮比絲。風條摇兩帶，烟葉帖雙眉。口動櫻桃破，鬟低翡翠垂。枝柔腰嫋娜，荑嫩手葳蕤。嗅鶴晴呼侶，哀猿夜叫兒。玉敲音歷歷，珠貫字纍纍。袖爲收聲點，釵因赴節遺。重重遍頭別，一一拍心知。塞北愁攀折，江南苦別離。黄遮金谷岸，緑映杏園池。春惜芳華好，秋憐顔色衰。取來歌裏唱，勝向笛中吹。曲罷那能別？情多不自持。纏頭無別物，一首斷腸詩。

【箋】

〔楊柳枝〕見卷三一楊柳枝詞八首箋。

作於大和八年（八三四），六十三歲，洛陽，太子賓客分司。

【校】

〔題〕此下那波本、才調俱無注。全詩題下有「并序」二字，側注爲序。

〔摇兩帶〕「摇」，才調作「垂」。何校：「下句有『垂』字，仍以作『摇』字爲勝。」城按：何校是。

〔顔色衰〕「顔」，才調作「翠」。全詩注云：「一作『翠』。」

答皇甫十郎中秋深酒熟見憶

煙景冷蒼茫，秋深夜夜霜。爲思池上酌，先覺甕頭香。未暇傾巾漉，還應染指嘗。醍醐慚氣味，虎魄讓晶光。若許陪歌席，須容散道場。月終齋戒畢，猶及菊花黄。

【箋】作於大和八年（八三四），六十三歲，洛陽，太子賓客分司。（皇甫十郎中）皇甫曙。見卷二九池上清晨候皇甫郎中詩箋。並參見酒熟憶皇甫十（本卷）、冬夜對酒寄皇甫十（卷三三）、早春持齋答皇甫十見贈（卷三四）、酬皇甫十早春對雪見贈（卷三四）、九月八日酬皇甫十見贈（卷三四）、問皇甫十（卷三四）、出齋日喜皇甫十早訪（卷三六）、初冬即事憶皇甫十（外集卷上）等詩。

老去

老去愧妻兒，冬來有勸詞。煖寒從飲酒，衝冷少吟詩。戰勝心還壯，齋勤體校羸。由來世間法，損益合相隨。

【箋】作於大和八年（八三四），六十三歲，洛陽，太子賓客分司。

送宗實上人遊江南

忽辭洛下緣何事？擬向江南住幾時？每過渡頭傷問法，無妨菩薩是船師。

【箋】

作於大和八年（八三四），六十三歲，洛陽，太子賓客分司。

〔宗實上人〕見卷二七贈宗實上人詩箋。並參見喜照密閑實四上人見過詩（卷三一）。

【校】

〔渡頭〕「渡」，全詩注云：「一作『船』。」

〔傷問法〕「傷」，汪本、全詩俱作「應」。全詩注云：「一作『傷』。」

和同州楊侍郎誇柘枝見寄

細吟馮翊使君詩，憶作餘杭太守時。君有一般輸我事，柘枝看校十年遲。

【箋】

作於大和八年（八三四），六十三歲，洛陽，太子賓客分司。

〔同州楊侍郎〕楊汝士。舊書卷十七下文宗紀：「（大和八年七月）丙辰，以工部侍郎楊汝士爲同州刺史。……（九年九月）辛亥，以太子賓客分司東都白居易爲同州刺史代楊汝士，以汝士爲駕部侍郎。」城按：據舊傳，開成元年七月，汝士自户部侍郎轉兵部侍郎。本卷白氏寄楊六侍郎詩自注：「時楊初授户部，予不赴同州。」則舊紀所云「駕部」當爲「户部」之誤。並參見以詩代書寄户部楊侍郎勸買東鄰王家宅（卷三三）、和楊尚書罷相後夏日遊永安水亭兼招本曹楊侍郎同行（卷三五）等詩。又據「憶作餘杭太守時」及「柘枝看校十年遲」詩句推算，則長慶四年至大和八年時間亦相合。

〔柘枝〕見卷二三柘枝妓詩箋。

冬初酒熟二首

霜繁脆庭柳，風利剪池荷。月色曉彌苦，烏聲寒更多。秋懷久寥落，冬計又如何？一甕新醅酒，萍浮春水波。

酒熟無來客，因成獨酌謡。人間老黄綺，地上散松喬。忽忽醒還醉，悠悠暮復朝。殘年多少在？盡付此中銷。

【箋】作於大和八年（八三四），六十三歲，洛陽，太子賓客分司。

【校】〔題〕第二首前那波本有「又一首」三字。

送姚杭州赴任因思舊遊二首

與君細話杭州事，爲我留心莫等閑。閭里固宜勤撫恤，樓臺亦要數躋攀。笙歌縹緲虛空裏，風月依稀夢想間。且喜詩人重管領，遥飛一盞賀江山。

渺渺錢唐路幾千，想君到後事依然。静逢竺寺猿偷橘，閑看蘇家女採蓮。故妓數人憑問訊，新詩兩首倩留傳。舍人雖健無多興，老校當時八九年。杭民至今呼余爲白舍人。

【箋】作於大和九年（八三五），六十四歲，洛陽，太子賓客分司。城按：拙著白居易年譜（上海古籍出版社一九八二年版）繫此詩於大和七年，非是。劉禹錫集卷十七汝州舉裴大夫自代狀云：「正議大夫、使持節杭州諸軍事、守杭州刺史、上柱國、賜紫金魚袋裴弘泰。右臣蒙恩授汝州刺史、兼御史中丞、充本州防禦使。伏準建中元年正月五日敕，諸州刺史上後舉一人自代者。伏以前件官前爲九卿，出領兩鎮。頃因微累，遂有左遷。今授遠州，物情未塞。臣前任鄰接，具知公才。舊屈未伸，輒舉自代。」又舊書卷十七下文宗紀：「（大和五年三月）辛酉，以黔中觀察使裴弘泰爲桂管經略使，以前安州刺史陳正儀爲黔中觀察使。……（十二月乙丑朔），甲申，貶新除桂管觀察使裴弘泰爲饒州刺史，以除鎮淹程不進，爲憲司所糾故也。」禹錫汝州舉裴大夫自代狀中所稱「出領兩鎮」，即指弘泰黔中、桂管之除授。考禹錫子劉子自傳、舊唐書卷一六〇劉禹錫傳、新唐書卷一六八劉禹錫傳俱未詳其自蘇州刺史移任汝州年月，惟姑蘇志古今守令表上唐刺史云：「劉禹錫：大和……八年，移汝州。」然亦未詳何月。但據禹錫別蘇州二首詩云：「三載爲吴郡，臨岐祖帳開。」又云：「流水閶門外，秋風吹柳條。」又禹錫汝州謝上表云：「伏奉去年（城按：年字衍）七月十四日詔書，授臣使持節汝州諸軍事、守汝州刺史、兼御史中丞、充本道防禦使。」可知禹錫移任汝州在大和八年七月間，其舉杭州刺史裴弘泰自代亦在是年秋間，則弘泰爲杭州刺史必在大和八年或八年之前，勞格讀書雜識卷七杭州刺史考（補）繫裴弘泰於大和八年，時間近似。又全唐詩卷四九六姚合送裴大夫赴亳州詩云：「杭人遮道路，垂泣浙江前。譙國迎舟艦，行歌汴水邊。周旋君量遠，交代我才偏。寒日嚴旌戟，晴風出管弦。一杯誠淡薄，四坐願留連。異政承殊澤，應爲天下先。」詩中之裴大夫爲杭州刺史裴弘泰無疑。據姚詩及劉得仁送姚合郎中任杭州詩（全唐詩卷五四四）、劉禹錫汝州舉裴大夫自代狀，可知弘泰乃姚合之前任，於大和九年離杭州赴亳州任，而姚合赴任抵杭州亦必在此時。故白氏送姚杭州赴任因思舊遊二首之作不得早於大和九年，並參見後箋。又英華卷二七九有釋無可送姚合郎中任杭州詩，當亦同時之作。何義門云：「次聯擬姚監句法。」唐宋詩醇卷二六：「不曰賀詩人，而曰賀江山，立言特妙。感舊傳衣，頌姚揚己，幾層意思，總攝在内，真仙筆也。」

〔姚杭州〕杭州刺史姚合。舊書卷九六、新書卷一二四姚崇傳俱未詳姚合爲杭州刺史。晁公武郡齋讀書志卷十八云：「右姚合也，崇曾孫（城按：據岑仲勉唐集質疑考證，合爲崇之曾姪孫），以詩聞。元和十一年李逢吉知舉進士，歷武功主簿，富平、萬年尉。寶曆中監察、殿中御史，户部員外郎，出金、杭二州刺史，爲刑、户二部郎中，諫議大夫，給事中，陜虢觀察使。開成末終秘書監，世號姚武功云。」辛文房唐才子傳卷六亦云：「寶應（城按：「應」爲「曆」之訛文）中除監察御史，遷户部員外郎，出爲金、杭二州刺史。後召入，拜刑部郎中，諫議大夫，給事中。」勞格讀書雜識卷七杭州刺史考因據以繫合刺杭州在寶曆間，誤也。城按：白氏此詩云：「舍人雖健無多病，老校當時八九年。」蓋居易長慶四年罷杭州刺史任，長慶四年及大和九年頭尾均不計算在内，白詩所稱「八九年」殆指約數也。又考全詩卷五〇一有姚合牧杭州謝李太尉德裕詩，德裕守太尉在會昌四年八月，岑仲勉唐集質疑因疑合刺杭「似在會昌時代」，今據白詩考之，絶不可能，疑合之詩題有誤也。

【校】

〔固宜〕「固」，馬本訛作「同」，據宋本、那波本、汪本、全詩改正。

〔八九年〕此下那波本無注。注中「民」下馬本脱「至今」二字，據宋本、汪本、全詩、盧校補。

寄李相公

漸老只謀歡，雖貧不要官。唯求造化力，試爲駐春看。

【箋】作於大和九年（八三五），六十四歲，洛陽，太子賓客分司。

〔李相公〕李宗閔。新書卷六三宰相表下：「（大和八年）十月庚寅，李宗閔守中書侍郎、同平章事。」舊紀同。

冬日平泉路晚歸

山路難行日易斜，烟村霜樹欲棲鴉。夜歸不到應閑事，熱飲三盃即是家。

【箋】作於大和八年（八三四），六十三歲，洛陽，太子賓客分司。

〔平泉〕見卷二二秋遊平泉贈韋處士閑禪師詩箋。並參見本卷醉遊平泉、題贈平泉韋徵君拾遺。

利仁北街作

草色斑斑春雨晴，利仁坊北面西行。踟躕立馬緣何事？認得張家歌吹聲。

【箋】

作於大和九年（八三五），六十四歲，洛陽，太子賓客分司。

〔利仁北街〕在洛陽長夏門之東第五街利仁坊。詩云「認得張家歌吹聲」，蓋指張擇家也。徐松兩京城坊考卷五：「居易利仁北街詩云：『草色斑斑春雨晴，利仁坊北面西行。踟躕立馬緣何事？認得張家歌吹聲。』按：所謂張家者疑即擇之後人。擇終於天寶十三載，不與白傅同時。」城按：徐氏説是。白氏唐故通議大夫和州刺史吳郡張公（擇）神道碑銘（卷四一）：「終於東都利仁里私第。」可證。

【校】

〔題〕「北」，馬本訛作「比」，據宋本、那波本、汪本、全詩、盧校改正。

洛陽堰閑行

洛陽堰上新晴日，長夏門前欲暮春。遇酒即沽逢樹歇，七年此地作閑人。

【箋】作於大和九年（八三五），六十四歲，洛陽，太子賓客分司。

〔洛陽堰〕在府治西南。見乾隆河南府志卷六七。

〔長夏門〕洛陽外郭城南面之城門。兩京城坊考卷五：「南面三門：正南曰定鼎門，東曰長夏門，西曰厚載門。」

〔七年此地作閑人〕居易大和三年春自長安罷官東歸，分司洛陽，至大和九年適爲七年。

過永寧

村杏野桃繁似雪，行人不醉爲誰開？賴逢山縣盧明府，引我花前勸一盃。

【箋】作於大和九年（八三五），六十四歲，自洛陽至下邽途中，太子賓客分司。

〔永寧〕永寧縣。元和郡縣志卷五：「永寧縣：漢澠池縣之西境，……義寧三年置永寧縣，屬宜陽郡。貞觀元年改屬河南府。」

〔盧明府〕當爲永寧縣令，名未詳。

往年稠桑曾喪白馬題詩廳壁今來尚存又復感懷更題絕句

路傍埋骨蒿草合，壁上題詩塵蘚生。馬死七年猶悵望，自知無乃太多情。

【箋】

作於大和九年（八三五），六十四歲，洛陽至下邽途中，太子賓客分司。

〔稠桑〕稠桑驛。見卷二五有小白馬乘馭多時奉使東行至稠桑驛溘然而斃足可驚傷不能忘情題二十韻詩箋。城按：白氏奉使東都在大和元年十二月，詩云「馬死七年猶悵然」，蓋實數也。

羅敷水

野店東頭花落處，一條流水號羅敷。芳魂豔骨知何在？春草茫茫墓亦無。

【箋】

作於大和九年（八三五），六十四歲，自洛陽至下邽途中，太子賓客分司。

〔羅敷水〕即敷水。清統志同州府：「敷水在華陰縣西。……縣志：敷水在縣西二十五里，源出大敷谷，即羅敷谷，以别於小敷谷也。」參見過敷水（卷二六）、與裴華州同過敷水戲贈（外集卷上）等詩。

【校】

〔何在〕「在」，全詩作「處」。

路逢青州王大夫赴鎮立馬贈别

大旆擁金羈，書生得者稀。何勞問官職，豈不見光輝？赫赫人争看，翩翩馬欲飛。不期前歲尹，駐節語依依。前年春，予爲河南尹，王爲少尹。

【箋】

作於大和九年（八三五），六十四歲，洛陽至下邽途中，太子賓客分司。

〔青州王大夫〕王彦威。劉集外九唐故監察御史贈尚書右僕射王公（俊）神道碑銘：「季子彦威，字子美。……以直諫出爲河南少尹，入爲少府監，司農卿，改淄青節度使。……出爲衞尉卿分司東都。尋起爲陳許節度使。……」舊書卷一五七本傳：「李宗閔重之，既秉政，授青州刺史、兼御史大夫、充平盧軍節度、淄青等觀察使。」舊書卷十七下文宗紀：「（大和九年）二月丙子朔，甲申（九日），以司農卿王彦威兼御史大夫、充平盧軍節度使。」則知彦威赴鎮必在是年二月末或三月初，中途與居易相遇也。青州，隋之北海郡。唐武德二年改爲青州，置總管府。屬河南道。見元和郡縣志卷十。

【校】

〔不期〕「期」，汪本、全詩俱注云：「一作『欺』。」

〔依依〕此下那波本無注。

和楊同州寒食乾坑會後聞楊工部欲到知予與工部有宿醒

夜飲歸常晚，朝眠起更遲。舉頭中酒後，引手索茶時。拂枕青長袖，欹簪白接䍦。宿醒無興味，先是肺神知。

【箋】

作於大和九年（八三五），六十四歲，洛陽，太子賓客分司。

〔楊同州〕楊汝士。見本卷和同州楊侍郎誇柘枝見寄詩箋。

〔乾坑〕在同州西三十里。元和郡縣志卷二關内道二：「乾坑：漢武帝時，嚴熊上言：願穿洛以溉重泉以東萬餘頃。於是發卒穿渠，自徵引洛水至商顔下（原注：商顔，今在馮翊縣界。）名曰龍首渠。按：州西有乾坑，即龍首之尾也。」清統志同州府二：「乾坑，在大荔縣西四十里，接蒲城縣界，唐李元諒敗李懷光於乾坑，即此。今名界溝。」

〔楊工部〕楊虞卿。舊書卷一七六楊虞卿傳：「（大和）八年，宗閔復入相，尋召爲工部侍郎。」舊書卷十七下文宗紀：「（大和八年十二月）己丑（十三日），以太子賓客分司張仲方爲左散騎常侍，常州刺史楊虞卿爲工部侍郎。」故知虞卿至長安時必已爲九年春。又金澤文庫舊藏本白氏文集卷六五載有白氏和楊同州寒食乾坑會後聞楊工部欲到知予與工部有斅水之期榮喜雖多歡宴且阻辱示長句因而答之詩（見外集卷中）云：「往來東道千餘騎，新舊西曹兩侍郎（原注：去年兄自工部拜同州，今年弟從常州拜工部）。家占冬官傳印綬，路逢春日助恩光。停留五馬經寒食，指點三峯過故鄉。猶恨乾坑斅水會，差池歸雁不成行。」與此詩可互相參證。

【校】

〔夜飲〕「飲」，汪本訛作「雨」。

和劉汝州酬侍中見寄長句因書集賢坊勝事戲而問之

洛川汝海封畿接，履道集賢來往頻。一復時程雖不遠，百餘步地更相親。汝去洛程一宿，履道集賢兩宅相去一百三十步。朱門陪宴多投轄，青眼留歡任吐茵。聞道郡齋還有酒，風前月下對何人？

【箋】

作於大和九年（八三五），六十四歲，洛陽，太子賓客分司。

〔劉汝州〕劉禹錫。舊書卷一六〇、新書卷一六八本傳、子劉子自傳均未載禹錫移汝年月。姑蘇志古今守令表上唐刺史謂劉禹錫大和八年移汝州，亦未詳何月。劉集外九汝洛集引亦僅云「大和八年，予自姑蘇轉臨汝」。城按：禹錫別蘇州二首詩（外八）云：「三載爲吴郡，臨岐祖帳開。」又云：「流水閶門外，秋風吹柳條。」劉集卷十六汝州刺史謝上表云：「伏奉去年七月十四日詔書，授臣使持節汝州諸軍事、守汝州刺史。……」考唐人謝上表書除授之年月上均加一「去」字，即過去之意。如白氏杭州刺史謝上表（卷六一）云：「臣某言：去七月十四日蒙恩除授杭州刺史。」則禹錫文中之「年」字係傳刻之誤。據此可知禹錫大和八年七月離蘇去汝，與別蘇州詩季節正合。又舊書卷十七下文宗紀：「（大和九年十月）乙未……以汝州刺史劉禹錫爲同州刺史。」則白氏此詩必作於是年春間。

〔侍中〕裴度。見本卷奉酬侍中夏中雨後遊城南莊見示八韻詩箋。

【校】

〔相親〕此下那波本無注。

池上二絶

山僧對棋坐，局上竹陰清。映竹無人見，時聞下子聲。

小娃撑小艇，偷採白蓮迴。不解藏蹤跡，浮萍一道開。

【箋】

作於大和九年（八三五），六十四歲，洛陽，太子賓客分司。何義門云：「坡老觀棋詩出於此。」

【校】

〔題〕第二首前，宋本有「又」字，那波本有「又一首」三字。

〔局上〕「局」，宋本訛作「扃」。

白羽扇

素是自然色，圓因裁製功。颯如松起籟，飄似鶴翻空。盛夏不銷雪，終年無盡風。引秋生手裏，藏月入懷中。麈尾斑非疋，蒲葵陋不同。何人稱相對？清瘦白鬚翁。

【箋】作於大和九年（八三五），六十四歲，洛陽，太子賓客分司。

【校】〔麈尾〕「麈」，宋本訛作「塵」。

五月齋戒罷宴徹樂聞韋賓客皇甫郎中飲會亦稀又知欲攜酒饌出齋先以長句呈謝

妓房匣鏡滿紅埃，酒庫封缾生緑苔。居士爾時緣護戒，車公何事亦停盃？散齋香火今朝散，開素盤筵後日開。隨意往還君莫怪，坐禪僧去飲徒來。

【箋】作於大和九年（八三五），六十四歲，洛陽，太子賓客分司。

〔韋賓客〕韋縝。見本卷初夏閑吟兼呈韋賓客詩箋。

〔皇甫郎中〕皇甫曙。見卷二九池上清晨候皇甫郎中詩箋。

閑園獨賞 因夢得所寄蜂鶴之詠，因成此篇以和之。

午後郊園静，晴來景物新。雨添山氣色，風借水精神。永日若爲度，獨遊何所親？仙禽狎君子，芳樹倚佳人。蟻闘王争肉，蝸移舍逐身。蝶雙知伉儷，蜂分見君臣。蠢蠕形雖小，逍遥性即均。不知鵬與鷃，相去幾微塵？

【箋】作於大和九年（八三五），六十四歲，洛陽，太子賓客分司。劉集外四有和樂天閑園獨賞八韻前以蜂鶴拙句寄呈今辱蝸蟻妍詞見答因成小巧以取大咍詩。城按：白詩自注中之「蜂鶴之詠」，即劉集卷二二晝居池上亭獨吟之「静看蜂教誨，閑想鶴儀形」也。

【校】〔題〕此下那波本無注。注中「因」字宋本作「引」。何校：「『引』字從蘭雪。」

種柳三詠

白頭種松桂，早晚見成林。不及栽楊柳，明年便有陰。春風爲催促，副取老人心。從君種楊柳，夾水意如何？准擬三年後，青絲拂緑波。仍教小樓上，對唱柳枝歌。更想五年後，千千條麴塵。路旁深映月，樓上闇藏春。愁殺閑遊客，聞歌不見人。

【箋】作於大和九年（八三五），六十四歲，洛陽，太子賓客分司。

〔千千條麴塵〕姚寬西溪叢語：「唐人詠柳，使麴塵字者極多。禮記月令：薦鞠衣於上帝告桑事。注云：如鞠塵色。周禮：内司服鞠衣。鄭司農云：鞠衣，黄桑服也。色如鞠塵，象桑葉始生。此用之柳，又象其花絮之穗耳。」

【校】〔柳枝〕「柳」，宋本作「楊」。汪本作「竹」。

偶吟

好官病免曾三度，散地歸休已七年。老自退閑非世棄，貧蒙强健是天憐。韋荆南去留春服，王侍中來乞酒錢。便得一年生計足，與君美食復甘眠。

【箋】作於大和九年（八三五），六十四歲，洛陽，太子賓客分司。〔韋荆南〕韋長。舊書卷十七下文宗紀：「（大和七年八月）戊申，以京兆尹韋長兼御史大夫。……（開成三年正月）丁丑，以前荆南節度使韋長爲河南尹。」吴廷燮唐方鎮年表據以繫韋長節度荆南在大和八年。又舊書卷一六九賈餗傳云：「（大和）八年十一月，遷京兆尹。」則賈餗當係韋長之後任。然據白氏此詩所云，則長之赴荆南似在九年春。〔王侍中〕王智興。大和初，以平李同捷有功，進位侍中。見舊書卷一五六、新書卷一七二本傳。舊書卷十七下文宗紀：「（大和九年五月）癸酉，以河中節度使王智興爲宣武軍節度使，依前守太傅，兼侍中。」此詩必智興赴宣武任過洛時所作。

池上即事

移牀避日依松竹，解帶當風掛薜蘿。鈿砌池心緑蘋合，粉開花面白蓮多。久陰新霽宜絲管，苦熱初涼入綺羅。家醖缾空人客絶，今宵争奈月明何！

【箋】作於大和九年（八三五），六十四歲，洛陽，太子賓客分司。

南塘暝興

水色昏猶白，霞光暗漸無。風荷搖破扇，波月動連珠。蟋蟀啼相應，鴛鴦宿不孤。小僮頻報夜，歸步尚踟躕。

【箋】作於大和九年（八三五），六十四歲，洛陽，太子賓客分司。城按：全詩卷八八六曹松南塘暝興詩與此詩同，當係自白集羼入者。

【校】〔歸步〕「步」，全詩注云：「一作『路』。」

小宅

小宅里閭接，疏籬雞犬通。渠分南巷水，窗借北家風。庾信園殊小，陶潛屋不豐。何勞問寬窄？寬窄在心中。

【箋】作於大和九年（八三五），六十四歲，洛陽，太子賓客分司。

【校】〔南巷〕「巷」，宋本作「港」。何校：「『港』字從黄校。」

諭親友

適情處處皆安樂，大底園林勝市朝。煩鬧榮華猶易過，優閑福禄更難銷。自憐老大宜疏散，却被交親歎寂寥。終日相逢不相見，兩心相去一何遥？

【箋】作於大和九年（八三五），六十四歲，洛陽，太子賓客分司。

【校】〔大底〕「底」，那波本、馬本、汪本、全詩俱作「抵」，據宋本、盧校改。何校：「『抵』，黄校作『底』。」

龍門送别皇甫澤州赴任韋山人南遊

隼旟歸洛知何日？鶴駕還嵩莫過春。惆悵香山雲水冷，明朝便是獨遊人。

【箋】

作於大和九年（八三五），六十四歲，洛陽，太子賓客分司。

〔龍門〕洛陽龍門山。見卷二五龍門下作詩箋。

〔皇甫澤州〕澤州刺史皇甫曙。據白氏此詩，曙赴澤州任在大和九年秋。城按：陸心源唐文續拾卷五皇甫曙金剛經幢記文後題曰「開成元年歲次丙辰五月七日建，澤州刺史皇甫曙記」，與白詩時間相合。唐詩紀事云：「曙元和十一年中書舍人李逢吉下登第。逢吉所擢多寒素，時有詩曰：『元和天子丙申年，三十三人同得仙。袍似爛銀文似錦，相將白日上青天。』是歲高澥第一人，劉端夫、李行方、周匡物、廖有方輩皆預選。寶曆間崔從鎮淮南，曙爲行軍司馬。」唐文續拾小傳云：「曙元和十一年登第，寶曆間崔從鎮淮南，辟行軍司馬，開成中澤州刺史。」全唐詩及唐文續拾皇甫曙小傳均同唐詩紀事。白氏池上清晨候皇甫郎中詩（卷二九）中之「皇甫郎中」，答皇甫十郎中秋深酒熟見憶詩（本卷）中之「皇甫十郎中」，閑吟贈皇甫郎中親家翁詩（卷三四）中之「皇甫郎中親家翁」，詠懷寄皇甫朗之詩（卷三四）中之「皇甫朗之」，劉集卷二八送河南皇甫少尹赴絳州詩中之「皇甫少尹」，全唐詩卷三六一劉禹錫酬皇甫十少尹暮秋久雨喜晴有懷見示詩中之「皇甫十少尹」，均指曙也。澤州高平郡，秦、漢爲上黨郡之地。後魏改置建州。周改爲澤州。唐因之，屬河東道。見元和郡縣志卷十五。

〔韋山人〕韋楚。見卷二八池上贈韋山人詩箋。並參見本卷題贈平泉韋徵君拾遺詩。

劉蘇州寄釀酒糯米李浙東寄楊柳枝舞衫偶因嘗酒試衫輒成長句寄謝之

柳枝慢踏試雙袖，桑落初香嘗一盃。金屑醅濃吴米釀，銀泥衫穩越娃裁。舞時已覺愁眉展，醉後仍教笑口開。慚愧故人憐寂寞，三千里外寄歡來。

【箋】

作於大和八年（八三四），六十三歲，洛陽，太子賓客分司。城按：陳譜謂此詩作於七年，非。劉集外四有酬樂天衫酒見寄詩云：「酒法衆傳吴米好，舞衣偏尚越羅輕。」即指「釀酒糯米」及「楊柳枝舞衫」也。查慎行白香山詩評：「『慚愧故人憐寂寞』二句總結。」

〔劉蘇州〕蘇州刺史劉禹錫。城按：禹錫大和五年十月赴蘇州任，大和八年七月自蘇州轉汝州。見卷二六寄劉蘇州詩箋。並參見喜劉蘇州恩賜金紫遥想賀宴以詩慶之（卷三一）、劉蘇州以八)。華亭一鶴遠寄以詩謝之(卷三一)、福先寺雪中餞劉蘇州(外集卷上)等詩及與劉蘇州書(卷六八)。

〔李浙東〕李紳。舊書卷十七下文宗紀:「(大和七年閏七月)癸未,以太子賓客李紳檢校左散騎常侍、兼越州刺史、充浙東觀察使代陸亘。……(九年)五月乙巳朔,丁未,以浙東觀察使李紳爲太子賓客分司東都。」參見卷三一醉送李二十常侍赴鎮浙東詩箋。可知白氏此詩必作於大和八年無疑。

〔楊柳枝〕即樊素。白氏不能忘情吟序(卷七一)云:「妓有樊素者,年二十餘,綽綽有歌舞態,善唱楊枝,人多以曲名名之。」

〔桑落〕桑落酒。一説謂桑落時所釀酒,一説桑落乃地名。水經注河水:「河東郡民有姓劉名墮者,宿善工釀,採挹河流,釀成芳酎。排於桑落之辰,故酒得其名矣。」詩人玉屑卷十六引後史補云:「河中桑落坊有井,每至桑落時,取其寒暄得所,以井水釀酒甚佳,故號桑落酒。舊京人呼爲桑郎,蓋語訛耳。庾信詩云:『蒲城桑落酒,灞岸菊花秋。』白居易詩云:『桑落氣薰珠翠暖,柘枝聲引筦絃高。』」吴旦生歷代詩話卷三三所引與詩人玉屑略同。

詔授同州刺史病不赴任因詠所懷

同州慵不去,此意復誰知?誠愛俸錢厚,其如身力衰。可憐病判案,何似醉吟詩？勞逸懸相遠，行藏決不疑。徒煩人勸諫，只合自尋思。白髮來無限，青山去有期。野心唯怕鬧，家口莫愁飢。賣却新昌宅，聊充送老資。

【箋】作於大和九年（八三五），六十四歲，洛陽，同州刺史。城按：陳譜繫於大和九年。汪譜繫於開成元年，非是。舊書卷十七上文宗紀：「（大和九年九月）辛亥，以太子賓客分司東都白居易爲同州刺史代楊汝士。……（十月）乙未，以新授同州刺史白居易爲太子少傅分司。以汝州刺史劉禹錫爲同州刺史。」可知居易除同州在大和九年，非開成元年。何義門云：「賣宅則與牛羊親厚之嫌更無自而至，贊皇之黨可得相忘，訓、注毒燄亦不能旁煽矣。」

寄楊六侍郎　時楊初授户部，予不赴同州。

西户最榮君好去，左馮雖穩我慵來。秋風一筯鱸魚鱠，張翰摇頭喚不迴。

【箋】作於大和九年（八三五），六十四歲，洛陽，同州刺史。城按：汪譜繫此詩於開成元年，非是。參見前一首詩箋。

〔楊六侍郎〕楊汝士。見本卷和同州楊侍郎誇柘枝見寄詩箋。並參見寄楊六（卷十）、醉中留別楊六兄弟（卷十二）、楊六尚書新授東川節度使代妻戲賀兄嫂（卷三三）、和楊六尚書喜兩弟漢公轉吴興魯士賜章服命賓開宴用慶恩榮賦長句見示（卷三四）、楊六尚書頻寄新詩詩中多有思閑相就之志因書鄙意報而諭之（卷三五）、楊六尚書留太湖石在洛下借置庭中因對舉杯寄贈絶句（卷三六）等詩。

【校】

〔題〕此下那波本無注。

〔一筯〕「筯」，汪本作「箸」。字同。

韋七自太子賓客再除秘書監以長句賀而餞之 韋往年嘗與予同爲秘監。

離筵莫愴且同歡，共賀新恩拜舊官。屈就商山伴麋鹿，好歸芸閣狎鵷鸞。落星石上蒼苔古，畫鶴廳前白露寒。老監姓名應在壁，相思試爲拂塵看。

【箋】

作於大和九年（八三五），六十四歲，洛陽，同州刺史。唐宋詩醇卷二六：「曲折盡意，雍容大雅。」

〔韋七〕韋縝。見本卷初夏閑吟兼呈韋賓客詩箋。

【校】

〔題〕此下那波本無注。注中「往」上宋本脱「韋」字。

〔應在壁〕「應」，馬本、汪本俱作「題」，非。據宋本、那波本、全詩改正。汪本注云：「一作『應』。」全詩注云：「一作『題』。」

酒熟憶皇甫十

新酒此時熟，故人何日來？自從金谷别，不見玉山頹。疏索柳花盌，寂寥荷葉盃。今冬問氈帳，雪裏爲誰開？

【箋】

作於大和九年（八三五），六十四歲，洛陽，太子少傅分司。

〔皇甫十〕皇甫曙。見本卷答皇甫十郎中秋深酒熟見憶詩箋。城按：皇甫曙大和九年秋赴任澤州，參見本卷龍門送别皇甫澤州赴任韋山人南遊詩。

九年十一月二十一日感事而作 其日獨遊香山寺。

禍福茫茫不可期，大都早退似先知。當君白首同歸日，是我青山獨往時。顧索素琴應不暇，憶牽黄犬定難追。麒麟作脯龍爲醢，何似泥中曳尾龜？

【箋】

作於大和九年（八三五），六十四歲，洛陽，太子賓客分司。見陳譜及汪譜。查慎行白香山詩評：「此詩不知因何人被禍而作，須考。」城按：此詩與後一首即事重題及詠史（卷三〇）均爲感甘露之變而作。甘露之變參見詠史詩箋。

〔當君白首同歸日〕東坡志林：「樂天爲王涯所讒，謫江州司馬。甘露之禍，樂天在洛，適遊香山寺，有詩云：『當君白首同歸日，是我青山獨往時。』不知者以爲樂天幸之，樂天豈幸人之禍者哉！蓋悲之也。」陳譜大和九年乙卯：「又有二十日獨遊香山感事詩云：『當君白首同歸日，是我青山獨往時。』時新有甘露之禍。初江州之貶，王涯有力焉，説者因是謂公幸之，惟東坡蘇公云：『樂天豈幸人之禍者哉！蓋悲之也。』以愚觀之，其悲涯輩之禍，而幸己之不與者乎。鸞皇蓋自況也。公又嘗有詩云：『今日憐君嶺南去，當時笑我洛中來。』未知爲何人作，亦此意也。」明瞿佑歸田詩話卷上：「樂天晚年，優遊香山、緑野，近乎明哲保身者。甘露之禍，王涯、賈餗、舒元輿輩皆預焉。樂天有詩云：『當君白首同歸日，是我青山獨往時。』或謂樂天幸之，非也。樂天豈幸人之禍者哉！蓋悲之也。晉潘岳贈石崇有『白首同所歸』之句，及遭刑，俱赴東市。崇顧岳曰：『可謂白首同所歸矣。』樂天蓋用此事。」汪立名云：「按『白首同所歸』乃阮籍石崇臨刑時語。太（大）和九年甘露事，李訓、鄭注、舒元輿、王涯、賈餗皆被害。味詩中同歸句，本就事而言，不專指王涯也。公自蘇州召還，秩位漸崇，見機引退，宦官之禍，固早計及者，何致追憾王涯。況公之遷謫，本由宦官惡之，附宦官者成之，豈反以中人誅夷士大夫爲快？幸禍之説蓋出於章子厚，諺所謂以小人心度君子腹耳。」城按：以上各家之説均本之東坡，其中尤以汪氏之説爲長，惟汪氏誤潘岳爲阮籍。胡震亨唐音癸籤責東坡爲白氏曲諱，其論似苛。又宋馬永卿嬾真子卷四云：「『禍福茫茫不可期，……何似泥中曳尾龜？』右白樂天遊玉泉寺詩。李訓、鄭注初用事，公知其必敗，輒自刑部侍郎乞分司而歸，時宰相王涯好琴，舒元輿好獵，故及之，而曳尾龜所以自喻也。龍醢事見左氏，麟脯事見列仙傳。」其説亦附會，況居易大和三年自刑部侍郎罷歸東都時，李訓等尚未用事，此詩乃遊香山寺作，馬氏作「玉泉寺」，亦誤。

【校】

〔題〕此下那波本無注。

即事重題

重裘煖帽寬氈履，小閣低窗深地爐。身穩心安眠未起，西京朝士得知無？

【箋】作於大和九年（八三五），六十四歲，洛陽，太子少傅分司。見汪譜。何義門云：「西京朝士一瞑而萬世不視矣，何暇知此耶！」城按：此詩亦感甘露之禍而作，見前一首詩箋。

【校】〔題〕萬首作「即事」。

將歸渭村先寄舍弟

一年年覺此身衰，一日日知前事非。詠月嘲花先要減，登山臨水亦宜稀。子平嫁娶貧中畢，元亮田園醉裏歸。爲報阿連寒食下，與吾釀酒掃柴扉。

【箋】作於大和九年（八三五），六十四歲，洛陽，太子賓客分司。城按：此詩與西行（卷三〇）、東歸（卷三〇）、過永寧（本卷）、往年稠桑曾喪白馬題詩廳壁今來尚存又復感懷更題絶句（本卷）、羅敷水（本卷）、西還壽安路西歇馬（外集卷上）、别楊同州後却寄（外集卷上）等詩均爲大和九年春歸下邽時所作。

〔渭村〕見卷十渭村雨歸詩箋。

〔舍弟〕疑爲白氏居下邽之從弟，非白行簡。行簡卒於寶曆二年，見卷六九祭弟文。

【校】

〔嘲花〕「花」，馬本、汪本、全詩俱作「風」，據宋本、那波本、盧校改。何校：「『風』，葉校作『花』，蘭雪同。」全詩注云：「一作『花』。」

〔與吾〕「吾」，馬本訛作「君」。據宋本、那波本、汪本、全詩、盧校改正。

看嵩洛有歎

今日看嵩洛，迴頭歎世間。榮華急如水，憂患大於山。見苦方知樂，經忙始愛閑。未聞籠裏鳥，飛出肯飛還。

【箋】

作於大和九年（八三五），六十四歲，洛陽，太子少傅分司。何義門云：「謂甘露之禍也。」

詠　懷

隨緣逐處便安閑，不住朝廷不入山。心似虛舟浮水上，身同宿鳥寄林間。尚平婚嫁了無累，馮翊符章封却還。時阿羅初嫁，及同州官吏放歸。處分貧家殘活計，匹如身後莫相關。

【箋】作於大和九年（八三五），六十四歲，洛陽，太子少傅分司。參見本卷詔授同州刺史病不赴任因詠所懷詩箋。

〔阿羅〕居易之女羅子。見卷七弄龜羅詩箋。

【校】〔不住朝廷不入山〕馬本、汪本、全詩俱作「不入朝廷不住山」，據宋本、那波本、盧校改。全詩「入」下注云：「一作『住』。」「住」下注云：「一作『入』。」

〔封却還〕此下那波本無注。

〔匹如〕「匹」，馬本作「正」，據宋本、那波本、汪本、全詩、盧校改。全詩注云：「一作『正』。」

詠老贈夢得

與君俱老也，自問老何如？眼澀夜先卧，頭慵朝未梳。有時扶杖出，盡日閑門居。懶照新磨鏡，休看小字書。情於故人重，跡共少年疏。唯是閑談興，相逢尚有餘。

【箋】作於開成二年（八三七），六十六歲，洛陽，太子少傅分司。城按：劉集外四有酬樂天詠老見示詩云：「莫道桑榆晚，爲霞尚滿天。」其襟懷似在白氏之上。亦李義山詩「天意憐幽草，人間重晚晴」之意。

白居易集箋校卷第三十三

律詩　凡九十九首

從同州刺史改授太子少傅分司

承華東署三分務，履道西池七過春。歌酒優遊聊卒歲，園林蕭灑可終身。留侯爵秩誠虚貴，疏受生涯未苦貧。月俸百千官二品，朝廷雇我作閑人。張良疏受並爲太子少傅。

【箋】作於大和九年（八三五），六十四歲，洛陽，太子少傅分司。城按：舊書卷十七上文宗紀：「（大和九年十月）乙未，以新授同州刺史白居易爲太子少傅分司。」陳譜大和九年乙卯：「十月，改授太子少傅分司。有詩云：『承華東署三分務，履道西池七過春。』又有詔授同州刺史病不赴任因詠所懷詩（卷三二）。汪譜繫於開成元年，非是。又此卷詩汪本編在後集卷十四，那波本編在卷六六。

【校】

〔九十九首〕宋本、馬本俱誤作「一百首」，今改正。

〔題〕本卷自此詩至末宋本缺，蓋自別本配補。

〔朝廷〕「廷」，那波本訛作「迋」。

〔閑人〕此下那波本無注。

奉和裴令公新成午橋莊緑野堂即事

舊逕開桃李，新池鑿鳳凰，只添丞相閤，不改午橋莊。遠處塵埃少，閑中日月長。青山爲外屏，緑野是前堂。引水多隨勢，栽松不趁行。年華玩風景，春事看農桑。花妬謝家妓，蘭偷荀令香。遊絲飄酒席，瀑布濺琴床。巢許終身隱，蕭曹到老忙。千年落公便，進退處中央。時裴加中書令。

【箋】作於大和九年（八三五），六十四歲，洛陽，太子賓客分司。城按：劉集外四有奉和裴令公新成緑野堂詩。查慎行白香山詩評：「『青山爲外屏』，虚對。」

〔裴令公〕裴度。見卷二九和裴令公一日日一年年雜言見贈詩箋。

〔午橋莊緑野堂〕裴度午橋莊别墅，在洛陽長夏門南五里。見兩京城坊考卷五。舊書卷一七〇裴度傳：「（大和九年十一月），又於午橋創别墅，花木萬株，中起涼臺暑館，名曰緑野堂。」元河南志卷一通遠坊條：「按：明皇雜録曰：開元中，樂工李龜年能歌，特承顧遇，於東都通遠坊大起第宅，僭侈踰於公侯，中堂制度甲於都下，其後裴晉公度購得之，移於定鼎門别廬，號緑野堂。」乾隆河南府志卷六二引宋史張齊賢傳：「齊賢歸洛，得裴度午橋莊，有池榭松竹之盛，日與親朋觴詠其間。」白氏和裴令公一日日一年年雜言見贈詩云：「前日魏王潭上宴連夜，今日午橋池頭遊拂晨。」春和令公緑野堂種花詩（本卷）云：「緑野堂開占物華，路人指道令公家。」全詩卷四八三李紳和晉公三首詩云：「殘雪午橋岸，斜陽伊水濱。」

【校】

〔千年〕何校：「『千年』句疑有訛字。『落』，蘭雪作『洛』。」

〔中央〕此下那波本無注。

自題小草亭

新結一茅茨，規模儉且卑。土階全壘塊，山木半留皮。陰合連藤架，叢香近菊籬。壁宜藜杖倚，門稱荻簾垂。窗裏風清夜，簷間月好時。留連嘗酒客，勾引坐禪師。伴宿雙棲鶴，扶行一侍兒。綠醅量盞飲，紅稻約升炊。齷齪豪家笑，酸寒富室欺。陶廬閑自愛，顏巷陋誰知？螻蟻謀深穴，鷦鷯占小枝。各隨其分足，焉用有餘爲？

【箋】約作於大和九年（八三五）至開成元年（八三六），洛陽。

【校】〔富室〕「室」，宋本、那波本、汪本俱作「屋」。

自詠

細故隨緣盡，衰形具體微。鬭閑僧尚闊，較瘦鶴猶肥。老遣寬裁襪，寒教厚絮衣。馬從銜草驟，雞任啄籠飛。只要天和在，無令物性違。自餘君莫問，何是復何非？

【箋】

約作於大和九年（八三五）至開成元年（八三六），洛陽，太子少傅分司。

【校】

〔隨緣〕「緣」，宋本訛作「緑」。

〔衰形〕那波本、馬本倒作「形衰」，據宋本、汪本、全詩、盧校乙轉。

〔銜草驟〕「驟」，馬本、汪本俱作「輾」，全詩作「展」，俱非。何校：「『輾』字疑。蘭雪作『驟』。『驟』，玉篇云：『馬轉臥土中。』」據宋本、那波本、何校改。

新亭病後獨坐招李侍郎公垂

新亭未有客，竟日獨何爲？趁暖泥茶竈，防寒夾竹籬。頭風初定後，眼暗欲明時。淺把三分酒，閑題數句詩。應須置兩榻，一榻待公垂。

【箋】

作於大和九年（八三五）至開成元年（八三六），洛陽，太子少傅分司。

〔李侍郎公垂〕李紳。舊書卷十七下文宗紀：「（大和九年）五月乙巳朔，丁未，以浙東觀察使李紳爲太子賓客分司東都。……（開成元年）夏四月庚午朔，以太子賓客分司東都李紳爲河南尹。」參見本卷歎春風兼贈李二十侍郎二絶詩。

閑卧寄劉同州

軟褥短屏風，昏昏醉卧翁。鼻香茶熟後，腰暖日陽中。伴老琴長在，迎春酒不空。可憐閑氣味，唯欠與君同。

【箋】作於開成元年（八三六），六十五歲，洛陽，太子少傅分司。城按：劉集外四有酬樂天閑卧見憶詩云：「同年未同隱，緣欠買山錢。」緣居易謝病，故有禹錫同州之授，禹錫亦自慚不能早退也。何義門云：「五六恰是老人語，所以有味。」

〔劉同州〕劉禹錫。舊書卷十七下文宗紀：「（大和九年）十月乙未，以新授同州刺史白居易爲太子少傅分司。以汝州刺史劉禹錫爲同州刺史。」參見本卷喜見劉同州夢得詩。

殘酌晚餐

閑傾殘酒後，煖擁小爐時。舞看新翻曲，歌聽自作詞。魚香肥潑火，飯細滑流匙。除却慵饞外，其餘盡不知。

【箋】作於開成元年（八三六），六十五歲，洛陽，太子少傅分司。

【校】〔不知〕「知」，汪本訛作「如」。

喜見劉同州夢得

紫綬白髭鬚，同年二老夫。論心共牢落，見面且歡娱。酒好攜來否？詩多記得無？應須爲春草，五馬少踟躕。

【箋】作於大和九年（八三五），六十四歲，洛陽，太子少傅分司。城按：劉集外四有酬喜相遇同州與樂天替代詩。

〔劉同州夢得〕劉禹錫。見本卷閑卧寄劉同州詩箋。

〔應須爲春草〕劉禹錫有寄小樊詩云：「終須買取名春草。」又憶春草詩云：「河南大尹頻出難，只須池塘十步看。府門閉後滿街月，幾處遊人草頭歇。」又酬喜相遇同州與樂天替代詩注云：「前章所言春草，白君之舞妓也，故有此答。」則春草疑爲居易妓樊素之别名。

裴令公席上贈别夢得

年老官高多别離，轉難相見轉相思。雪銷酒盡梁王起，便是鄒枚分散時。

【箋】

作於開成元年（八三六），六十五歲，洛陽，太子少傅分司。

〔裴令公〕裴度。見卷二九和裴令公一日日一年年雜言見贈詩箋。城按：裴度，大和八年三月爲東都留守，九年十月進位中書令。時仍在東都。

【校】

〔相思〕「相」，那波本、馬本俱作「難」，非。據宋本、汪本、全詩、查校改正。本訛作「牧」，據宋本、那波本、汪本、全詩、查校、盧校改正。

尋春題諸家園林

聞健朝朝出，乘春處處尋。天供閑日月，人借好園林。漸以狂爲態，都無悶到心。平生身得所，未省似而今。

【箋】

作於開成元年（八三六），六十五歲，洛陽，太子少傅分司。

【校】

〔聞健〕「聞」，查校作「鬬」，非。城按：聞健即趁健之意。

又題一絶

貌隨年老欲何如？興遇春牽尚有餘。遥見人家花便入，不論貴賤與親疏。

【箋】

作於開成元年（八三六），六十五歲，洛陽，太子少傅分司。

家園三絶

滄浪峽水子陵灘，路遠江深欲去難。何似家池通小院，卧房階下插魚竿？

籬下先生時得醉，甕間吏部暫偷閑。何如家醖雙魚榼，雪夜花時長在前？

鴛鴦怕捉竟難親，鸂鶒雖籠不著人。何似家禽雙白鶴，閑行一步亦隨身？

【箋】作於開成元年（八三六），六十五歲，洛陽，太子少傅分司。

【校】〔題〕第二、三兩首前，宋本各有「二」、「三」字。

〔偷閑〕「閑」，宋本、那波本、萬首俱作「眠」。何校：「『閑』，蘭雪作『眠』。」

老來生計

老來生計君看取，白日遊行夜醉吟。陶令有田唯種黍，鄧家無子不留金。人間榮耀因緣淺，林下幽閑氣味深。煩慮漸銷虚白長，一年心勝一年心。

【箋】作於開成元年（八三六），六十五歲，洛陽，太子少傅分司。

【校】〔遊行〕「遊」，全詩注云：「一作『閑』。」

早春題少室東巖

三十六峯晴，雪銷嵐翠生。月留三夜宿，春引四山行。遠草初含色，寒禽未變聲。東巖最高石，唯有我題名。

【箋】

作於開成元年（八三六），六十五歲，嵩山，太子少傅分司。

〔少室〕少室山。初學記卷五嵩高山引戴延之西征記云：「其山東謂太室，西謂少室，相去十七里，嵩其總名也。謂之室者，以其下各有石室也。少室高八百六十丈，上方十里，與太室相埒，但小耳。」

〔東巖〕古今圖書集成山川典嵩山部：「東巖，即白龜年遇李白處。」城按：此蓋舊志書荒誕無稽之記載。

〔三十六峯〕少室三十六峯：朝嶽、望洛、太陽、少陽、石城、石筍、檀香、丹砂、鉢盂、香爐、連天、紫霄、羅漢、七佛、靈隱、來仙、清涼、寶勝、瑞應、瓊璧、紫蓋、翠華、藥堂、紫薇、白蓮、天德、卓劍、白雲、金牛、明月、凝碧、迎霞、玉華、寶柱、繫馬、白鹿，凡三十六。見乾隆河南府志卷十一引嵩書。本卷白氏和裴令公南莊一絶詩云：「何似嵩峯三十六，長隨申甫作家山。」

【校】

〔嵐翠〕「翠」，馬本作「氣」，據宋本、那波本、汪本、全詩、盧校改。全詩注云：「一作『氣』。」

〔有我〕馬本、汪本、全詩俱倒作「我有」，據宋本、那波本乙轉。何校：「『有我』從黄校。」蘭雪同。」

早春即事

眼重朝眠足，頭輕宿酒醒。陽光滿前户，雪水半中庭。物變隨天氣，春生逐地形。北簷梅晚白，東岸柳先青。葱壠抽羊角，松巢墮鶴翎。老來詩更拙，吟罷少人聽。

【箋】

作於開成元年（八三六），六十五歲，洛陽，太子少傅分司。

【校】

〔宿酒〕「酒」，英華作「醉」。

〔物變〕「物」，英華作「候」。

歎春風兼贈李二十侍郎二絶

樹根雪盡催花發，池岸冰銷放草生。唯有鬚霜依舊白，春風於我獨無情。

道場齋戒今初畢，酒伴歡娱久不同。不把一盃來勸我，無情亦得似春風。

【箋】

作於開成元年（八三六），六十五歲，洛陽，太子少傅分司。

〔李二十侍郎〕李紳。時自浙東觀察使以太子賓客分司東都。見本卷新亭病後獨坐招李侍郎公垂詩箋。

【校】

〔題〕第二首宋本前有「二」字。「歎」下全詩注云：「一作『笑』」。

〔池岸〕「岸」，英華作「畔」，注云：「集作『岸』」。

春來頻與李二賓客郭外同遊因贈長句

風光引步酒開顔，送老銷春嵩洛間。朝踏落花相伴出，暮隨飛鳥一時還。我爲病叟誠宜退，君是才臣豈合閑？可惜濟時心力在，放教臨水復登山。

【箋】作於開成元年（八三六），六十五歲，洛陽，太子少傅分司。唐宋詩醇卷二六：「觀此詩可知香山未嘗一刻忘世，豈獨爲他人惋惜耶？」

〔李二賓客〕「李二」當爲「李二十」之奪文。城按：李二十賓客爲李紳。此詩作於開成元年春。李紳大和九年五月自浙東觀察使再爲太子賓客分司東都，開成元年四月六日除河南尹，是年春仍爲太子賓客，與白詩時間正合。岑仲勉唐人行第録李二十仍叔條引此詩，謂「李二十賓客」爲李仍叔，疑非是。考李仍叔罷湖南觀察使爲太子賓客分司東都在大和九年末，見卷二九洛陽春贈劉李二賓客詩箋，此時雖有與居易同遊之可能，唯此詩云：「我爲病叟誠宜退，君是才臣豈合閑？」與同時其他酬贈仍叔之詩不甚相稱，故仍以指李紳爲是。

二月二日

二月二日新雨晴，草牙菜甲一時生。輕衫細馬春年少，十字津頭一字行。

【箋】作於開成元年（八三六），六十五歲，洛陽，太子少傅分司。

〔十字津頭一字行〕錢大昕十駕齋養新録：「白樂天詩『十字津頭一字行』即古人所云午貫也。晉書何曾傳：蒸餅非裂成十字者不食。北史李庶傳：劉家在七帝坊十字街南。水經注濟水、渠水篇並有十字溝。顔魯公家廟碑陰額云：殷夫人居十字街西北壁第一宅。劉禹錫詩：『十字清波遶宅墻。』」

春和令公緑野堂種花

緑野堂開占物華，路人指道令公家。令公桃李滿天下，何用堂前更種花？

【箋】

作於開成元年（八三六），六十五歲，洛陽，太子少傅分司。

〔令公〕裴度。見卷二九和裴令公一日日一年年雜言見贈詩箋。

〔緑野堂〕見本卷奉和裴令公新成午橋莊緑野堂即事詩箋。

【校】

〔題〕「春」，汪本、全詩俱作「奉」。

清明日登老君閣望洛城贈韓道士

風光烟火清明日，歌哭悲歡城市間。何事不隨東洛水？誰家又葬北邙山？中橋車馬長無已，下渡舟航亦不閑。塚墓纍纍人擾擾，遼東悵望鶴飛還。

【箋】作於開成元年（八三六），六十五歲，洛陽，太子少傅分司。查慎行白香山詩評：「『何事不隨東洛水』二句只一聯，意味極佳，可惜前後纏攪不了。」

三月三日

畫堂三月初三日，絮撲窗紗燕拂簷。蓮子數盃嘗冷酒，柘枝一曲試春衫。堦臨池面勝看鏡，户映花叢當下簾。指點樓南玩新月，玉鈎素手兩纖纖。

【箋】作於開成元年（八三六），六十五歲，洛陽，太子少傅分司。查慎行白香山詩評：「此詩訛入宋人蘇才翁集。咸淳臨安志亦採之。」

【校】

〔窗紗〕宋本、那波本俱作「紗窗」。

雨中聽琴者彈別鶴操

雙鶴分離一何苦？連陰雨夜不堪聞。莫教遷客孀妻聽，嗟歎悲啼泥殺君。

【箋】

作於開成元年（八三六），六十五歲，洛陽，太子少傅分司。元集卷二一有聽妻彈別鶴操詩。

【校】

〔題〕「鶴」上馬本脱「別」字，據宋本、那波本、汪本、全詩、盧校補。

〔泥殺君〕「泥」，那波本作「詆」。全詩注云：「一作『泥』。」

酬鄭二司録與李六郎中寒食日相過同宴見贈 二人並是同年。

偶因冷節會嘉賓，況是平生心所親。迎接須矜疏傳老，祗供莫笑阮家貧。盃盤狼藉宜侵夜，風景闌珊欲過春。相對喜歡還悵望，同年只有此三人。

【箋】

作於開成元年（八三六），六十五歲，洛陽，太子少傅分司。何義門云：「五六倒裝即有味，第六又帶起落句，極緊。」

〔鄭二司録〕鄭俞。即白氏同王十七庶子李六員外鄭二侍御同年四人遊龍門有感而作詩（卷二八）中之「鄭二侍御」，早春雪後贈洛陽李長官長水鄭明府二同年詩（卷二八）中之「鄭明府」。又吟四雖詩（卷二九）原注云：「同年鄭俞，始受長水縣令。」

〔李六郎中〕居易之同年。即白氏同王十七庶子李六員外鄭二侍御同年四人遊龍門有感而作詩（卷二八）中之「李六員外」，早春雪後贈洛陽李長官長水鄭明府二同年詩（卷二八）中之「李長官」，知其大和初猶不過員外及洛陽令，後乃轉爲郎中，與白氏赴江州途中寄詩之「李六郎中」顯非一人。

【校】

〔題〕此下那波本無注。「相過」，宋本、那波本俱作「相遇」。

〔侵夜〕「侵」，馬本、那波本俱作「親」，據宋本、汪本、全詩、盧校改。全詩注云：「一作『親』。」

喜與楊六侍御同宿

岸幘静言明月夜，匡牀閑卧落花朝。二三月裏饒春睡，七八年來不早朝。濁水清塵難會合，高鵬低鷃各逍遥。眼看又上青雲去，更卜同衾一兩宵。

【箋】

作於開成元年（八三六），六十五歲，洛陽，太子少傅分司。

〔楊六侍御〕楊汝士。見卷三二寄楊六侍郎詩箋。城按：此詩作於開成元年，時汝士爲户部侍郎，「侍御」當爲「侍郎」之誤。岑仲勉唐人行第録楊六汝士條云：「白集六六喜與楊六侍御同宿，據今考定『侍御』實『侍郎』訛，因詩末聯云：『眼看又上青雲去，更卜同衾一兩宵。』其下一首即殘春詠懷贈楊慕巢侍郎，故得知之。」其説是也。

【校】

〔題〕「侍御」當作「侍郎」，各本俱誤，詳前箋。全詩「喜」下無「與」字，注云：「一『喜』下有『與』字。」

殘春詠懷贈楊慕巢侍郎

位逾三品日，太子少傅官三品。年過六旬時。予今年六十五。不道官班下，其如筋力衰。猶憐好風景，轉重舊親知。少壯難重得，歡娱且强爲。興來池上酌，醉出袖中詩。静話開襟久，閑吟放盞遲。落花無限雪，殘鬢幾多絲？莫説傷心事，春翁易酒悲。

【箋】

作於開成元年（八三六），六十五歲，洛陽，太子少傅分司。見汪譜。

〔楊慕巢侍郎〕楊汝士。見卷三二和同州楊侍郎誇柘枝見寄詩箋。并參見和東川楊慕巢尚書府中獨坐感戚在懷見寄十四韻（卷三四）等詩。城按：據舊傳，開成元年七月，汝士自户部侍郎轉兵部侍郎，則此時仍爲户部侍郎。

【校】

〔題〕「慕巢」，馬本訛作「暮」，據宋本、那波本、汪本、全詩改正。

〔三品日〕此下那波本無注，下同。城按：舊唐書職官志謂太子少傅爲正二品，新唐書百官志則謂太子少傅爲從二品。據此，此下小注「三品」乃「二品」之訛文。

〔春翁易酒悲〕那波本作「春風酒易悲」。

閑居春盡

閑泊池舟静掩扉，老身慵出客來稀。愁因暮雨留教住，春被殘鶯喚遣歸。揭甕偷嘗新熟酒，開箱試著舊生衣。冬裘夏葛相催促，垂老光陰速似飛。

【箋】作於開成元年（八三六），六十五歲，洛陽，太子少傅分司。何義門云：「愁字直貫注結句。」唐宋詩醇卷二六：「鍊句鍊字，後來陸游得法於此。」

【校】〔題〕馬本作「閑居春静」，非。據宋本、那波本、汪本、全詩、盧校改正。

〔池舟〕「舟」，馬本訛作「州」，據宋本、那波本、汪本、全詩、查校改正。

〔愁因〕汪本、全詩俱作「愁應」。

春盡日天津橋醉吟偶呈李尹侍郎

宿雨洗天津，無泥未有塵。初晴迎早夏，落照送殘春。興發詩隨口，狂來酒寄身。

水邊行嵬峩，橋上立逡巡。疏傅心情老，吴公政化新。三川徒有主，風景屬閑人。

【箋】

作於開成元年（八三六），六十五歲，洛陽，太子少傅分司。陳譜開成元年丙辰：「有春盡日天津橋醉吟詩呈李尹，時李紳自分司新除尹。」

〔李尹侍郎〕李紳。舊書卷十七下文宗紀：「（開成元年）夏四月庚午朔，以河南尹鄭澣爲左丞，以太子賓客分司東都李紳爲河南尹。……六月戊戌朔，癸亥，以河南尹李紳檢校禮部尚書、汴州刺史、充宣武軍節度使。」舊書卷一七三本傳：「開成初，鄭覃輔政，起德裕爲浙西觀察使，紳爲河南尹。」新書卷一八一本傳：「開成初，鄭覃以紳爲河南尹。河南多惡少，或危帽散衣，擊大毬，户官道，車馬不敢前。紳治剛嚴，皆望風遁去。」全詩卷四八二李紳拜三川守序：「開成元年三月二十五日，蒙恩除河南尹。四月六日，詔下洛陽。」城按：此詩云：「初晴迎早夏，落照送殘春。」則必作於開成元年五月以前，李珏除河南尹在開成元年六月，必非此詩所指之「李尹」。

【校】

〔題〕汪本無「偶」字。全詩「偶」下注云：「一無『偶』字。」

池上逐涼二首

青苔地上銷殘暑，緑樹陰前逐晚涼。輕屐單衣薄紗帽，淺池平岸庳藤床。簪纓怪我情何薄？泉石諳君味甚長。偏問交親爲老計，多言宜静不宜忙。

窗間睡足休高枕，水畔閑來上小船。棹遣禿頭奴子撥，茶教纖手侍兒煎。門前便是紅塵地，林外無非赤日天。誰信好風清簟上，更無一事但翛然？

【箋】

作於開成元年（八三六），六十五歲，洛陽，太子少傅分司。

【校】

〔題〕第二首前宋本有「二」字。

〔地上〕「地」，那波本訛作「池」。

〔陰前〕「前」，汪本作「間」。

〔單衣〕「衣」，馬本、全詩俱作「衫」，據宋本、那波本、汪本、盧校改。

〔庳〕此下馬本注云：「毗意切。」

〔閑來〕「閑」，馬本作「行」，據宋本、那波本、汪本、全詩、盧校改。全詩注云：「一作『行』。」

香山避暑二絶

六月灘聲如猛雨，香山樓北暢師房。夜深起凭欄杆立，滿耳潺湲滿面涼。

紗巾草履竹疏衣，晚下香山蹋翠微。一路涼風十八里，卧乘籃輿睡中歸。

【箋】作於開成元年（八三六），六十五歲，洛陽，太子少傅分司。唐宋詩醇卷二六：「前首如對北風圖，自然毛髮淅灑。次首北窗高枕，無此恬適，真足破除熱惱。」

〔香山〕洛陽伊闕山東曰香山。乾隆河南府志卷十一引名勝志云：「香山在洛陽南三十里，地産香葛，故名。有香山寺。」參見本卷香山下卜居詩。

【校】

〔題〕第二首前，宋本有「二」字。

老夫

七八年來遊洛都，三分遊伴二分無。風前月下花園裏，處處唯殘个老夫。世事勞心非富貴，人生實事是歡娱。誰能逐我來閑坐，時共酣歌傾一壺？

【箋】作於開成元年（八三六），六十五歲，洛陽，太子少傅分司。

【校】

〔人生〕「生」，全詩作「間」，注云：「一作『生』。」

香山下卜居

老須爲老計，老計在抽簪。山下初投足，人間久息心。亂藤遮石壁，絶澗護雲林。若要深藏處，無如此處深。

【箋】

作於開成元年（八三六），六十五歲，洛陽，太子少傅分司。

〔香山〕見本卷香山避暑二絶詩箋。

【校】

〔題〕馬本作「香山卜居」，據宋本、那波本、汪本、全詩改。全詩注云：「一無『下』字。」

無長物

莫訝家居窄，無嫌活計貧。只緣無長物，始得作閑人。青竹單床簟，烏紗獨幅巾。其餘皆稱是，亦足奉吾身。

【箋】

作於開成元年（八三六），六十五歲，洛陽，太子少傅分司。

宿香山寺酬廣陵牛相公見寄

來詩云：「唯羨東都白居士，月明香積問禪師。」時牛相三表乞退，有詔不許。

手札八行詩一篇，無由相見但依然。君匡聖主方行道，我事空王正坐禪。支許徒思遊白月，夔龍未放下青天。應須且爲蒼生住，猶去懸車十四年。牛相公今年五十七。

【箋】

作於大和九年（八三五），六十四歲，洛陽，太子少傅分司。

〔香山寺〕見卷二二舒員外遊香山寺數日不歸兼辱尺書大誇勝事時正值坐衙慮囚之際走筆題長句以贈之詩箋。

〔廣陵牛相公〕牛僧孺。見卷三一洛下送牛相公出鎮淮南詩箋。城按：僧孺大和六年十二月爲淮南節度使，開成二年五月爲東都留守。舊書卷一七二本傳云：「開成初，搢紳道喪，閽寺弄權，僧孺處重藩，求歸散地，累拜章不允。」廣陵，揚州廣陵郡，唐屬淮南道，置大都督府。後爲淮南節度使治所。見舊書地理志。

〔猶去懸車十四年〕此詩自注：「牛相公今年五十七。」城按：僧孺生於大曆十四年，至大和九年適爲五十七歲。見李珏故丞相太子少師贈太尉牛公神道碑銘。

【校】

〔題〕此下那波本無注。下同。

〔我事〕「事」，馬本作「是」，非。據宋本、那波本、汪本、全詩、盧校改正。

以詩代書寄户部楊侍郎勸買東鄰王家宅

勸君買取東鄰宅，與我衡門相並開。雲映嵩峯當户牖，月和伊水入池臺。林園亦要聞閑置，筋力應須及健迴。莫學因循白賓客，欲年六十始歸來。

【箋】

作於開成元年（八三六），六十五歲，洛陽，太子少傅分司。

〔户部楊侍郎〕楊汝士。舊書卷一七六本傳：「（大和）八年，出爲同州刺史。九年九月，入爲户部侍郎。開成元年七月，轉兵部侍郎。」舊紀謂汝士自同州刺史入爲駕部侍郎，誤。參見卷三二寄楊六侍郎詩箋。

〔東鄰王家宅〕洛陽履道坊白居易宅東鄰王大理宅。城按：白氏聞樂感鄰詩（卷二六）原注云：「東鄰王大理去冬云亡」，則知王大理卒於大和五年冬，即贈東鄰王十三詩（卷二五）中之「王十三」。

【校】

〔聞閑〕「聞」，汪本作「趁」，查校作「乘」。

贈談客

上客清談何亹亹，幽人閑思自寥寥。請君休説長安事，膝上風清琴正調。

【箋】

作於開成元年（八三六），六十五歲，洛陽，太子少傅分司。何義門云：「風清反對要鬧，琴調反對傾軋。」

〔談客〕疑爲談弘謨。居易之婿。即本卷三月三日祓禊洛濱詩中之「四門博士談弘謨」。

【校】

〔談客〕「客」，那波本作「君」。城按：視文義以「君」字較長。

初入香山院對月 大和六年秋作。

老住香山初到夜，秋逢白月正圓時。從今便是家山月，試問清光知不知？

【箋】

作於大和六年（八三二），六十一歲，洛陽，河南尹。

〔香山院〕即香山寺。見卷二二舒員外遊香山寺數日不歸兼辱尺書大誇勝事時正值坐衙慮囚之際走筆題長句以贈之詩箋。

題龍門堰西澗

東岸菊叢西岸柳，柳陰烟合菊花開。一條秋水琉璃色，闊狹纔容小舫迴。除却悠悠白少傅，何人解入此中來？

【箋】作於開成元年（八三六），六十五歲，洛陽，太子少傅分司。

〔龍門堰〕在洛陽午橋莊南十八里。見兩京城坊考卷五。

【校】〔小舫〕「舫」，全詩注云：「一作『艇』」。

秋霖中奉裴令公見招早出赴會馬上先寄六韻

雨暗三秋日，泥深一尺時。老人平旦出，自問欲何之？不是尋醫藥，非干送別離。素書傳好語，絳帳赴佳期。續借桃花馬，催迎楊柳姬。只愁張録事，罰我怪來遲。

【箋】作於開成元年（八三六），六十五歲，洛陽，太子少傅分司。

〔裴令公〕裴度。見卷二九和裴令公一日日一年年雜言見贈詩箋，並參見本卷奉和裴令公新成午橋莊緑野堂即事詩。

嘗酒聽歌招客

一甕香醪新插篘，雙鬟小妓薄能謳。管絃漸好新教得，羅綺雖貧免外求。世上貪忙不覺苦，人間除醉即須愁。不知此事君知否？君若知時從我遊。

【箋】

作於開成元年（八三六），六十五歲，洛陽，太子少傅分司。

【校】

〔香醪〕「香」，全詩注云：「一作『新』。」

〔插篘〕「篘」，馬本、全詩作「芻」，那波本作「蒭」，俱誤。據宋本、汪本、盧校改正。全詩注云：「一作『篘』。」城按：篘，漉取酒也。見集韻。

八月三日夜作

露白月微明，天涼景物清。草頭珠顆冷，樓角玉鈎生。氣爽衣裳健，風疏砧杵鳴。夜衾香有思，秋簟冷無情。夢短眠頻覺，宵長起暫行。燭凝臨曉影，蟲怨欲寒聲。槿老花先盡，蓮凋子始成。四時無了日，何用歎衰榮？

【箋】

作於開成元年（八三六），六十五歲，洛陽，太子少傅分司。

【校】

〔題〕此下全詩注云：「一無『夜』字。」

病中贈南鄰覓酒

頭痛牙疼三日卧，妻看煎藥婢來扶。今朝似校擡頭語，先問南鄰有酒無？

【箋】

作於開成元年（八三六），六十五歲，洛陽，太子少傅分司。

【校】

〔似校〕「似」，馬本作「自」，非。據宋本、那波本、汪本、萬首、全詩、盧校改正。

曉眠後寄楊户部

軟綾腰褥薄綿被，涼冷秋天穩暖身。一覺曉眠殊有味，無因寄與早朝人。

【箋】

作於開成元年（八三六），六十五歲，洛陽，太子少傅分司。

〔楊户部〕楊汝士。見本卷以詩代書寄户部楊侍郎勸買東鄰王家宅詩箋。

秋雨夜眠

涼冷三秋夜，安閑一老翁。臥遲燈滅後，睡美雨聲中。灰宿温瓶火，香添暖被籠。曉晴寒未起，霜葉滿階紅。

【箋】

作於開成元年（八三六），六十五歲，洛陽，太子少傅分司。

【校】

〔温瓶〕此下宋本脱「火」字。

喜夢得自馮翊歸洛兼呈令公

上客新從左輔迴，高陽興助洛陽才。已將四海聲名去，又占三春風景來。甲子等頭憐共老，文章敵手莫相猜。鄒枚未用爭詩酒，且飲梁王賀喜盃。

【箋】作於開成元年（八三六），六十五歲，洛陽，太子少傅分司。劉集外四有自左馮歸洛下酬樂天兼呈裴令公詩云：「新恩通籍在龍樓，分務神都近舊丘。自有園公紫芝侶，仍追少傅赤松遊。華林霜葉紅霞晚，伊水晴光碧玉秋。更接東山文酒會，始知江左未風流。」則其自同州歸洛陽應在開成元年秋。而白詩有「三春風景」語，未詳。

〔夢得〕劉禹錫。城按：禹錫罷同州以太子賓客分司東都在開成元年秋。舊書卷一六二本傳：「開成初，復爲太子賓客分司。俄授同州刺史。秩滿，檢校禮部尚書、太子賓客分司。」未詳爲賓客年月。劉集外九彭陽唱和集後引：「開成元年，公鎮南梁，予以太子賓客分司東都。」令狐楚鎮興元在開成元年四月。又參劉集卷十六謝恩賜粟麥表及謝分司東都表，則知禹錫以賓客分司東都在開成元年秋。又舊傳謂禹錫授同州刺史在開成時，蓋誤。舊書卷十七下文宗紀云：「（大和九年十月）乙未，以新授同州刺史白居易爲太子少傅分司，以汝州刺史劉禹錫爲同州刺史。」劉集外九汝洛集引亦云：「大和八年，予自姑蘇轉臨汝，樂天罷三川守，復以賓客分司東都。未幾，有詔領馮翊，辭不拜職，授太子少傅分務，以遂其高，時予代居左馮。明年，予罷郡以賓客入洛。」均可證舊傳之非是。參見本卷白氏和令公問劉賓客歸來稱意無之作詩。

〔令公〕裴度。見卷二九和裴令公一日日一年年雜言見贈詩箋。

齋戒滿夜戲招夢得

紗籠燈下道場前，白日持齋夜坐禪。無復更思身外事，未能全盡世間緣。明朝又擬親盃酒，今夕先聞理管絃。方丈若能來問疾，不妨兼有散花天。

【箋】作於開成元年（八三六），六十五歲，洛陽，太子少傅分司。劉集外四有和樂天齋戒月滿夜對道場偶詠懷詩。何義門云：「落句雖戲，然終嫌是歇後體。」

和令公問劉賓客歸來稱意無之作

水南秋一半，風景未蕭條。皂蓋迴沙苑，籃輿上洛橋。閑嘗黄菊酒，醉唱紫芝謡。稱意那勞問，請平聲錢不早朝。

【箋】

作於開成元年（八三六），六十五歲，洛陽，太子少傅分司。

〔令公〕裴度。見卷二九和裴令公一日日一年年雜言見贈詩箋。

〔劉賓客〕劉禹錫。見本卷喜夢得自馮翊歸洛兼呈令公詩箋。並參見洛陽春贈劉李二賓客（卷二九）、洛下雪中頻與劉李二賓客宴集因寄汴州李尚書（卷三四）等詩。

【校】

〔請錢〕「請」下那波本、馬本、汪本俱無注。據宋本、全詩、盧校增。按：劉攽中山詩話：「白樂天詩：『請錢不早朝。』『請』作平聲，唐人語也。」

酬夢得窮秋夜坐即事見寄

焰細燈將盡，聲遥漏正長。老人秋向火，小女夜縫裳。菊悴籬經雨，萍銷水得霜。今冬暖寒酒，先擬共君嘗。

【箋】

作於開成元年（八三六），六十五歲，洛陽，太子少傅分司。

偶於維陽牛相公處覓得箏箏未到先寄詩來走筆戲答

來詩云：「但愁封寄去，魔物或驚禪。」

楚匠饒巧思，秦箏多好音。如能惠一面，何啻直雙金？玉柱調須品，朱絃染要深。會教魔女弄，不動是禪心。

【箋】

作於開成元年（八三六），六十五歲，洛陽，太子少傅分司。城按：全詩卷四六六有牛僧孺贈白樂天箏斷句，即據此詩原注所録。

〔維陽牛相公〕牛僧孺。見本卷宿香山寺酬廣陵牛相公見寄詩箋。城按：維陽即揚州。梁溪漫志：「古今稱揚州爲惟揚，蓋取禹貢『淮、海惟揚州』之語，今則易惟爲維矣。」

【校】

〔題〕此下那波本無注。「維陽」，汪本、全詩、盧校俱作「維揚」。城按：「陽」、「揚」古字通。

〔惠一面〕「惠」，馬本訛作「會」，據宋本、那波本、汪本、全詩、盧校改正。

答夢得秋庭獨坐見贈

林梢隱映夕陽殘，庭際蕭疏夜氣寒。霜草欲枯蟲思急，風枝未定鳥棲難。容衰見鏡同惆悵，身健逢盃且喜歡。應是天教相煖熱，一時垂老與閑官。

【箋】作於開成元年（八三六），六十五歲，洛陽，太子少傅分司。劉集外四有秋齋獨坐寄樂天兼呈吴方之大夫詩。唐宋詩醇卷二六：「頷聯近晚唐，却非孟郊輩所及。」

長齋月滿攜酒先與夢得對酌醉中同赴令公之宴戲贈夢得

齋宫前日滿三旬，酒榼今朝一拂塵。乘興還同訪戴客，解酲仍對姓劉人。病心湯沃寒灰活，老面花生朽木春。若怕平原怪先醉，知君未慣吐車茵。

【箋】作於開成元年（八三六），六十五歲，洛陽，太子少傅分司。劉集外四有酬樂天齋滿日裴令公置宴席上戲贈詩。何義門云：「五六妙，是經月不飲後語。」

〔令公〕裴度。見卷二九和裴令公一日日一年年雜言見贈詩箋。

【校】

〔齋宫〕「宫」，全詩注云：「一作『公』。」

〔解酲〕「酲」，那波本作「醒」，非。

奉酬淮南牛相公思黯見寄二十四韻 每對雙關，分叙兩意。

白老忘機客，牛公濟世賢。鷗棲心戀水，鵬舉翅摩天。累就優閑秩，連操造化權。貧司甚蕭灑，榮路自喧闐。望苑三千日，台階十五年。是人皆棄忘，何物不陶甄？居易三任宫寮，皆分司東都，于兹八載。思黯出入外内，凡十五年，皆同平章事。籃輿遊嵩嶺，油幢鎮海壖。竹篙撑釣艇，金甲擁樓船。雪夜尋僧舍，春朝列妓筵。長齋儼香火，密宴簇花鈿。自覺閑勝鬧，遥知醉笑禪。是非分未定，會合杳無緣。我正思楊府，君應望洛川。西來風嫋嫋，南去雁連連。日落龍門外，潮生瓜步前。秋同一時盡，月共兩鄉圓。舊眷交歡在，新文氣調全。慚無白雪曲，難答碧雲篇。金谷詩誰賞？蕪城賦衆傳。珠應哂魚目，鉛未伏龍泉。遠訊驚魔物，深情寄酒錢。霜紈一百疋，玉柱十三絃。思黯遠寄箏來，先寄詩云：「但愁封寄去，魔物或驚禪。」仍與酒資同至。楚醴來樽裏，秦聲送耳邊。何時紅燭下，相對一陶然？

【箋】

作於開成元年（八三六），六十五歲，洛陽，太子少傅分司。見汪譜。

〔淮南牛相公思黯〕牛僧孺。見本卷宿香山寺酬廣陵牛相公見寄詩箋。

【校】

〔題〕此下那波本無注。下同。

〔優閑〕「閑」，全詩注云：「一作『賢』。」

〔棄忘〕「棄」，那波本作「企」。

〔陶甄〕此下小注「宫寮」，宋本、馬本俱訛作「官寮」，據汪本、全詩、盧校改正。

〔遠訊〕「訊」，馬本作「許」，非。據宋本、那波本、汪本、全詩、盧校改正。全詩注云：「一作『許』。」亦非。

〔楚醴〕「醴」，馬本作「醖」，非。據宋本、那波本、汪本、全詩、盧校改正。

〔秦聲〕「聲」，馬本作「箏」，非。據宋本、那波本、汪本、全詩、盧校改正。汪本、全詩俱注云：

「一作『箏』。」〈何時〉「時」，馬本作「如」，非。據宋本、那波本、汪本、全詩改正。全詩注云：「一作『如』。」亦非。

吳秘監每有美酒獨酌獨醉但蒙詩報不以飲招輒此戲酬兼呈夢得

蓬山仙客下烟霄，對酒唯吟獨酌謡。不怕道狂揮玉爵，記云：「飲玉爵者弗揮。」亦曾乘興换金貂。吳監前任散騎常侍。君稱名士誇能飲，王孝伯云：「但常無事讀離騷痛飲，即可稱名士。」我是愚夫可見招。獨酌謡云：「愚夫子不招。」賴有伯倫爲醉伴，何愁不解傲松喬？

【箋】作於開成元年（八三六），六十五歲，洛陽，太子少傅分司。劉集外四有吳方之見示獨酌小醉首篇樂天續有酬答皆含戲謔極至風流兩篇之中並蒙見屬輒呈濫吹益美來章詩云：「散金疏傅尋常樂，枕麴劉生取次歌。」可知此詩作於居易爲太子少傅後。〈吳秘監〉吳方之。此時蓋以秘書監分司東都。見卷二九懶放二首呈劉夢得吳方之詩箋。並參見本卷雪中酒熟欲攜訪吳監先寄此詩。

【校】

〔揮玉爵〕此下那波本無注，下同。「揮」，宋本譌作「撣」。城按：禮記曲禮上：「飲玉爵者弗揮。」

〔能飲〕此下小注「即可」，馬本作「只可」，非。據宋本、汪本、全詩改正。

〔可見招〕「可」，宋本、那波本、全詩、盧校俱作「肯」。全詩注云：「一作『可』。」

〔不解〕「不」下宋本脱「解」字。

酬夢得霜夜對月見懷

淒清冬夜景，搖落長年情。月帶新霜色，碪和遠雁聲。暖憐爐火近，寒覺被衣輕。枕上酬佳句，詩成夢不成。

【箋】

作於開成元年（八三六），六十五歲，洛陽，太子少傅分司。

【校】

〔爐火〕「火」上宋本脱「爐」字。

〔被衣〕「被」，那波本作「裌」。

初冬月夜得皇甫澤州手札并詩數篇因遣報書偶題長句

清泠玉韻兩三章，落泊銀鈎七八行。心遂報書懸雁足，夢尋來路遶羊腸。水南地空去多明月，山北天寒足早霜。履道所居在水南，澤州在太行之北地也。最恨潑醅新熟酒，迎冬不得共君嘗。

【箋】

作於開成元年（八三六），六十五歲，洛陽，太子少傅分司。唐宋詩醇卷二六：「『雁足』、『羊腸』，虛實巧對，與履道池上『巧婦』、『慈姑』同一句法，然香山佳句不在此。」

〔皇甫澤州〕皇甫曙。見龍門送別皇甫澤州赴任韋山人南遊詩箋。

【校】

〔清泠〕「泠」，馬本訛作「冷」，據宋本、那波本、汪本、全詩、盧校改。

〔落泊〕「泊」，馬本、全詩俱作「箔」，據宋本、那波本、汪本、盧校改。

〔銀鈎〕此下宋本正文脱「七八行心遂懸雁足夢尋來明月山北天寒足早霜得共君嘗」二十四字，注文脱「履道所居在水南澤州在太行」十二字。

〔地空〕馬本倒作「空地」，據宋本、那波本、汪本、全詩、盧校乙轉。

〔早霜〕此下那波本無注。注中「履道」，馬本訛作「履蒕」，據各本改正。

雪中酒熟欲攜訪吴監先寄此詩

新雪對新酒，憶同傾一杯。自然須訪戴，不必待延枚。雪賦云：「延枚叟。」陳榻無辭解，袁門莫懶開。笙歌與談笑，隨事自將來。

【箋】

作於開成元年（八三六），六十五歲，洛陽，太子少傅分司。

〔吴監〕吴方之。見卷二九懶放二首呈劉夢得吴方之詩箋，並參見本卷吴秘監每有美酒獨酌獨醉但蒙詩報不以飲招輒此戲酬兼呈夢得詩。

〔自然須訪戴四句〕宋長白柳亭詩話云：「白香山有雪中酒熟欲訪吴監先寄此詩腹聯云：『自然須訪戴，不必待延枚。陳榻無辭解，袁門莫懶開。』戴滄州曰：姓四疊，六朝法也。高廷禮輩便謂失格，但得格而俗，則不能辨矣。元微之贈韓舍人詩：『延之苦拘檢，摩詰好因緣。七字排居敬，千詞敵樂天。殷勤閑太祝，好去老通川。』詩中疊人名，實始於班固詠史、杜摯與母丘儉也。張喬送鄭谷詩，地名亦四疊。」

【校】

〔延校〕此下那波本無注。

〔隨事〕何校：「『事』，蘭雪作『分』。」

酬令公雪中見贈訝不與夢得同相訪

雪似鵝毛飛散亂，人披鶴氅立徘徊。鄒生枚叟非無興，唯待梁王召即來。

【箋】

作於開成元年（八三六），六十五歲，洛陽，太子少傅分司。劉集外四有答裴令公雪中訝白二十二與諸公不相訪之什詩。

〔令公〕裴度。見卷二九和裴令公一日日一年年雜言見贈詩箋。

【校】

〔題〕何校：「蘭雪無『相』字。」

題酒甕呈夢得

若無清酒兩三甕，争向白鬚千萬莖？麴糵銷愁真得力，光陰催老苦無情。凌烟閣上功無分，伏火爐中藥未成。更擬共君何處去？且來同作醉先生。

【箋】作於開成元年（八三六），六十五歲，洛陽，太子少傅分司。劉集外四有酬樂天偶題酒甕見寄詩。

〔醉先生〕參見白氏醉吟先生傳（卷七〇）。

迂叟

一辭魏闕就商賓，散地閑居八九春。初時被目爲迂叟，近日蒙呼作隱人。冷暖俗情諳世路，是非閑論任交親。應須繩墨機關外，安置疏愚鈍滯身。

【箋】作於開成二年（八三七），六十六歲，洛陽，太子少傅分司。何義門云：「三四便兼有冷暖是非在内。」

〔迂叟〕居易自號。龔頤正芥隱筆記云：「醉翁、迂叟、東坡之名，皆出於白樂天詩云。」王應麟困學紀聞卷十八：「白樂天迂叟詩：『初時被目爲迂叟，近日蒙呼作隱人。』又云：『自哂此迂叟，小迂老更迂。』則『迂叟』之名不獨司馬公也。」城按：司馬光在洛陽，自號迂叟，亦本於樂天。見邵氏聞見後録、黄徹䂬溪詩話。

洛下閑居寄山南令狐相公

已收身向園林下，猶寄名於禄仕間。不鍛嵇康彌懶静，無金疏傅更貧閑，支分門内餘生計，謝絶朝中舊往還。唯是相君忘未得，時思漢水夢巴山。

【箋】

作於開成二年（八三七），六十六歲，洛陽，太子少傅分司。

〔山南令狐相公〕令狐楚。舊書卷十七下文宗紀：「（開成元年四月甲午），以左僕射、諸道鹽鐵轉運使令狐楚檢校左僕射爲山南西道節度使。……（二年十一月）丁丑，興元節度使令狐楚卒。」舊傳、新傳略同。並參見令狐相公與夢得交情素深眷予分亦不淺一聞薨逝相顧泫然旋有使來得前月未殁之前數日書及詩寄贈夢得哀吟悲歎寄情於詩詩成示予感而繼和（卷三四）詩箋。

【校】

〔忘未得〕宋本、那波本俱作「未忘得」。

惜春贈李尹

春色有時盡，公門終日忙。兩衙但平聲不闕，一醉亦何妨！芳樹花團雪，衰翁鬢撲霜。知君倚年少，未苦惜風光。

【箋】

作於開成二年（八三七），六十六歲，洛陽，太子少傅分司。

〔李尹〕河南尹李珏。舊書卷十七下文宗紀：「（開成元年四月己卯），以江州刺史李珏爲太子賓客分司。」未詳珏之除尹。舊書卷一七三本傳：「開成元年四月，以太子賓客分司東都，遷河南尹。」又舊紀：「（開成二年三月）戊子，以河南尹李珏爲户部侍郎。」城按：李紳自河南尹授宣武節度使在開成元年六月，則珏必爲紳之後任。參見本卷三月三日祓禊洛濱詩。待價，李珏之字也。又李珏爲牛僧孺、李宗閔之黨。舊書本傳：「大和五年，李宗閔、牛僧孺爲相，與珏親厚，改度支郎中、知制誥，遂入翰林充學士。七年三月，正拜中書舍人。九年五月，轉户部侍郎充職。七月，宗閔得罪，珏坐累出爲江州刺史。開成元年四月，以太子賓客分司東都，遷河南尹。……三年，楊嗣復輔政，薦珏以本官同平章事。」武宗即位，以嗣復、珏黨於安王、陳王，俱貶。劉禹錫與李珏政見異趣，其集中有奉送李户部侍郎自河南尹再除本官歸闕詩，似爲一般酬應之作。

【校】

〔但不闕〕「但」下那波本、馬本、汪本俱無注，據宋本、全詩增。

對酒勸令公開春遊宴

時泰歲豐無事日，功成名遂自由身。前頭更有忘憂日，向上應無快活人。自去年來多事故，從今日去少交親。宜須數數謀歡會，好作開成第一春。

【箋】

作於開成二年（八三七），六十六歲，洛陽，太子少傅分司。劉集外四有酬樂天請裴令公開春嘉宴詩。

〔自去年來多事故〕指大和九年甘露之變而言。

與夢得偶同到敦詩宅感而題壁

山東纔副蒼生願，漢書云：「山東出相。」川上俄驚逝水波。履道淒涼新第宅，敦詩宅在履道，修造初成。宣城零落舊笙歌。崔家妓樂，多歸宣州也。園荒唯有薪堪採，門冷兼無雀可羅。今日相逢偶同到，傷心不是故經過。

【箋】作於開成二年（八三七），六十六歲，洛陽，太子少傅分司。劉集外四有樂天示過敦詩舊宅有感一篇吟之泫然追想昔事因成繼和以寄苦懷詩。

〔敦詩宅〕崔羣宅。在洛陽長夏門之東第四街履道坊，爲居易宅之南鄰。兩京城坊考卷五：「按白居易與劉夢得偶到敦詩宅感而題壁詩云：『履道淒涼新第宅』，蓋其宅在白宅之南，故居易聞樂感鄰詩注云：『東鄰王大理去冬云亡，南鄰崔尚書今秋薨逝。』又祭崔尚書文云：『維城東隅，履道西偏。修篁迴舍，流水潺潺。與公居第，門巷相連。』」

【校】

〔蒼生願〕此下那波本無注。下同。

〔第宅〕馬本、汪本俱倒作「宅第」。據宋本、那波本、全詩、盧校乙轉。

〔相逢〕「逢」，宋本、那波本俱作「隨」。汪本、全詩俱注云：「一作『隨』」。

楊六尚書新授東川節度使代妻戲賀兄嫂二絶

劉綱與婦共升仙，弄玉隨夫亦上天。何似沙哥領崔嫂，碧油幢引向東川。

金花銀椀饒兄用，罨畫羅衣盡上聲嫂裁。覓得黔婁爲妹壻，可能空寄蜀茶來！

【箋】

作於開成元年（八三六），六十五歲，洛陽，太子少傅分司。何義門云：「無物不在所求，却運化敏妙。」

〔楊六尚書〕楊汝士。舊書卷十七下文宗紀：「（開成元年十二月）癸丑，以兵部侍郎楊汝士檢校禮部尚書、充劍南東川節度使。」舊書卷一七六本傳略同。參見和楊六尚書喜兩弟漢公轉吳興魯士賜章服命賓開宴用慶恩榮賦長句見示（卷三四）、楊六尚書頻寄新詩詩中多有思閑相就之志因書鄙意報而諭之（卷三五）、楊六尚書留太湖石在洛下借置庭中因對舉杯寄贈絶句（卷三六）等詩。

〔沙哥〕楊汝士小字。唐摭言卷十五：「開成中，户部楊侍郎（原注：汝士）檢校尚書鎮東川，白樂天即尚書妹婿。時樂天以太子少傅分洛，戲代内子賀兄嫂曰：『劉綱與婦共升仙，弄玉隨夫亦上天。何似沙哥（原注：沙哥，汝士小字）領崔嫂，碧油幢引向東川。』」

〔崔嫂〕汝士妻崔氏。

〔可能空寄蜀茶來〕王士禛居易録卷三四：「白居易詩：『嫁得黔婁作夫婿，可能還寄蜀茶來？』謂蜀産如蒙頂茶之類也。」

【校】

〔題〕「嫂」，宋本、那波本俱作「娞」。盧校：「『娞』，『嫂』之俗體。」下同。

〔鐃兄〕「兄」，汪本、全詩俱作「君」。全詩「君」下注云：「一作『兄』。」

〔罨畫〕「罨」，馬本注云：「遏合切。」

〔盡嫂裁〕「盡」，馬本作「儘」，據宋本、那波本、汪本、全詩改。又馬本、那波本、汪本無「上聲」二字注，據宋本、全詩增。汪本「盡」下注云：「一作『任』。」

〔覓得〕「覓」，汪本注云：「一作『嫁』。」

閑遊即事

郊野遊行熟，村園次第過。驀山尋浥澗，踏水渡伊河。寒食青青草，春風瑟瑟波。逢人共盃酒，隨馬有笙歌。勝事經非少，芳辰過亦多。還須自知分，不老擬如何？

【箋】

作於開成二年（八三七），六十六歲，洛陽，太子少傅分司。

六十六

七十欠四歲，此生那足論。每因悲物故，還且喜身存。安得頭長黑？争教眼不昏？交遊成拱木，婢僕見曾孫。瘦覺腰金重，衰憐鬢雪繁。將何理老病？應付與空門。

【箋】

作於開成二年（八三七），六十六歲，洛陽，太子少傅分司。見陳譜及汪譜。

池上早春即事招夢得

老更驚年改，閑先覺日長。晴薰榆莢黑，春染柳梢黄。雪破山呈色，冰融水放光。低平穩船舫，輕暖好衣裳。白角三升榼，紅茵六尺牀。偶遊難得伴，獨醉不成狂。我有中心樂，君無外事忙。經過莫慵懶，相去兩三坊。

【箋】

作於開成二年（八三七），六十六歲，洛陽，太子少傅分司。

【校】

〔題〕「招」，英華作「嘲」。全詩注云：「英華作『嘲』。」

〔雪破〕「雪」，馬本、汪本、全詩俱作「雲」，據宋本、那波本、何校改。全詩注云：「一作『雪』。」

因夢得題公垂所寄蠟燭因寄公垂

照梁初日光相似，出水新蓮豔不如。却寄兩條君領取，明年雙引入中書。辛相入朝舉雙燭，餘官各一。

【箋】

作於開成二年（八三七），六十六歲，洛陽，太子少傅分司。

〔公垂〕李紳。城按：紳開成元年六月自河南尹除宣武節度使，五年九月爲淮南節度使代李德裕。見舊書卷十七下文宗紀、卷十八上武宗紀。故是時紳仍在汴州任所。

【校】

〔領取〕「領」，馬本、全詩俱作「令」，據宋本、那波本、汪本改。全詩注云：「一作『領』。」

令公南莊花柳正盛欲偷一賞先寄二篇

最憶樓花千萬朵，偏憐堤柳兩三株。擬提社酒攜村妓，擅入朱門莫怪無？映樓桃花，拂堤垂柳是莊上最勝絶處，故舉以爲對。

可惜亭臺閑度日，欲偷風景暫遊春。只愁花裏鶯饒舌，飛入宫城報主人。

【箋】

作於開成二年（八三七），六十六歲，洛陽，太子少傅分司。何義門云：「午橋最勝，不過桃柳，則儉於平原遠矣。」城按：「平原」爲「平泉」之誤，指李德裕平泉莊。

〔令公南莊〕裴度午橋莊别墅，在洛陽長夏門南五里。見本卷奉和裴令公新成午橋莊緑野堂即事詩箋。

【校】

〔題〕宋本第二首前有「二」字。

〔怪無〕此下那波本無注。注中馬本、汪本脱「是」字，據宋本、全詩、何校增。

春夜宴席上戲贈裴淄州

九十不衰真地仙，裴年九十不衰羸。六旬猶健亦天憐。予自謂也。今年相遇鶯花月，此夜同歡歌酒筵。四座齊聲和絲竹，兩家隨分鬬金鈿。留君到曉無他意，圖向君前作少年。

【箋】　作於開成二年（八三七），六十六歲，洛陽，太子少傅分司。

〔裴淄州〕裴洽。白氏三月三日祓禊洛濱詩（本卷）中有「淄州刺史裴洽」，又戲贈夢得兼呈思黯詩（卷三四）「裴使君前作少年」句原注云：「裴洽使君，年九十餘。」淄州，武德元年置，屬河南道。見元和郡縣志卷十一。

【校】

〔地仙〕此下那波本無注，後同。馬本注作「謂淄州也」四字，據宋本、汪本、全詩、盧校改。

贈夢得

年顏老少與君同，眼未全昏耳未聾。放醉臥爲春日伴，趁歡行入少年叢。尋花借馬煩川守，弄水偷船惱令公。聞道洛城人盡怪，呼爲劉白二狂翁。

【箋】

作於開成二年（八三七），六十六歲，洛陽，太子少傅分司。

晚春欲攜酒尋沈四著作先以六韻寄之

病容衰慘澹，芳景晚蹉跎。無計留春得，爭能奈老何？篇章慵報答，杯讌喜去聲經過。顧我酒狂久，負君詩債多。沈前後惠詩十餘首，春來多醉，竟未酬答，今故云爾。敢辭攜綠蟻，只願見青娥。最憶陽關唱，真珠一串歌。沈有謳者善唱「西出陽關無故人」詞。

【箋】

作於開成二年（八三七），六十六歲，洛陽，太子少傅分司。

〔沈四著作〕沈述師。城按：述師爲傳師之弟，見元和姓纂。全詩卷五二〇杜牧張好好詩序云：「牧太（大）和三年佐故吏部沈公江西幕，好好年十三，始以善歌來樂籍中。後一歲，公移鎮宣城，復置好好於宣城籍中。後二歲，爲沈著作述師以雙鬟納之。後二歲，於洛陽東城重覩好好，感舊傷懷，故題詩贈之。」沈傳師卒於大和九年，時代相當。但傳師行八，白氏醉送李協律赴湖南辟命因寄沈八中丞詩（卷二〇）中之「沈八中丞」即指傅師，與此行序不合。岑仲勉唐人行第録謂「四」係「十四」之奪文，其説是也。

【校】

〔喜經過〕「喜」下各本俱無注，據宋本增。

〔詩債多〕此下那波本無注，下同。

三月三日祓禊洛濱　并序

開成二年三月三日，河南尹李待價以人和歲稔，將禊於洛濱。前一日，啓留守裴令公。令公明日召太子少傅白居易、太子賓客蕭籍李仍叔劉禹錫、前中書舍人鄭居中、國子司業裴惲、河南少尹李道樞、倉部郎中崔晉、司封員外郎張可續、駕部員外郎盧言、虞部員外郎苗愔、和州刺史裴儔、淄州刺史裴洽、檢校禮部員外郎楊魯士、四門博士談弘謨等一十五人，合宴于舟中。由斗亭，歷魏堤，抵津橋，登臨泝沿，自晨及暮，簪組交映，歌笑間發，前水嬉而後妓樂，左筆硯而右壺觴，望之若仙，觀者如堵。盡風光之賞，極遊泛之娛。美景良辰，賞心樂事，盡得於今日矣。若不記録，謂洛無人，晉公首賦一章，鏗然玉振，顧謂四座繼而和之，居易舉酒抽毫，奉十二韻以獻。座上作。

三月草萋萋，黄鶯歇又啼。柳橋晴有絮，沙路潤無泥。禊事修初畢，遊人到欲齊。金鈿耀桃李，絲管駭鳧鷖。轉岸迴船尾，臨流簇馬蹄。鬧於楊子渡，踏破魏王堤。妓接謝公宴，詩陪荀令題。舟同李膺汎，醴爲穆生擕。水引春心蕩，花牽醉眼迷。塵街從鼓動，烟樹任鴉棲。舞急紅腰凝去聲，歌遲翠黛低。夜歸何用燭？新月鳳樓西。

【箋】作於開成二年（八三七），六十六歲，洛陽，太子少傅分司。見陳譜及汪譜。劉集外四有三月三日與樂天及河南季尹奉陪裴令公泛洛禊飲各賦十二韻詩。城按：「季」當作「李」，各本劉集均誤。

〔河南尹李待價〕李珏。開成元年四月，以太子賓客分司東都。六月，遷河南尹。二年五月，李固言入相，召珏復爲户部侍郎。見舊書卷一七三、新書卷一八二本傳。並參見本卷惜春贈李尹及夢得相過援琴命酒因彈秋思偶詠所懷兼寄繼之待價二相府（卷三四）詩箋。

〔留守裴令公〕裴度。見卷二九和裴令公一日日一年年雜言見贈詩箋。並參見本卷奉和裴令公新成午橋莊緑野堂即事詩箋。

〔太子賓客蕭籍〕即白氏蕭庶子相遇詩（卷二七）中之「蕭庶子」，當自太子庶子遷賓客。又據白氏兵部郎中知制誥馮宿侍御史裴注義武軍行軍司馬御史中丞蕭籍饒州刺史齊照鄧州刺史渾鐬並可朝散大夫同制（卷四九），則長慶初籍爲義武軍行軍司馬。

〔李仍叔〕見卷二九履信池櫻桃島上醉後走筆送別舒員外兼寄宗正李卿考功崔郎中及洛陽春贈劉李二賓客詩箋。

〔劉禹錫〕見本卷喜夢得自馮翊歸洛兼呈令公詩箋。

〔前中書舍人鄭居中〕本卷白氏感事詩「燒丹鄭舍人」句注云：「居中。」城按：居中，舊、新唐書無傳。寶曆初，嘗官御史分司東臺。舊書卷一六八獨孤朗傳：「寶曆元年十一月，拜御史中丞。二年六月，賜金紫之服。侍御史李道樞乘醉謁朗，朗劾之，左授司議郎。憲府故事：三院御史由大夫、中丞自辟，請命于朝。時崔晃、鄭居中不由憲長而除，皆丞相之僚舊也。勑命雖行，朗拒而不納，晃竟改太常博士，居中分司東臺。」又太平廣記卷五五引逸史云：「鄭舍人居中，高雅之士，好道術。……居襄、漢間，除中書舍人，不就。開成二年春，往東洛嵩岳，攜家僮三四人，與僧登歷，無所不到，數月淹止。日晚至一處，林泉秀潔，愛甚忘返。會院僧不在，張燭爇火將宿，遣僕者求之，兼取筆，似欲爲詩者。操筆之次，燈滅火盡，一僮在側，聞鄭公仆地之聲，……遽吹薪照之，已不救矣。」則居中係除中書舍人未就者，故此詩稱之謂「前中書舍人」，廣記所云「開成二年春往東洛嵩岳」，亦必在是年三月三日修禊洛濱之後。白氏感事詩云：「服氣崔常侍，燒丹鄭舍人。

常期生羽翼，那忽化灰塵。」此詩作於開成二年，與廣記所載居中卒年，時間亦合。

〔國子司業裴惲〕寶曆元年，舉賢良方正能直言極諫科。見登科記考卷二〇引册府元龜、唐會要。

〔河南少尹李道樞〕李素之子，韓愈河南少尹李公墓誌銘：「公之子男四人：長曰道敏，舉進士。其次曰道樞，其次曰道本、道易，皆好學而文。」城按：道樞寶曆二年自侍御史左授司議郎，見舊書卷一六八獨孤朗傳。又舊書卷十七下文宗紀：「（開成四年）閏（正）月甲申朔……以蘇州刺史李道樞爲浙東觀察使。」白氏開成三年所作奉和思黯相公以李蘇州所寄太湖石奇狀絶倫因題二十韻見示兼呈夢得詩（卷三四）中之「李蘇州」亦爲道樞，則當自河南少尹遷蘇州刺史也。又因話録卷二：「趙郡李公道樞先夫人盧氏，性嚴，事亦類劉敦儒。公名問已光，又在班列，往往賓客至門，值公方受杖責。」考韓愈河南少尹李公墓誌銘云：「公之配曰彭城劉氏夫人，夫人先卒。」則因話録所記「盧氏」與此不合，疑有誤，或所指並非一人，俟考。

〔倉部郎中崔晉〕新書卷七二下宰相世系表博陵安平崔氏：「晉，秘書省正字。」當即此人。又郎官考卷十七倉部郎中：「崔瑨見左中、吏中、户中。」城按：倉中補崔晉疑即此人。

〔司封員外郎張可續〕郎官考卷六司封員外郎有張可續名，疑即白氏曉上天津橋閑望偶逢盧郎中張員外攜酒同傾詩（卷三二）中之「張員外」。

〔駕部員外郎盧言〕曾官考功郎中，見郎官考卷九。新書卷一七二杜中立傳：「（開成初），……京師惡少優戲道中，具騶唱呵衛，自謂盧言京兆，驅放自如，中立部從吏捕繫，立箠死。」則言亦嘗官京兆尹。又錢振倫樊南文集補篇卷七爲滎陽公與三司使大理盧卿啓箋云：「盧言也。」張采田玉谿生年譜會箋卷三云：「按香山長慶集開成二年三月三日禊洛濱詩有留守裴令公召駕部員外郎盧言名，即此人。餘詳李德裕傳。」城按：新書卷一八〇李德裕傳云：「白敏中、令狐綯、崔鉉皆素仇，大中元年使黨人李咸斥德裕陰事，故以太子少保分司東都，再貶潮州司馬。明年，又導吴汝納訟李紳殺吴湘事，而大理卿盧言、刑部侍郎馬植、御史中丞魏扶言紳殺無罪，德裕徇成其寃，至爲黜御史，罔上不道，乃貶爲崖州司户參軍事。」則言爲大理卿在大中初。

〔虞部員外郎苗愔〕上黨人。牛僧孺婿。長慶二年登第。曾爲户部郎中。見郎官考卷十一、登科記考卷十九。

〔和州刺史裴儔〕即白氏喜裴濤使君攜詩見訪醉中戲贈詩（卷三七。城按：當作儔，各本均誤）中之「裴濤使君」。城按：裴儔，肅之子，舊書卷一七七裴休傳：「肅生三子：儔、休、俅皆登進士第。」寶曆元年，舉軍謀宏遠材任邊將科，見登科記考卷二〇。又寶刻類編卷五：「裴儔，滁州刺史，重遊瑯琊溪詩，開成五年六月題。」則當自和州轉任滁州。

〔淄州刺史裴洽〕見本卷春夜宴席上戲贈裴淄州詩箋。

〔檢校禮部員外郎楊魯士〕舊書卷一七六楊虞卿傳：「汝士弟魯士。魯士，字宗尹，本名殷士，長慶元年進士擢第。其年詔翰林覆試，殷士與鄭朗等覆落，因改名魯士，復登制科。位不達而卒。」參見白氏和楊六尚書喜兩弟漢公轉吴興魯士賜章服命賓開宴用慶恩榮賦長句見示詩(卷三四)。

〔四門博士談弘謨〕見本卷贈談客詩箋。

〔斗亭〕在天津橋之東。白氏天津橋詩(卷二八)云:「津橋東北斗亭西。」

〔魏堤〕魏王堤。見卷二五魏堤有懷詩箋。

〔津橋〕天津橋。見卷二八天津橋詩箋。

【校】

〔題〕宋本、那波本、馬本俱以序爲題。兹據汪本、全詩增。汪本注云:「才調集作『祓禊日遊于斗門亭』。」全詩注云:「才調集作『祓禊日遊於斗門亭』。一本無此題,序即題也。」才調題下注云:「留守晉公首創一篇,鏗(鏗)然玉振,居易若無酬和,爲洛無人。」

〔李待價〕此下汪本注云:「珏。」

〔令公明日〕宋本、那波本俱作「公明日」三字。

〔張可續〕「續」,宋本、那波本、汪本俱作「績」。全詩注云:「一作『績』。」據郎官考,似當作「續」。

〔談弘謨〕「謨」,馬本訛作「摹」。據宋本、那波本、汪本、全詩、盧校改正。

〔之賞〕宋本誤作「之賓」。

〔三月草〕「三」，汪本訛作「二」。

〔修初畢〕「畢」，全詩、盧校俱作「半」。全詩注云：「一作『畢』。」

〔開於〕「於」，汪本、全詩俱作「翻」。全詩注云：「一作『於』。」

〔紅腰凝〕「凝」，汪本、全詩俱作「軟」，注云：「一作『凝』。」又「凝」下馬本、那波本俱無注，據宋本、才調增。

同夢得寄賀東西川二楊尚書

龍節對持真可愛，雁行相接更堪誇。兩川風景同三月，千里江山屬一家。魯衛定知聯氣色，潘楊亦覺有光華。予與二公皆忝姻戚。應憐洛下分司伴，冷宴閑遊老看花。

【箋】作於開成二年（八三七），六十六歲，洛陽，太子少傅分司。見汪譜。劉集外四有寄賀東川楊尚書慕巢兼寄西川繼之二公近從兄弟情分偏睦早忝遊舊因成是詩詩。

〔東西川二楊尚書〕楊汝士及楊嗣復。舊書卷十七下文宗紀：「（開成元年十二月）癸丑，以兵部侍郎楊汝士檢校禮部尚書、充劍南東川節度使。」又同書：「（大和九年三月）庚申，以劍南東川節度楊嗣復檢校户部尚書、兼成都尹、西川節度使。」舊傳同。

【校】

〔題〕「夢得」下英華、全詩下俱多「暮春」二字。

〔光華〕此下那波本無注。

喜小樓西新柳抽條

一行弱柳前年種，數尺柔條今日新。漸欲拂他騎馬客，未多遮得上樓人。須教碧玉羞眉黛，莫與紅桃作麴塵。爲報金堤千萬樹，饒伊未敢苦争春。

【箋】

作於開成二年（八三七），六十六歲，洛陽，太子少傅分司。

晚春酒醒尋夢得

料合同惆悵，花殘酒亦殘。醉心忘老易，醒眼别春難。獨出雖慵懶，相逢定喜歡。還攜小蠻去，試覓老劉看。小蠻，酒榼名也。

【箋】作於開成二年（八三七），六十六歲，洛陽，太子少傅分司。見汪譜。

【校】

〔題〕馬本題作「酒醒尋夢得」，據宋本、那波本、全詩、盧校增。「晚春」，汪本作「春晚」。

〔試覓〕「試」，宋本、那波本俱訛作「誠」。

〔老劉看〕此下那波本無注。

感事

服氣崔常侍，晦叔。燒丹鄭舍人。居中。常期生羽翼，那忽化灰塵。每遇淒涼事，還思潦倒身。唯知趁盃酒，不解鍊金銀。睡適三尸性，慵安五藏神。無憂亦無喜，六十六年春。

【箋】

作於開成二年（八三七），六十六歲，洛陽，太子少傅分司。

〔崔常侍〕崔玄亮。見卷二九哭崔常侍晦叔詩箋。并參見題崔常侍濟源莊（卷二五）、題崔常侍濟上別墅（卷二七）等詩。又白氏思舊詩（卷二九）云：「崔君誇藥力，經冬不衣綿。或疾或暴天，悉不過中年。」

〔燒丹鄭舍人〕鄭居中。見本卷三月三日祓禊洛濱詩箋。

和裴令公南莊一絶

裴詩云：「野人不識中書令，唤作陶家與謝家。」

陶廬僻陋那堪比，謝墅幽微不足攀。何似嵩峯三十六，長隨申甫作家山！

【箋】

作於開成二年（八三七），六十六歲，洛陽，太子少傅分司。

〔裴令公南莊〕見本卷令公南莊花柳正盛欲偷一賞先寄二篇詩箋。

〔何似嵩峯三十六〕見本卷早春題少室東巖詩箋。

【校】

〔題〕此下那波本無注。萬首無「一絶」二字。汪本、全詩「一絶」俱作「絶句」。

宅西有流水牆下構小樓臨玩之時頗有幽趣因命歌酒聊以自娱獨醉獨吟偶題五絶

伊水分來不自由，無人解愛爲誰流？家家抛向牆根底，唯我栽蓮越小樓。

水色波文何所似？麴塵羅帶一條斜。莫言羅帶春無主，自置樓來屬白家。

日灩水光摇素壁，風飄樹影拂朱欄。皆言此處宜絃管，試奏霓裳一曲看。

霓裳奏罷唱梁州，紅袖斜翻翠黛愁。應是遥聞勝近聽，行人欲過盡迴頭。

獨醉還須得歌舞，自娱何必要親賓。當時一部清商樂，亦不長將樂外人。

【箋】

作於開成二年（八三七），六十六歲，洛陽，太子少傅分司。

〔宅西有流水〕兩京城坊考卷五：「按居易宅在履道西門，宅西牆下臨伊水渠，渠又周其宅之北。」

【校】

〔題〕萬首作「宅西流水牆下小樓五絶」。汪本、全詩「五絶」下俱有「句」字。第二首以下詩前宋本有「二」、「三」、「四」、「五」字。

〔越小樓〕「越」，宋本、那波本、汪本、查校俱作「起」。全詩注云：「一作『起』。」

〔奏罷〕「奏」，馬本、汪本俱作「試」，據宋本、那波本、萬首、全詩、盧校改。全詩注云：「一作『試』。」

偶作

籃舁出即忘歸舍，柴戶昏猶未掩關。聞客病時慚體健，見人忙處覺身閑。清涼秋寺行香去，和煖春城拜表還。木雁一篇須記取，致身才與不才間。

【箋】

作於開成二年（八三七），六十六歲，洛陽，太子少傅分司。

【校】

〔香去〕「去」，馬本訛作「火」，據宋本、那波本、汪本、全詩改正。查校作「入」。

同夢得酬牛相公初到洛中小飲見贈 時牛相公辭罷揚州節度，就拜東都留守。

淮南揮手拋紅旆，洛下迴頭向白雲。政事堂中老丞相，制科場裏舊將軍。宮城烟月饒全占，關塞風光請中分。詩酒放狂猶得在，莫欺白叟與劉君。

【箋】作於開成二年（八三七），六十六歲，洛陽，太子少傅分司。見陳譜。

〔牛相公〕牛僧孺。舊書卷十七下文宗紀：「（開成二年五月）辛未，詔以前淮南節度使牛僧孺爲檢校司空、東都留守。」舊傳同。并參見本卷宿香山寺酬廣陵牛相公見寄詩箋。

【校】〔題〕此下那波本無注。

〔中分〕「中」，馬本、汪本、全詩俱作「半」，據宋本、那波本、盧校改。

幽居早秋閑詠

幽僻囂塵外，清涼水木間。卧風秋拂簟，步月夜開關。且得身安泰，從他世險艱。但休爭要路，不必入深山。軒鶴留何用？泉魚放不還。誰人知此味？臨老十年間。

【箋】作於開成二年（八三七），六十六歲，洛陽，太子少傅分司。

【校】

〔幽僻〕「幽」，那波本作「岸」。

〔深山〕馬本作「山川」，非。據宋本、那波本、汪本、全詩、盧校改正。

和令狐僕射小飲聽阮咸

掩抑復淒清，非琴不是箏。還彈樂府曲，别占阮家名。古調何人識？初聞滿座驚。落盤珠歷歷，摇珮玉琤琤。似勸盃中物，如含林下情。時移音律改，豈是昔時聲？

【箋】

作於開成二年（八三七），六十六歲，洛陽，太子少傅分司。城按：劉集外三有和令狐相公南齋小宴聽阮咸詩云：「陋巷久蕪沈，四絃有遺音。雅聲發蘭室，遠思含竹林。座絶衆賓語，庭移芳樹陰。飛觴助真氣，寂聽無流心。影似白團扇，調諧朱絃琴。一毫不平意，幽怨古猶今。」劉、白兩詩皆以阮咸非時世音。

〔令狐僕射〕令狐楚。開成元年四月，檢校左僕射、興元尹、充山南西道節度使。二年十一月，卒於鎮。見舊書卷一七二本傳。舊紀同。

〔阮咸〕樂器名。新書卷二〇〇元澹傳云：「元澹，字行沖，以字顯。……有人破古塚，得銅器，似琵琶，身正圓，人莫能辨。行沖曰：此阮咸所作器也。命易以木，絃之，其聲亮雅，樂家遂謂之阮咸。」

燒藥不成命酒獨醉

白髮逢秋王去聲，丹砂見火空。不能留姹女，爭免作衰翁。賴有盃中綠，能爲面上紅。少年心不遠，只在半酣中。

【箋】作於開成二年（八三七），六十六歲，洛陽，太子少傅分司。劉集外四有和樂天燒藥不成命酒獨醉詩。汪立名云：「按丹陽集：韓退之作李干墓誌云：余不知服食之説自何起，殺人不可計，而其尚之益，至臨死乃悔。而退之乃躬自蹈之，以至於死。白樂天所謂『退之服硫黄，一病訖不痊』是也。陳後山作嗟哉行云：『張生服石奴，下潦上乾如渴烏。韓子作志還志屠，白笑未竟人復吁。』蓋爲此也。然樂天與刑部李侍郎詩『金丹同學都無益』、『姹女丹砂燒即非』，則樂天深知服食之無驗，其肯以身試藥以自斃乎！則『白笑未竟人復吁』之句未非然爾。」城按：白氏早年好尚燒藥，由此詩可知其晚歲猶未免除，逮丹不成，遂感嘆借酒自解耳。汪説非是。

【校】

〔逢秋王〕「逢」，宋本訛作「途」。「王」，那波本作「短」。此下馬本、那波本俱無注，據宋本、汪本、全詩、盧校增。

送盧郎中赴河東裴令公幕

別時暮雨洛橋岸，到日涼風汾水波。荀令見君應問我，爲言秋草閉門多。

【箋】

作於開成二年（八三七），六十六歲，洛陽，太子少傅分司。

〔盧郎中〕盧簡求。見卷三二曉上天津橋閑望偶逢盧郎中張員外攜酒同傾詩箋。城按：顧肇倉、周汝昌白居易年譜簡編謂「盧郎中」係盧言，非是。蓋白氏開成二年作三月三日祓禊洛濱詩（本卷）時，言猶是駕部員外郎也。

〔河東裴令公〕裴度。大和九年十月，進位中書令。開成二年五月，復以本官兼太原尹、北都留守、河東節度使。見舊書卷一七〇本傳。

送李滁州

君於覺路深留事，我亦禪門薄致功。未悟病時須去病，已知空後莫依空。白衣卧疾嵩山下，皂蓋行春楚水東。誰道三年千里别，兩心同在道場中。

【箋】

作於開成二年（八三七），六十六歲，洛陽，太子少傅分司。

〔李滁州〕名未詳。城按：李紳大和二年由江州長史遷滁州刺史，見下孝萱李紳年譜引熊祖詒滁州志卷四之二。此時居易爲刑部侍郎在長安，絶無送行之可能。李德裕開成元年三月由袁州長史遷滁州刺史，見舊書卷十七下文宗紀。此時居易爲太子少傅在洛陽，亦無送别之可能。故此詩中之「李滁州」，顯非李紳或李德裕。又細味詩意，亦未言其道德、政事、文章，僅云信佛而已，且此詩結語云：「誰道三年千里别，兩心同在道場中。」則此人既非名流，亦非白之密友，不過晚年禪友之一耳。

【校】

〔卧疾〕「疾」，馬本、全詩俱作「病」，非。據宋本、那波本、汪本改正。全詩注云：「一作『疾』。」亦非。城按：此詩第三句已有兩「病」字，不宜再重也。

長齋月滿寄思黯

一日不見如三月，一月相思如七年。似隔山河千里地，仍當風雨九秋天。明朝齋滿相尋去，挈榼抱衾同醉眠。

【箋】作於開成二年（八三七），六十六歲，洛陽，太子少傅分司。

〔思黯〕牛僧孺。開成二年五月爲東都留守。見本卷同夢得酬牛相公初到洛中小飲見贈詩箋。

冬夜對酒寄皇甫十

霜殺中庭草，冰生後院池。有風空動樹，無葉可辭枝。十月苦長夜，百年强半時。新開一瓶酒，那得不相思！

【箋】作於開成二年（八三七），六十六歲，洛陽，太子少傅分司。

〔皇甫十〕皇甫曙。見卷三二答皇甫十郎中秋深酒熟見憶詩箋。并參見酒熟憶皇甫十（卷三二）、早春持齋答皇甫十見贈（卷三四）、九月八日酬皇甫十見贈（卷三四）、問皇甫十（卷三四）、出齋日喜皇甫十早訪（卷三六）等詩。

歲除夜對酒

衰翁歲除夜，對酒思悠然。草白經霜地，雲黄欲雪天。醉依烏皆反香枕坐，慵傍暖爐眠。洛下閑來久，明朝是十年。

【箋】

作於開成二年（八三七），六十六歲，洛陽，太子少傅分司。見汪譜。

【校】

〔醉依〕「依」下馬本、那波本、汪本俱無注，據宋本、全詩、盧校增。

白居易集箋校卷第三十四

律詩　凡七十五首

司徒令公分守東洛移鎮北都一心勤王三月成政形容盛德實在歌詩況辱知音敢不先唱輒奉五言四十韻寄獻以抒下情

天上中台正，人間一品高。中書令上應中台，司徒官一品。休明值堯舜，勳業過蕭曹。始擅文三捷，進士及第、博學、制策連登三科。終兼武六韜。動人名赫赫，憂國意忉忉。盪蔡擒封豕，吴元濟也。平齊斬巨鼇。李師道也。兩河收土宇，四海定波濤。寵重移宫籥，自東都留守授北京留守。恩新換閫旄。保釐東宅静，周公、召公東治洛宅。守護北門牢。晉國封疆闊，并州士馬豪。胡兵驚赤幟，邊雁避烏號。令下流如水，仁霑澤似膏。路喧歌五袴，軍醉感單醪。將校森貔武，賓僚儼雋髦。客無煩夜柝，吏不犯秋毫。神在臺駘助，魂亡獫狁逃。德星銷彗孛，霖雨滅腥臊。烽戍高臨代，關河遠控洮。汾雲晴漠漠，朔吹冷颾颾。豹尾交牙戟，虬鬚捧佩刀。通天白犀帶，照地紫麟袍。羌管吹楊柳，燕姬酌蒲萄。蒲萄酒出太原。銀含鑿落盞，金屑琵琶槽。遥想從軍樂，應忘報國勞。紫微留北闕，中書令即紫微令也。緑野寄東皐，緑野堂在東都午橋莊也。忽憶前時會，多慚下客叨。清宵陪讌話，美景從遊遨。花月還同賞，琴詩雅自操。朱絃拂宫徵，洪筆振風騷。近竹開方丈，依林架桔槔。春池八九曲，畫舫兩三艘。逕滑苔黏屐，潭深水没篙。緑絲縈岸柳，紅粉映樓桃。皆午橋莊中佳境。爲穆先陳醴，居易每十齋日在會，常蒙以二勒湯代酒也。招劉共藉糟。劉夢得也。舞鬟金翡翠，歌頸玉蠐螬。盛德終難退，明時豈易遭？公雖慕張范，張良范蠡。帝未捨伊皐。眷戀心方結，踟躕首已搔。鸞凰上寥廓，燕雀任蓬蒿。欲獻文狂簡，徒煩思鬱陶。可憐四百字，輕重抵鴻毛！

【箋】作於開成二年(八三七)，六十六歲，洛陽，太子少傅分司。按：此詩汪本編在後集卷十五、那波本編在卷六七，下同。唐宋詩醇卷二六：「通首分兩大段看：前半叙度平蔡、齊之勳業及移鎮北都之治績，而以『紫微留北闕』二句鎖住。綠野、東皋已拖到昔時宴集事。後半叙自己從前交誼，而以『盛德終難過』四句繚繞前文，述度之寵遇，末句方結到獻詩之意。此詩與前集賢林亭即事五古一篇，皆香山極用意之作，高華雅贍，杜甫嗣音，惜結句未免弩末。」

〔司徒令公〕裴度。大和四年，加守司徒兼侍中。八年三月，以本官判東都尚書省事、東都留守。九年十月，進位中書令。開成二年五月，復以本官兼太原尹、北都留守、河東節度使。見舊書卷一七〇本傳。參見卷三三送盧郎中赴河東裴令公幕詩箋。

〔北都〕太原府。唐天授元年置北都。見元和郡縣志卷十三。

〔金屑琵琶槽〕城按：「琵」讀作仄聲。見龔頤正芥隱筆記。

〔綠野〕綠野堂。參見卷三三奉和裴令公新成午橋莊綠野堂即事詩箋。

〔爲穆先陳醴〕白氏原注云：「居易每十齋日在會，常蒙以三勒湯代酒也。」城按：「三勒湯」又作「三勒湯」，清徐文靖管城碩記卷二五云：「白樂天上裴晉公詩『爲穆先陳醴』自注云：『居易每十齋日在會，蒙以三勒湯代酒。』按本草：蘇恭曰：毗梨勒出嶺南交、愛等州，謂之三果樹，子形似胡桃，核似訶梨勒而圓短無稜，番人以作漿，甚熱。李時珍曰：古千金方補腎鹿角丸，用三果漿吞之，云無則以酒代之。意三勒以三果而得名。或曰：合庵摩勒、訶梨勒爲之，故曰三勒。南方草木狀：訶梨勒樹似木梡，花白，子形如橄欖。六路，皮肉相著，可作飲，變白髭鬢令黑，出九真。庵摩勒樹，葉細如合昏花，實似李，青黄色，食之先苦後甘。本草：餘甘子，梵書名庵摩勒。黄山谷味諫軒詩：『想共餘甘有瓜葛，苦中真味晚方回。』」

【校】

〔題〕英華作「寄獻北都留守裴令公并序」。汪本、全詩俱同英華。汪本題下注云：「從英華增，今本遺此一行，誤以序爲題。」全詩注云：「今本以序爲題，此從英華本增。」

〔一品高〕此下那波本無注，下同。

〔盪蔡〕「盪」，英華作「伐」。汪本、全詩俱注云：「一作伐。」

〔巨鼇〕此下小注汪本訛作「李斯道」。

〔臺駘〕那波本誤作「駑駘」。城按：臺駘乃神名，見左傳昭元年。

〔滅腥臊〕「滅」，那波本作「洗」。

〔晴漠漠〕「晴」，英華作「時」。全詩注云：「一作『時』。」

〔銜戟〕「銜」，汪本、全詩俱作「牙」。

〔虯鬚〕英華作「虬髯」。

〔蒲萄〕馬本「蒲」下注云：「普模切。」

〔鑿落盞〕「盞」，英華作「綫」。全詩注云：「一作『綫』。」

〔留北闕〕「留」，全詩注云：「一作『含』。」

〔兩三艘〕「艘」，那波本作「舠」。

〔樓桃〕此下小注，英華、汪本俱作「皆午橋莊中景物之佳者」。

〔陳醴〕此下小注「二勒」當作「三勒」，見前箋。

〔藉糟〕「藉」，那波本、馬本俱作「籍」，據宋本、汪本、全詩、盧校改。城按：藉、籍字通。

〔難退〕「退」，馬本、全詩俱作「過」，非。據宋本、汪本、盧校改正。那波本作「遇」。全詩注云：「一作『退』。」

和東川楊慕巢尚書府中獨坐感戚在懷見寄十四韻

慕巢感戚虔州弟喪逝，感己之榮盛，有歸洛之意，故叙而和之也。

我是知君者，君今意若何？窮通時不定，苦樂事相和。東蜀歡殊渥，西江歎逝波。只緣榮貴極，翻使感傷多。行斷風驚雁，慕巢及楊九、楊十前年來，兄弟三人，各在一處。年侵日下坡。片心休慘戚，雙鬢已蹉跎。紫綬黄金印，青幢白玉珂。老將榮補帖，愁用道銷磨。外府饒盃酒，中堂有綺羅。應須引滿飲，何不放狂歌？錦水通巴峽，香山對洛河。將軍馳鐵馬，少傅步銅駝。深契憐松竹，高情憶薜蘿。懸車年甚遠，未敢放相過。

【箋】作於開成二年（八三七），六十六歲，洛陽，太子少傅分司。

〔東川楊慕巢尚書〕楊汝士。見卷三三楊六尚書新授東川節度使代妻戲賀兄嫂二絶詩箋。並參見殘春詠懷贈楊慕巢侍郎（卷三三）、和楊六尚書喜兩弟漢公轉吴興魯士賜章服命賓開宴用慶恩榮賦長句見示（本卷）、楊六尚書頻寄新詩詩中多有思閑相就之志因書鄙意報而諭之（卷三五）、楊六尚書留太湖石在洛下借置庭中因對舉杯寄贈絶句（卷三六）等詩。

〔虔州弟〕楊虞卿。虞卿大和九年七月貶爲虔州司馬，再貶虔州司户。見舊書卷十七下文宗紀。又虞卿卒於大和九年歲暮，見卷三〇哭師皐詩箋。

〔楊九〕楊漢公。舊書卷一七六、新書卷一七五均有傳。惟新書謂漢公係虞卿子則大誤。白氏重過壽泉憶與楊九別時因題店壁詩（卷十一）中之「楊九」，得楊湖州書頗誇撫民接賓縱酒題詩因以絶句戲之詩（本卷）中之「楊湖州」均指漢公。

〔楊十〕楊魯士。見卷三三三月三日祓禊洛濱詩箋。

【校】

〔題〕此下那波本無注，下同。

〔錦水〕「錦」，那波本作「緜」。

〔放相過〕「放」，馬本、汪本、全詩俱作「故」，據宋本、那波本、盧校改。汪本、全詩俱注云：

「一作『放』。」

分司洛中多暇數與諸客宴遊醉後狂吟偶成十韻因招夢得賓客兼呈思黯奇章公

性與時相遠，身將世兩忘。寄名朝士籍，寓興少年場。老豈無談笑？貧猶有酒漿。隨時求伴侶，逐日用風光。數數遊何爽？些些病未妨。天教榮啓樂，人恕接輿狂。改業爲逋客，移家住醉鄉。不論招夢得，兼擬誘奇章。要路風波險，權門市井忙。世間無可戀，不是不思量。

【箋】

作於開成二年（八三七），六十六歲，洛陽，太子少傅分司。劉集外四酬樂天醉後狂吟十韻詩有「八關齋適罷」之句，則必作於六月間，蓋居易多於五月持齋也。

〔思黯奇章公〕牛僧孺。敬宗即位，進封奇章郡公。開成二年五月爲東都留守。參見長齋月滿寄思黯（卷三三）、和思黯居守獨吟偶醉見示六韻時夢得和篇先成頗爲麗絶因添兩韻繼而美之（卷三六）等詩。

小歲日喜談氏外孫女孩滿月

今旦夫妻喜，他人豈得知？自嗟生女晚，敢訝見孫遲。物以稀爲貴，情因老更慈。新年逢吉日，滿月乞名時。因名引珠。桂燎熏花果，蘭湯洗玉肌。懷中有可抱，何必是男兒？

【箋】

作於開成二年，六十六歲，洛陽，太子少傅分司。

〔小歲〕過臘一日謂之小歲。見荆楚歲時記注引四民月令。城按：冬至後三戌謂之臘，見卷二十臘後歲前遇景詠意詩箋。考開成二年丁巳十一月十六日（丙子）冬至，冬至後第三戌十二月二十一日（庚戌）臘，臘後一日小歲爲十二月二十二日（辛亥，據陳垣中西回史日曆推算）。花房英樹白居易研究（世界思想社一九七一年版）第一章白居易年譜謂開成二年小歲日爲十一月二十六日，並繫談氏外孫女引珠生於是年十月二十七日，俱誤。據此則引珠當生於開成二年十一月二十二日。

〔談氏外孫女孩〕談弘謨之女引珠。白氏談氏外孫生三日喜是男偶吟成篇兼戲呈夢得詩（卷三五）「應須酬賽引雛詩」原注云：「前年談氏外孫女初生，夢得有賀詩云：『從此引鴛雛。』今幸是男，前言似有徵，故云。」

【校】

〔題〕盧校：「『小歲日』，宋作『小新日』。」

〔乞名時〕此下馬本、那波本俱無注。據宋本、汪本、全詩、盧校增。

閑吟贈皇甫郎中親家翁 新與皇甫結姻。

誰能嗟歎光陰暮，豈復憂愁活計貧？忽忽不知頭上事，時時猶憶眼中人。早爲良友非交勢，晚接嘉姻不失親。最喜兩家婚嫁畢，一時抽得尚平身。

【箋】

作於開成二年（八三七），六十六歲，洛陽，太子少傅分司。

〔皇甫郎中親家翁〕皇甫曙。見卷二九池上清晨候皇甫郎中詩箋。并參見龍門送别皇甫澤州赴任韋山人南遊（卷三二）、皇甫郎中親家翁赴任絳州宴送出城贈别（卷三五）等詩箋。城按：親家翁之稱，唐以前已有之。清汪師韓談書録：「親家翁之稱則見隋書李穆弟渾傳：宇文述召李敏妻宇文氏口自傳授，令敏妻寫表奏李家反狀，煬帝覽之泣曰：吾宗社幾傾，賴親家公而獲全耳。於是誅渾、敏等宗族三十二人。又房陵王勇傳：高祖曰：劉金驎，諂佞也，呼雲定興作親家翁，定興愚人受其此語，我前解金驎者爲其此事。」此詩自注云：「新與皇甫結姻。」居易無子，當爲行簡之子龜郎與皇甫曙之女結婚。

【校】

〔題〕此下那波本無注。

夢得卧病攜酒相尋先以此寄

病來知少客，誰可以爲娱？日晏開門未？秋寒有酒無？自宜相慰問，何必待招呼。小疾無妨飲，還須挈一壺。

【箋】

作於開成二年（八三七），六十六歲，洛陽，太子少傅分司。劉集外四有秋晚病中樂天以詩見問力疾奉酬詩。

酬思黯戲贈 同用狂字。

鍾乳三千兩，金釵十二行。妬他心似火，欺我鬢如霜。思黯自誇前後服鍾乳三千兩甚得力，而歌舞之妓頗多，來詩戲予羸老，故戲答之。慰老資歌笑，銷愁仰去聲酒漿。眼看狂不得，狂得且須狂。

【箋】

作於開成二年（八三七），六十六歲，洛陽，太子少傅分司。

〔思黯〕牛僧孺。見卷三三長齋月滿寄思黯詩箋。并參見本卷戲答思黯、戲贈夢得兼呈思黯、早春憶遊思黯南莊因寄長句、奉和思黯自題南莊見示兼呈夢得、同夢得和思黯見贈來詩中先叙三人同讌之歡次有歎鬢髮漸衰嫌孫子催老之意因繼妍唱兼吟鄙懷及卷三五强起迎春戲寄思黯、贈思黯等詩。

〔鍾乳三千兩二句〕朱翌猗覺寮雜記卷上：「樂天云：『鍾乳三千兩，金釵十二行。』以言聲妓之多，蓋用古歌詞云『頭上金釵十二行，足下絲履五文章』，是一人頭插十二釵爾，非聲妓之多十二重行也。」王楙野客叢談卷九亦云：「唐人詩句多用金釵十二事，如樂天詩『鍾乳三千兩，金釵十二行』是也。南史：周盤龍有功，上送金釵二十枚與其愛妾阿杜，其事甚佳，罕有用者。今多言金釵十二，不聞用金釵二十，亦循襲而然。金釵十二行，或言六鬟耳，齊肩比立，爲釵十二行。白詩酬牛思黯有『金釵十二行』之句，自注：思黯之妓頗多，故云。似協或者之説。然梁武帝河中之水歌曰：『洛陽女兒名莫愁，頭上金釵十二行。』是以一人帶十二釵，此説爲不同。」城按：據白氏自注，此處仍以解作形容聲妓之多較切詩意。

【校】

〔如霜〕此下那波本無注。注中前「戲」字，宋本、汪本、全詩俱作「譃」。

〔仰酒漿〕「仰」下馬本、那波本、汪本、全詩俱無注，據宋本增。

又戲答絶句　來句云：「不是道公狂不得，恨公逢我不教狂。」

狂夫與我世相忘，故態些些亦不妨。縱酒放歌聊自樂，接輿争解教人狂？

【箋】

作於開成二年（八三七），六十六歲，洛陽，太子少傅分司。

【校】

〔題〕萬首作「戲答思黯」。

令狐相公與夢得交情素深眷予分亦不淺一聞薨逝相顧泫然旋有使來得前月未殁之前數日書及詩寄贈夢得哀吟悲歎寄情於詩詩成示予感而繼和

緘題重疊語殷勤，存殁交親自此分。前月使來猶理命，今朝詩到是遺文。銀鈎見晚書無報，玉樹埋深哭不聞。最感一行絶筆字，尚言千萬樂天君。令狐與夢得手札後云：「見樂天君，爲伸千萬之誠也。」

【箋】作於開成二年（八三七），六十六歲，洛陽，太子少傅分司。劉集外三有令狐僕射與予投分素深……附於舊編之末詩。

〔令狐相公〕令狐楚。舊書卷十七下文宗紀：「（開成二年十一月辛酉朔）丁丑（十七日），興元節度使令狐楚卒。」考劉集卷十九令狐楚集紀云：「開成二年十一月十二日，薨於漢中官舍，享年七十。」與舊紀異。張采田玉溪生年譜會箋卷一云：「紀書十一月辛酉朔，則丁丑非十二日，疑誤，俟考。」城按：張氏所考甚疏，岑仲勉玉溪生年譜會箋平質云：「按：此不誤也。唐實録書法，於外臣之卒，率以報到日爲準，固因追書不便，尤與廢朝有關。據通典一七五，興元去西京，取駱谷道六百五十二里，快行五日可達。丁丑，十七日也。」岑氏所考良是，則令狐楚之卒日，亦當以劉集所記爲正。

【校】〔樂天君〕此下那波本無注。注中「樂天君爲」汪本誤作「樂天爲君」。

洛下雪中頻與劉李二賓客宴集因寄汴州李尚書

水南水北總紛紛，雪裏歡遊莫厭頻。日日暗來唯老病，年年少去是交親。碧氈帳暖梅花濕，紅燎爐香竹葉春。今日鄒枚俱在洛，梁園置酒召何人？

【箋】

作於開成三年（八三八），六十七歲，洛陽，太子少傅分司。劉集外四有和樂天洛下雪中宴集寄汴州李尚書詩。

〔劉李二賓客〕劉禹錫及李仍叔。見卷二九洛陽春贈劉李二賓客詩箋。

〔汴州李尚書〕李紳。舊書卷十七下文宗紀：「（開成元年）六月，戊戌朔，癸亥，以河南尹李紳檢校禮部尚書、汴州刺史，充宣武軍節度使。」全詩卷四八二李紳拜宣武節度使詩序云：「開成元年六月二十六日，制授宣武軍節度使。七月三日，中使劉泰押送旌節止洛陽。五日，赴節。」又到宣武三十韻詩序云：「七月十二日，到汴州。」參見白氏立秋夕涼風忽至炎暑稍消即事詠懷寄汴州節度使李二十尚書等詩。

【校】

〔總紛紛〕「總」，宋本、那波本、英華、全詩、盧校俱作「雪」。汪本注云：「一作『雪』。」

〔暗來〕「暗」，汪本、盧校俱作「多」。汪本注云：「一作『暗』。」全詩注云：「一作『多』。」

看夢得題答李侍郎詩詩中有文星之句因戲和之

看題錦繡報瓊瓌，俱是人天第一才。好遣文星守躔次，亦須防有客星來。

【箋】作於開成三年（八三八），六十七歲，洛陽，太子少傅分司。劉集外六有洛濱病卧李侍郎見惠藥物謔以文星之句詩。唐宋詩醇卷二六：「戲語雅趣。」

【校】〔李侍郎〕李紳。城按：居易作此詩時，李紳已除宣武節度使、檢校禮部尚書，而禹錫題答詩時必在開成元年六月紳爲宣武節度之前。

〔題〕萬首作「戲和夢得答李侍郎詩有文星之句」。

閑適

禄俸優饒官不卑，就中閑適是分司。風光暖助遊行處，雨雪寒供飲宴時。肥馬輕裘還粗有，麤歌薄酒亦相隨。微躬所要今皆得，只是蹉跎得校遲。

【箋】作於開成三年（八三八），六十七歲，洛陽，太子少傅分司。

【校】〔禄俸〕汪本倒作「俸禄」。

〔遊行〕「行」，全詩注云：「一作『人』。」

〔粗有〕「粗」，馬本、汪本、全詩俱誤作「且」。盧校：「『粗』，才古反，俗本妄改作『且』。」城按：盧校是，宋本、那波本俱作「粗」，據改。

戲答思黯　思黯有能箏者，以此戲之。

何時得見十三絃，待取無雲有月天。願得金波明似鏡，鏡中照出月中仙。

【箋】

作於開成三年（八三八），六十七歲，洛陽，太子少傅分司。

〔思黯〕牛僧孺。見本卷酬思黯戲贈詩箋。城按：僧孺開成三年九月徵拜左僕射入朝，此時仍在洛陽。

酬裴令公贈馬相戲　裴詩云：「君若有心求逸足，我還留意在名姝。」蓋引妾換馬戲，意亦有所屬也。

安石風流無奈何！欲將赤驥換青娥。不辭便送東山去，臨老何人與唱歌？

【箋】作於開成三年（八三八），六十七歲，洛陽，太子少傅分司。劉集外四有裴令公見示樂天寄奴買馬絶句斐然仰和且戲樂天詩。

〔裴令公〕裴度。見本卷司徒令公分守東洛移鎮北都……詩箋。城按：度開成二年五月除北都留守，三年冬乞還東都養病，四年正月詔許還京，拜中書令，此時仍在太原。

新歲贈夢得

暮齒忽將及，同心私自憐。漸衰宜減食，已喜更加年。紫綬行聯袂，籃輿出比肩。與君同甲子，歲酒合誰先？

【箋】作於開成三年（八三八），六十七歲，洛陽，太子少傅分司。劉集外四有元日樂天見過因舉酒爲賀詩。

〔歲酒合誰先〕容齋隨筆卷二歲旦飲酒云：「今人元日飲屠酥酒，自小者起，相傳已久，然固有來處。後漢黨人李膺、杜密，以黨人同繫獄，值元日，於獄中飲酒，曰：正旦從小起。時鏡新書：董勛云：正旦飲酒先從小者，何也？勛曰：俗以小者得歲，故先酒賀之；老者失時，故後飲酒。初學記載四民月令云：正旦進酒次第，當從小起，以年少者起先。唐劉夢得、白樂天元日舉酒賦詩。劉云：『與君同甲子，壽酒讓先杯。』白云：『與君同甲子，歲酒合誰先？』白又有歲假内命酒一篇云：『歲酒先拈辭不得，被君推作少年人。』……」城按：居易生於大曆七年正月二十日，據此則知禹錫生於同年正月早若干日，故劉詩答以「壽酒讓先杯」也。

【校】

〔聯袂〕「袂」，馬本、汪本俱訛作「被」，據宋本、那波本、全詩、盧校改正。

早春持齋答皇甫十見贈

正月晴和風景新，紛紛已有醉遊人。帝城花笑長齋客，二十年來負早春。

【箋】

作於開成三年（八三八），六十七歲，洛陽，太子少傅分司。

〔皇甫十〕皇甫曙。見卷三二酒熟憶皇甫十詩箋。城按：此時曙或已罷澤州，至洛陽任河南少尹。

【校】

〔題〕萬首作「早春持齋」。

〔風景〕「景」，馬本、全詩俱作「氣」，據宋本、那波本、汪本、盧校改。全詩注云：「一作『景』。」

〔二十〕「二」，汪本、全詩俱作「三」。全詩注云：「一作『二』。」

戲贈夢得兼呈思黯

霜鬢莫欺今老矣，傳曰：「今老矣，無能爲也。」一盃莫笑便陶然。陳郎中處爲高户，裴使君前作少年。陳商郎中酒户涓滴，裴洽使君年九十餘。顧我獨狂多自哂，與君同病最相憐。月終齋滿誰開素？須記奇章置一筵。

【箋】作於開成三年（八三八），六十七歲，洛陽，太子少傅分司。

〔陳郎中〕陳商。字述聖。元和九年進士。見新書藝文志及韓愈答陳商書五百家音注引集注。又唐方鎮年表卷四陝虢大中二年：「陳商，金石萃編：華岳題名：司門郎中、史館修撰陳商。會昌元年七月二十五日，商祇召赴闕。後六年，商自禮部侍郎出鎮陝。」

〔裴使君〕淄州刺史裴洽。白氏春夜宴席上戲贈裴淄州詩（卷三三）云：「九十不衰真地仙，六旬猶健亦天憐。」並參見三月三日祓禊洛濱詩（卷三三）。

【校】

〔霜鬢〕「霜」，宋本、那波本、汪本、盧校俱作「雙」。全詩注云：「一作『雙』。」

〔老矣〕此下那波本無注，下同。注中「傳曰」，馬本訛作「傳日」。據宋本、汪本、全詩、盧校改正。

〔須詎〕「詎」，馬本、全詩俱作「擬」，非。據宋本、那波本、汪本、盧校改正。

早春憶遊思黯南莊因寄長句

南莊勝處心常憶，借問軒車早晚遊。美景難忘竹廊下，好風争奈柳橋頭。冰消見水多於地，雪霽看山盡入樓。若待春深始同賞，鶯殘花落却堪愁。

【箋】

作於開成三年（八三八），六十七歲，洛陽，太子少傅分司。唐宋詩醇卷二六：「好句疑仙，觸境而得，著意求之，便乏自然之趣。」

〔思黯〕牛僧孺。見本卷酬思黯戲贈詩箋。

〔南莊〕在洛陽城南。參見本卷白氏奉和思黯自題南莊見示兼呈夢得詩。

酬皇甫十早春對雪見贈

漠漠復雰雰，東風散玉塵。明催竹窗曉，寒退柳園春。緑醑香堪憶，紅爐暖可親。忍心三兩日，莫作破齋人。

【箋】

作於開成三年（八三八），六十七歲，洛陽，太子少傅分司。

〔皇甫十〕皇甫曙。見本卷早春持齋答皇甫十見贈詩箋。

【校】

〔緑醑〕「醑」，馬本、全詩俱作「醖」，據宋本、那波本、汪本、盧校改。全詩注云：「一作『醑』。」

奉和思黯自題南莊見示兼呈夢得

謝家别墅最新奇，山展屏風花夾籬。曉月漸沉橋脚底，晨光初照屋梁時。臺頭有酒鶯呼客，水面無塵風洗池。除却吟詩兩閑客，此中情狀更誰知？

【箋】作於開成三年（八三八），六十七歲，洛陽，太子少傅分司。劉集外四有和牛相公遊南莊醉後寓言戲贈樂天兼見示詩。

【校】〔兩閑〕「兩」，馬本作「病」，據宋本、那波本、汪本、全詩、盧校改。

送蘄春李十九使君赴郡

可憐官職好文詞，五十專城未是遲。曉日鏡前無白髮，春風門外有紅旗。郡中何處堪攜酒？席上誰人解和詩？唯共交親開口笑，知君不及洛陽時。

【箋】作於開成三年（八三八），六十七歲，洛陽，太子少傅分司。劉集卷二八有送蘄州李郎中赴任詩。

〔蘄春李十九使君〕蘄州刺史李播。城按：岑仲勉唐人行第録李十九條云：「名待考。……語林二有吴郡守李穰，不知是此人否？」所考非是。唐詩紀事卷四七李播條云：「登元和進士第，以郎中典蘄州。」全唐詩話卷三：「播以郎中典蘄州，有李生攜詩謁之，播曰：『此吾未第時行卷也。』」全文卷七七二有李商隱爲汝南公與蘄州李郎中狀(城按:錢振倫補編云汝南應作濮陽),張采田玉溪生年譜會箋卷二繫於開成五年庚申,可知李播赴蘄州任在開成五年之前,與白氏此詩時間相合。錢大昕十駕齋養新録卷十二云:「元和間詩人李播,起家進士,官郎中、蘄州刺史,見唐詩紀事。」亦未考及此即白詩中之「李十九使君」。白氏寄李蘄州(本卷)、對酒有懷寄李十九郎中(卷三五)及劉集卷二八送蘄州李郎中赴任詩中之「李蘄州」、「李十九郎中」、「蘄州李郎中」均指播也。又杜牧樊川文集卷九進士龔軺墓誌:「會昌五年十二月,某自秋浦守桐廬,路由錢塘……時刺史趙郡李播曰」,同集卷十杭州新造南亭記:「趙郡李子烈播,立朝名人也,自尚書比部郎中出爲錢塘。」則播字子烈,系出趙郡,會昌五年爲杭州刺史(據勞格杭州刺史考)。又樊川外集有寄李播評事、許秀才至辱李蘄州絶句問斷酒之情因寄等詩均係酬播之作。蘄春即蘄州,舊爲蘄春郡,故名。見卷十六寄蘄州簟與元九因題六韻詩箋。

自題酒庫

野鶴一辭籠,虚舟長任風。送愁還鬧處,移老入閑中。身更求何事?天將富此翁。此翁何處富?酒庫不曾空。劉仁軌詩云:「天將富此翁。」以一醉爲富也。

【箋】作於開成三年（八三八），六十七歲，洛陽，太子少傅分司。

【校】〔曾空〕此下那波本無注。

寒食日寄楊東川

不知楊六逢寒食，作音佐底歡娱過此辰？兜率寺高宜望月，嘉陵江近好遊春。蠻旗似火行隨馬，蜀妓如花坐遶身。不使黔婁夫婦看，誇張富貴向何人？

【箋】作於開成三年（八三八），六十七歲，洛陽，太子少傅分司。查慎行白香山詩評：「『不使黔婁夫婦看』二句，弘農郡君爲東川女弟，故詩中屢及之。」

〔楊東川〕楊汝士。見卷三三同夢得寄賀東西川二楊尚書詩箋。并參見謝楊東川寄衣服詩（卷三四）。

【校】〔作底〕「作」，馬本、那波本此下俱無注，據宋本、汪本增。全詩此下注云：「古做字。」

醉後聽唱桂華曲

詩云：「遥知天上桂華孤，試問常娥更有無？月宫幸有閑田地，何不中央種兩株？」此曲韻怨切，聽輒感人，故云爾。

桂華詞意苦丁寧，唱到常娥醉便醒。此是人間腸斷曲，莫教不得意人聽。

【箋】作於開成三年（八三八），六十七歲，洛陽，太子少傅分司。何義門云：「此即東城桂之一也。」

【校】〔題〕此下那波本無注。

〔人間〕「人」，宋本、那波本、盧校俱作「世」。汪本注云：「一作『世』。」

酬夢得以予五月長齋延僧徒絶賓友見戲十韻

賓客懶逢迎，翛然池館清。簷閑空燕語，林静未蟬鳴。葷血還休食，盃觴亦罷傾。三春多放逸，五月暫修行。香印朝烟細，紗燈夕焰明。交遊諸長老，師事古先生。竺乾，古先生也。禪後心彌寂，齋來體更輕。不唯忘肉味，兼擬滅風情。蒙以聲聞待，難將戲論爭。虚空若有佛，靈運恐先成。

【箋】

作於開成三年（八三八），六十七歲，洛陽，太子少傅分司。劉集外四有樂天少傅五月長齋廣延緇徒謝絶文友坐成暌間因以戲之詩。

〔五月長齋〕老學庵筆記卷八云：「唐高祖實録：武德二年正月甲子下詔曰……自今每年正月、五月、九月十直日並不得行刑，所在公私宜斷屠殺。此三長月斷屠殺之始也。唐士大夫如白居易輩，蓋有遇此三齋月，杜門謝客，專延緇流作佛事者。今法至此月亦減去食羊錢，蓋其遺制。」

〔古先生〕指佛。馮浩樊南文集詳注卷八：「文昌雜録曰：唐國子祭酒李涪作刊誤。此雖正論，而詆之太過，豈有積憾於義山耶？老君西昇聞道，竺乾有古先生，西昇經首言之。古先生，説者以爲佛，或以爲老子自謂。」又白氏唐撫州景雲寺故律大德上弘和尚石塔碑銘（卷四一）云：「我聞竺乾古先生出世法……」可參證。

【校】

〔還休食〕「還」，汪本、全詩俱注云：「一作『初』。」

〔滅風情〕「滅」，馬本、汪本、全詩作「減」，據宋本、那波本、何校、盧校改。

奉和裴令公三月上巳日遊太原龍泉憶去歲禊洛見示之作 依來體雜言。

去歲暮春上巳，共泛洛水中流。今歲暮春上巳，獨立香山下頭。時居易獨遊香山寺。風光閑寂寂，旌旆遠悠悠。丞相府歸晉國，太行山礙并州。鵬背負天龜曳尾，雲泥不可得同遊。

【箋】

作於開成三年（八三八），六十七歲，洛陽，太子少傅分司。見汪譜。城按：此詩汪本編在後集卷三，那波本編在卷六七。

〔裴令公〕裴度。見本卷司徒令公分守東洛移鎮北都……詩箋。

〔龍泉〕明統志卷十九太原府：「龍泉，自府城西二里南流入太原縣界。」城按：龍泉本名龍淵，避唐高祖李淵諱改爲龍泉。參見本卷又和令公新開龍泉晉水二池詩。

〔去歲暮春上巳二句〕指開成二年三月三日祓禊洛濱詩（卷三三）。又龔頤正芥隱筆記：「樂天詩：『去歲暮春上巳，共泛洛水中流。今歲暮春上巳，獨立香山下頭。』東坡用之爲海外上元詩。東坡惠州上元夜詩：『前年侍玉輦，端門萬枝燈。今年江海上，雲房寄山僧。』」

【校】

〔題〕此下那波本無注。

〔下頭〕此下各本俱無注，據宋本、盧校增。

又和令公新開龍泉晉水二池

舊有潢污泊，今爲白水塘。詩云：「方塘含白水。」笙歌聞四面，樓閣在中央。春變烟波色，晴添樹木光。龍泉信爲美，莫忘午橋莊。

【箋】

作於開成三年（八三八），六十七歲，洛陽，太子少傅分司。城按：此詩汪本編在後集卷十五，那波本編在卷六七，下同。

〔龍泉〕見本卷奉和裴令公三月上巳日遊太原龍泉憶去歲禊洛見示之作詩箋。

〔晉水〕明統志卷十九太原府：「晉水出太原縣西南一十里懸甕山。」

〔午橋莊〕見卷三三奉和裴令公新成午橋莊緑野堂即事詩箋。

【校】

〔水塘〕此下那波本無注。

早夏曉興贈夢得

窗明簾薄透朝光，卧整巾簪起下牀。背壁燈殘經宿焰，開箱衣帶隔年香。無情亦任他春去，不醉争銷得晝長？一部清商一壺酒，與君明日暖新堂。

【箋】

作於開成三年（八三八），六十七歲，洛陽，太子少傅分司。

【校】

〔晝長〕「晝」，宋本、那波本、汪本、盧校俱作「日」。

春日題乾元寺上方最高峯亭

危亭絶頂四無鄰，見盡三千世界春。但覺虚空無障礙，不知高下幾由旬？迴看官路三條線，却望都城一片塵。賓客暫遊無半日，王侯不到便終身。始知天造空閑境，不爲忙人富貴人。

【箋】作於開成三年(八三八)，六十七歲，洛陽，太子少傅分司。〔乾元寺〕後魏龍門八寺之一。舊在洛陽伊闕東山。見乾隆河南府志卷七五。

【校】〔忙人〕那波本作「奔忙」。

奉和思黯相公以李蘇州所寄太湖石奇狀絶倫因題二十韻見示兼呈夢得

錯落復崔嵬，蒼然玉一堆。峯駢仙掌出，罅拆劍門開。峭頂高危矣，盤根下壯哉！精神欺竹樹，氣色壓亭臺。隱起磷磷狀，凝成瑟瑟胚。廉稜露鋒刃，清越扣瓊瑰。岌嶪形將動，巍峩勢欲摧。奇應潛鬼怪，靈合蓄雲雷。黛潤霑新雨，斑明點古苔。未曾棲鳥雀，不肯染塵埃。尖削琅玕笋，窪剜馬瑙罍。海神移碣石，畫障簇天台。在世爲尤物，如人負逸才。渡江一葦載，入洛五丁推。出處雖無意，升沉亦有媒。媒爲李蘇州。拔從水府底，置向相庭隈。對稱吟詩句，看宜把酒盃。終隨金礪用，不學玉山頹。疏傅心偏愛，園公眼屢迴。共嗟無此分，虚管太湖來。居易與夢得俱典姑蘇，而不獲此石。

【箋】

作於開成三年（八三八），六十七歲，洛陽，太子少傅分司。全詩卷四六六有牛僧孺李蘇州遺太湖石奇狀絶倫因題二十韻寄呈夢得樂天詩。劉集外六和牛相公題姑蘇所寄太湖石兼寄李蘇州詩，亦係和作，惟道及搜採載運之艱，較白詩略寓託諷之意。城按：牛僧孺嗜石，白氏太湖石記（外集卷下）即云「今丞相奇章公嗜石」，文中對牛僧孺愛石之情形，記載頗詳，可與此詩相參證。

〔思黯相公〕牛僧孺。見本卷戲答思黯詩箋。

〔李蘇州〕蘇州刺史李道樞。舊書卷十七下文宗紀：「（開成四年閏正月）甲申朔，以蘇州刺史李道樞爲浙東觀察使。……（三月）癸酉，浙東觀察使李道樞卒。」又據會稽掇英總集卷十八唐太守題名記，李道樞，開成四年正月二十日，自蘇州刺史拜。嘉泰會稽志同。城按：會稽掇英總集所記道樞除浙東時間與舊紀異，各書均未詳其刺蘇年月，惟王鏊姑蘇志卷二古今守令表上云：「李道樞，開成二年除，兼御史中丞。四年閏正月，遷浙東觀察使。三月，卒。」所記遷浙東在閏正月，與舊紀同。又據姑蘇志，盧商開成二年五月遷浙西觀察使，則道樞必爲商之後任。參見卷三三三月三日祓禊洛濱詩箋。

【校】

〔瑟瑟肧〕「肧」下馬本注云：「鋪杯切。」

〔瓊瑰〕「瑰」，馬本注云：「如回切。」

〔岌嶪〕「嶪」，馬本注云：「魚怯切。」

〔雲雷〕「雲」，英華作「風」。全詩注云：「一作『風』。」

〔窪剜〕馬本「窪」下注云：「烏瓜切。」「剜」下注云：「烏官切。」

〔葦截〕何校：「『千筏』從吴郡志，『一葦』不近情也。」

〔亦有媒〕此下那波本無注，下同。

奉和思黯相公雨後林園四韻見示

新晴夏景好，復此池邊地。烟樹緑含滋，水風清有味。便成林下隱，都忘門前事。騎吏引歸軒，始知身富貴。

【箋】作於開成三年（八三八），六十七歲，洛陽，太子少傅分司。劉集外六有牛相公林亭雨後偶成詩。

【校】〔都忘〕「忘」，宋本、那波本作「望」，非。

晚夏閑居絶無賓客欲尋夢得先寄此詩

魚筍朝餐飽，蕉紗暑服輕。欲爲窗下寢，先傍水邊行。晴引鶴雙舞，秋生蟬一聲。無人解相訪，有酒共誰傾？老更諳時事，閑多見物情。只應劉與白，二叟自相迎。

【箋】作於開成三年（八三八），六十七歲，洛陽，太子少傅分司。劉集外四有酬樂天晚夏閑居欲相訪先以詩見貽詩。

【校】〔只應〕「應」，馬本訛作「因」，據宋本、那波本、汪本、全詩、盧校改正。

寄李蘄州

下車書奏龔黄課，動筆詩傳鮑謝風。江郡謳謡誇杜母，洛城歡會憶車公。笛愁春盡梅花裏，簟冷秋生薤葉中。蘄州出好笛并薤葉簟。不道蘄州歌酒少，使君難稱與誰同？

【箋】作於開成三年（八三八），六十七歲，洛陽，太子少傅分司。何義門云：「寄詩却切蘄州事，春秋二句點化固妙，然章法又不甚緊，所以七言四韻須教夢得獨步也。」

〔李蘄州〕李播。見本卷送蘄春李十九使君赴郡詩箋。

〔笛愁春盡梅花裏二句〕見卷十六寄蘄州簟與元九因題六韻詩箋。

【校】

〔洛城〕「城」，全詩注云：「一作『陽』。」

憶江南詞三首 此曲亦名謝秋娘，每首五句。

江南好，風景舊曾諳。日出江花紅勝火，春來江水緑如藍。能不憶江南？

江南憶，最憶是杭州。山寺月中尋桂子，郡亭枕上看潮頭。何日更重遊？

江南憶，其次憶吴宫。吴酒一盃春竹葉，吴娃雙舞醉芙蓉。早晚復相逢！

【箋】作於開成三年（八三八），六十七歲，洛陽，太子少傅分司。城按：此詞汪本編在後集卷三，那波本編在卷六七。劉集外四有和樂天春詞依憶江南曲拍爲句詞。又按：王國維觀堂集林卷二一史林十三唐寫本春秋後語背記跋繫此詞於大和八、九年間所作云：「白詞名憶江南，見長慶後集卷三，乃太（大）和八、九年間所作。劉詞有『多謝洛陽人』語，必居洛陽時作，殆與白詞同時作。」所考非是，蓋大和末白氏雖在洛陽，而禹錫則在蘇州或汝州刺史任，不在洛陽也。任二北敦煌曲初探第五章雜考與臆説據王説繫劉、白望江南詞於大和八年，亦誤。

〔憶江南〕樂府詩集卷八二憶江南：「一曰望江南。樂府雜録曰：望江南本曰謝秋娘。李德裕鎮浙西爲妾謝秋娘所製，後改爲望江南。」城按：此詞早在大曆間已流行，非始於李德裕時。任二北敦煌曲初探雜考與臆説云：「早在白、劉二人作憶江南長短句之六十年前代宗大曆間，類似憶江南或夢江南之詩題或曲名，即已風行。」

【校】

〔題〕此下那波本無注。

〔紅勝火〕「勝」，馬本作「似」，據宋本、那波本、汪本、樂府、全詩改。

酬思黯相公晚夏雨後感秋見贈

暮去朝來無歇期，炎涼暗向雨中移。夜長秖合愁人覺，秋冷先應瘦客知。兩幅彩牋揮逸翰，一聲寒玉振清辭。無憂無病身榮貴，何故沉吟亦感時？

【箋】作於開成三年（八三八），六十七歲，洛陽，太子少傅分司。城按：此詩汪本編在後集卷十五，那波本編在卷六七，下同。何義門云：「『秋冷先應瘦客知』，石湖句『春陰病骨知』，本此。」

【校】〔暮去朝來〕馬本訛作「暮來朝去」，據宋本、那波本、汪本、全詩、盧校改正。

久雨閑悶對酒偶吟

淒淒苦雨暗銅駝，嫋嫋涼風起漕河。自夏及秋晴日少，從朝至暮悶時多。鷺臨池立窺魚笱，隼傍林飛拂雀羅。賴有盃中神聖物，百憂無奈十分何！

【箋】作於開成三年（八三八），六十七歲，洛陽，太子少傅分司。

【校】〔漕河〕「漕」，馬本、全詩俱注云：「在到切。」

〔魚筍〕「筍」，馬本注云：「舉後切。」

雨後秋涼

夜來秋雨後，秋氣颯然新。團扇先辭手，生衣不著身。更添砧引思，難與簟相親。此境誰偏覺？貧閑老瘦人。

【箋】

作於開成三年（八三八），六十七歲，洛陽，太子少傅分司。

酬夢得早秋夜對月見寄

吾衰寡情趣，君病懶經過。其奈西樓上，新秋明月何？庭蕪淒白露，池色澹金波。況是初長夜，東城砧杵多！

【箋】

作於開成三年（八三八），六十七歲，洛陽，太子少傅分司。劉集外四有新秋對月寄樂天詩。

〔東城〕居易履道坊宅在洛陽長夏門東第四街，故有東城之語。

題謝公東山障子

賢愚共在浮生内，貴賤同趨羣動間。多見忙時已衰病，少聞健日肯休閑？鷹飢受緤從難退，鶴老乘軒亦不還。唯有風流謝安石，拂衣攜妓入東山。

【箋】作於開成三年（八三八），六十七歲，洛陽，太子少傅分司。

【校】〔受緤〕「緤」，那波本作「縛」。馬本注云：「先結切。」

謝楊東川寄衣服

年年衰老交遊少，處處蕭條書信稀。唯有巢兄不相忘，春茶未斷寄秋衣。

【箋】作於開成三年（八三八），六十七歲，洛陽，太子少傅分司。

〔楊東川〕楊汝士。見本卷寒食日寄楊東川詩箋。

〔巢兄〕楊汝士，字慕巢，故稱巢兄。

詠懷寄皇甫朗之

老大多情足往還，招僧待客夜開關。學調氣後衰中健，不用心來鬧處閑。養病未能辭薄俸，忘名何必入深山。與君别有相知分，同置身於木雁間。

【箋】

作於開成三年（八三八），六十七歲，洛陽，太子少傅分司。

〔皇甫朗之〕皇甫曙。即白氏詩中之「皇甫郎中」、「皇甫澤州」、「皇甫郎中親家翁」、「皇甫十」、「皇甫十郎中」，其醉吟先生傳（卷七〇）云：「（與）安定皇甫朗之爲酒友。」並參見病中詩之十四歲暮呈思黯相公皇甫朗之及夢得尚書（卷三五）、春晚詠懷贈皇甫朗之（卷三五）等詩。

〔老大多情足往還〕任二北敦煌曲初探後記：「白居易詠懷寄皇甫朗之：『老大情多足往還，招僧待客夜開關。』『足往還』猶云廣交朋友。與（五九九）『往還來，露妻室，半夜烹庖餐未畢』，意義情事均正合。」城按：任氏所引「情多」當作「多情」。

東城晚歸

一條邛杖懸龜榼，雙角吴童控馬銜。晚入東城誰識我？短靴低帽白蕉衫。

【箋】

作於開成三年（八三八），六十七歲，洛陽，太子少傅分司。

〔白蕉衫〕白氏時熱少見客因詠所懷詩（卷三五）云：「露牀青篾簟，風架白蕉衣。」

【校】

〔邛杖〕「邛」，汪本作「筇」。城按：邛竹亦作筇竹，字通。

與夢得沽酒閑飲且約後期

少時猶不憂生計，老後誰能惜酒錢？共把十千沽一斗，相看七十欠三年。閑徵雅令窮經史，醉聽清吟勝管絃。更待菊黄家醖熟，共君一醉一陶然！

【箋】

作於開成三年（八三八），六十七歲，洛陽，太子少傅分司。見汪譜。劉集外四有樂天以愚相訪沽酒致歡因成七言聊以奉答詩。

【校】

〔雅令〕那波本作「稚子」。

與牛家妓樂雨夜合宴

玉管清絃聲旖旎，翠釵紅袖坐參差。兩家合奏洞房夜，八月連陰秋雨時。歌臉有情凝睇久，舞腰無力轉裙遲。人間歡樂無過此，上界西方即不知。

【箋】

作於開成三年（八三八），六十七歲，洛陽，太子少傅分司。

〔牛家〕牛僧孺家。其宅第在洛陽歸仁里。城按：僧孺開成二年五月爲東都留守。見舊書卷一七二本傳。

和楊六尚書喜兩弟漢公轉吳興魯士賜章服命賓開宴用慶恩榮賦長句見示

華筵賀客日紛紛，劍外歡娛洛下聞。朱紱寵光新照地，彤襜喜氣遠凌雲。榮聯花萼詩難和，樂音洛助埙篪酒易醺。感羨料應知我意，今生此事不如君。

【箋】

作於開成三年（八三八），六十七歲，洛陽，太子少傅分司。

〔楊六尚書〕楊汝士。見卷三三楊六尚書新授東川節度使代妻戲賀兄嫂二絶詩箋。

〔漢公轉吴興〕楊汝士弟漢公，開成三年三月自舒州移刺湖州。見新書卷一七五本傳、嘉泰吴興志卷十四、同治湖州府志卷五。並參見本卷得楊湖州書頗誇撫民接賓縱酒題詩因以絶句戲之詩及白蘋洲五亭記（卷七一）。

〔魯士〕楊汝士弟魯士。見卷三三三月三日祓禊洛濱詩箋。

【校】

〔樂助〕「樂」下各本俱無注，據宋本增。

〔易醺〕「醺」，全詩訛作「嚑」。

自詠

鬢白面微紅，醺醺半醉中。百年隨手過，萬事轉頭空。卧疾瘦居士，行歌狂老翁。仍聞好事者，將我畫屏風。

【箋】

作於開成三年(八三八),六十七歲,洛陽,太子少傳分司。

夢得相過援琴命酒因彈秋思偶詠所懷兼寄繼之待價二相府

閑居静侶偶相招,小飲初酣琴欲調。我正風前弄秋思,君應天上聽雲韶。雲韶,雅曲,上多與宰相同聽之。時和始見陶鈞力,物遂方知盛聖朝。雙鳳栖梧魚在藻,飛沉隨分各逍遥。

【箋】

作於開成三年(八三八),六十七歲,洛陽,太子少傳分司。

〔繼之相府〕楊嗣復,字繼之,於陵子。開成三年正月,與李珏並以本官同平章事。見舊書卷一七六、新書卷一七四本傳。參見得潮州楊相公繼之書并詩以此寄之詩(卷三七)。

〔待價相府〕李珏,字待價。開成三年,楊嗣復輔政,薦珏以本官同平章事。見舊書卷一七三、新書卷一八二本傳。

【校】

〔雲韶〕此下那波本無注。

九月八日酬皇甫十見贈

君方對酒綴詩章，我正持齋坐道場。處處追遊雖不去，時時吟詠亦無妨。霜蓬舊鬢三分白，露菊新花一半黄。惆悵東籬不同醉，陶家明日是重陽。

【箋】

作於開成三年（八三八），六十七歲，洛陽，太子少傅分司。

〔皇甫十〕皇甫曙。見本卷早春持齋答皇甫十見贈詩箋。

慕巢尚書書云室人欲爲置一歌者非所安也以詩相報因而和之

東川已過二三春，南國須求一兩人。富貴大都多老大，歡娱太半爲親賓。如愁翠黛應堪重，買笑黄金莫訴貧。他日相逢一杯酒，樽前還要落梁塵。

【箋】作於開成三年（八三八），六十七歲，洛陽，太子少傅分司。何義門云：「第三兼爲落句伏脈。」〔慕巢尚書〕楊汝士。見本卷和東川楊慕巢尚書府中獨坐感戚在懷見寄十四韻詩箋。

【校】〔題〕「置」，宋本、那波本俱作「買置」二字。全詩「置」下注云：「一作『買』。」

杪秋獨夜

無限少年非我伴，可憐清夜與誰同？歡娛牢落中心少，親故凋零四面空。紅葉樹飄風起後，白鬚人立月明中。前頭更有蕭條物，老菊衰蘭三兩叢。

【箋】作於開成三年（八三八），六十七歲，洛陽，太子少傅分司。

憑李睦州訪徐凝山人 凝即睦州之民也。

郡守輕詩客，鄉人薄釣翁。解憐徐處士，唯有李郎中。

【箋】

作於開成二年（八三七），六十六歲，太子少傅分司。城按：卷二七有期宿客不至詩，作於大和四年，即贈徐凝之詩。全詩卷四七四徐凝和侍郎邀宿不至、和夜題玉泉寺、和秋遊洛陽、侍郎宅泛池、自鄂渚至河南將歸江外留辭侍郎等詩，俱爲凝大和間在洛陽與居易交遊之證。據白氏此詩，則徐凝復自洛陽歸其鄉里睦州。

〔李睦州〕睦州刺史李善白。宋陳公亮嚴州圖經卷一：「李善白，大和九年十月□日自（下缺）」又云：「鄭仁弼，開成二年八月七日自衛尉少卿拜。」據此則善白必爲鄭仁弼之前任，開成三年已不在睦州。故此詩當作於開成二年，花房英樹繫於開成三年，疑誤。睦州舊爲新安郡，武德四年改爲睦州，屬江南道。見元和郡縣志卷二五。

〔徐凝山人〕唐才子傳卷六：「凝，睦州人。元和間有詩名，方干師事之。與施肩吾同里閈，日親聲調，無進取之意，交眷悉激勉，始遊長安。不忍自衒鬻，竟不成名。將歸，以詩辭韓吏部云：『一生所遇惟元白，天下無人重布衣。欲別朱門淚先盡，白頭遊子白身歸。』知者憐之。遂歸舊隱，潛心詩酒，人間榮耀，徐山人不復貯齒頰中也。老病且貧，意泊無惱，優悠自終。集一卷，今傳。」城按：後人記白氏與徐凝事甚夥，惟雲溪友議一則較詳，兹録之云：「白居易初爲杭州刺史，令訪牡丹花。獨開元寺僧惠澄近於京師得之，始植於庭，闌圍甚密，他處未之有也。時春景方深，惠澄設油幕以覆其上，牡丹自此東越分而種之矣。會稽徐凝自富春來，未識白公，而先題詩曰：

『此花南地知難種，慚愧僧門用意栽。海燕解憐頻睥睨，胡蜂未識更徘徊。虚生芍藥徒勞妬，羞殺玫瑰不敢開。唯有數苞紅幞在，含芳只待舍人來。』白尋到寺看花，乃命徐生同醉而歸。時張祜榜舟而至，甚若疏誕，然張、徐二生未之習稔，各希首薦焉。白曰：『二君論文，若廉、白之鬬鼠穴，勝負在於一戰也。』遂試『長劍倚天外』賦、『餘霞散成綺』詩，試訖解送，以凝爲元，祜次之。……白又以祜宫詞四句之中皆數對，何足奇乎！不如徐生云：『今古長如白練飛，一條界破青山色。』祜歎曰：『榮辱糾紛，亦何常也。』遂行歌而邁，凝亦鼓枻而歸。自是二生終身偃仰，不隨鄉試矣。」又唐詩紀事卷五二及詩話總龜志氣門録古今詩話一則，亦略同。又按：全詩卷四七四載徐凝自鄂渚至河南將歸江外留辭侍郎詩云：「一生所遇唯元白，天下無人重布衣。欲别朱門淚先盡，白頭游子白身歸。」侍郎即指居易。考凝此詩亦當作於大和間，時韓愈已卒（卒於長慶四年十二月），唐才子傳謂凝以此詩「辭韓吏部」，蓋誤。全詩卷四七四徐凝又有奉酬元相公上元詩云：「出擁樓船千萬人，入爲台輔九霄身。如何更羨看燈夜，曾見宫花拂面春。」可證其亦受元稹之知遇也。

【校】

〔題〕此下那波本無注。

蘇州故吏

江南故吏别來久，今日池邊識我無？不獨使君頭似雪，華亭鶴死白蓮枯。蓮鶴皆蘇州同來。

【箋】作於開成三年（八三八），六十七歲，洛陽，太子少傅分司。

【校】〔來久〕「來」，萬首作「多」。

〔白蓮枯〕此下那波本無注。

得楊湖州書頗誇撫民接賓縱酒題詩因以絶句戲之

豈獨愛民兼愛客，不唯能飲又能文。白蘋洲上春傳語，柳使君輸楊使君。

【箋】作於開成三年（八三八），六十七歲，洛陽，太子少傅分司。

〔楊湖州〕湖州刺史楊漢公。新書卷一七五本傳：「漢公字用乂。……累遷户部郎中、史館修撰。轉司封郎中。坐虞卿下除舒州刺史，徙湖、亳、蘇三州。」城按：漢公乃虞卿弟，新傳以爲虞卿子，大誤。其自舒州移刺湖州在開成三年三月。嘉泰吴興志卷十四：「楊漢公，開成三年三月二十日自舒州刺史拜，遷亳州刺史。」同治湖州府志卷五：「字用乂，華州弘農（城按：華州爲號州之誤）人，開成三年三月自舒州移刺湖州，充本道團練使。」白氏白蘋洲五亭記（卷七一）云：「至開成三年，弘農楊君爲刺史。……楊君前牧舒，舒人治，今牧湖，湖人康。……君名漢公，字用乂，恐年祀久遠，來者不知，故名而字之。時開成四年十月十五日記。」並參見本卷和楊六尚書喜兩弟漢公轉吴興魯士賜章服命賓開宴用慶恩榮賦長句見示詩。

〔白蘋洲〕見卷七一白蘋洲五亭記箋。

〔柳使君〕梁吴興守柳惲。見卷七一白蘋洲五亭記箋。

天宫閣秋晴晚望

洛城秋霽後，梵閣暮登時。此日風烟好，今秋節候遲。霞光紅泛灩，樹影碧參差。莫慮言歸晚，牛家有宿期。

【箋】

作於開成三年（八三八），六十七歲，洛陽，太子少傅分司。

〔天宫閣〕洛陽天宫寺閣。見卷二六登天宫閣詩箋。

【校】

〔題〕「宫」，全詩注云：「一作『官』。」誤。

〔泛灩〕「灩」，馬本、汪本、全詩俱作「豔」，非。據宋本、那波本改正。何校：「『灩』字從蘭雪。」

酬夢得暮秋晴夜對月相憶

霽月光如練，盈庭復滿池。秋深無熱後，夜淺未寒時。露葉團荒菊，風枝落病梨。相思懶相訪，應是各年衰。

【箋】作於開成三年（八三八），六十七歲，洛陽，太子少傅分司。劉集外四有秋晚新晴夜月如練有懷樂天詩。

同夢得和思黯見贈來詩中先叙三人同讌之歡次有歎鬢髮漸衰嫌孫子催老之意因酬妍唱兼吟鄙懷

醉伴騰騰白與劉，何朝何夕不同遊？留連燈下明猶飲，斷送樽前倒即休。催老莫嫌孫稚長，加年須喜鬢毛秋。教他伯道争存活，無子無孫亦白頭。

【箋】作於開成三年（八三八），六十七歲，洛陽，太子少傅分司。

【校】〔題〕「因」，宋本、那波本俱作「繼」。全詩注云：「一作『繼』。」又那波本「兼」上衍「何」字。

聽歌

管妙絃清歌入雲，老人合眼醉醺醺。誠知不及當年聽，猶覺聞時勝不聞。

【箋】作於開成三年（八三八），六十七歲，太子少傅分司。

三年冬隨事鋪設小堂寢處稍似穩暖因念衰病偶吟所懷

小宅非全陋，中堂不甚卑。聊堪會親族，足以貯妻兒。煖帳迎冬設，温爐向夜施。裘新青兔褐，褥軟白猿皮。似鹿眠深草，如雞宿穩枝。逐身安枕席，隨事有屏帷。病致衰殘早，貧營活計遲。由來蠶老後，方是繭成時。

【箋】作於開成三年（八三八），六十七歲，洛陽，太子少傅分司。見汪譜。

【校】〔題〕「稍似」，馬本作「稍以」，據宋本、那波本、汪本、全詩改。

初冬即事呈夢得

青氈帳煖喜微雪，紅地爐深宜早寒。走筆小詩能和否？潑醅新酒試嘗看。僧來乞食因留宿，客到開樽便共歡。臨老交親零落盡，希君恕我取人寬。

【箋】作於開成三年（八三八），六十七歲，洛陽，太子少傅分司。

自罷河南已換七尹每一入府悵然舊遊因宿内廳偶題西壁兼呈韋尹常侍

每入河南府，依然似到家。杯嘗七尹酒，七尹酒味不同，備嘗之矣。樹看十年花。即府中新菓園。且健須歡喜，雖衰莫歎嗟。迎門無故吏，侍坐有新娃。暖閤謀宵宴，寒庭放晚衙。主人留宿定，一任夕陽斜。

【箋】

作於開成三年（八三八），六十七歲，洛陽，太子少傅分司。見陳譜。

〔自罷河南已換七尹〕換七尹者，大和七年四月居易罷河南尹以後事也。七尹姓名具見舊書卷十七下文宗紀：（一）嚴休復，舊書文宗紀：「（大和七年三月）丙辰，以散騎常侍嚴休復爲河南尹。……（四月）壬子（沈本作壬午，是），以河南尹白居易爲太子賓客分司東都。」（二）王質，舊書文宗紀：「（大和七年十二月）戊申，以給事中王質權知河南尹。」（三）鄭澣，舊書文宗紀：「（大和八年九月）癸亥，以尚書吏部侍郎鄭澣爲河南尹。」（四）李紳，舊書文宗紀：「（開成元年四月庚午朔），以太子賓客分司東都李紳爲河南尹。……（六月）癸亥，以河南尹李紳檢校禮部尚書、汴州刺史、充宣武軍節度使。」自始除至遷方三月。（五）李珏，舊書卷一七三本傳：「開成元年四月，以太子賓客分司東都。」舊書文宗紀：「（開成元年四月庚午朔），以江州刺史李珏爲太子賓客分司。」又據白氏三月三日祓禊洛濱詩（卷三三），則珏繼紳任當在開成元年六月之後。（六）裴潾，舊書文宗紀：「（開成二年三月壬辰），以兵部侍郎裴潾爲河南尹。」（七）韋長，舊書文宗紀：「開成三年正月）丁丑，以前荆南節度使韋長爲河南尹。」以上考證見岑仲勉唐集質疑。

【校】

〔題〕那波本此詩本文誤與贈張處士韋山人詩（宋本、馬本俱無，見汪本補遺上）合，題誤作「自罷河南已換七尹每一入府悵然舊遊因宿内廳偶題西壁兼呈韋尹常侍並贈張處士韋山人」。

〔每入〕「入」，馬本、汪本、全詩俱誤作「日」，據宋本改正。

〔七尹酒〕此下那波本無注，後同。注中「七尹」馬本誤作「七君」，據宋本、汪本改正。全詩作「七官」，亦非。

天寒晚起引酌詠懷寄許州王尚書汝州李常侍

葉覆冰池雪滿山，日高慵起未開關。寒來更亦無過醉，老後何由可得閑？四海故交唯許汝，十年貧健是樊蠻。相思莫忘櫻桃會，一放狂歌一破顔。櫻桃花時，數與許、汝二君歡會甚樂。

【箋】作於開成三年（八三八），六十七歲，洛陽。太子少傅分司。劉集外六有和陳許王尚書酬白少傅侍郎長句因通簡汝洛舊遊之什詩。

〔許州王尚書〕王彦威。舊書卷一五七本傳：「（開成）三年七月，檢校禮部尚書代殷侑爲許州刺史、充忠武軍節度、陳許溵觀察等使。」舊紀同。白氏路逢青州王大夫赴鎮立馬贈別詩（卷三二）亦係酬彦威之作。又劉集外九唐故監察御史贈尚書右僕射王公神道碑銘：「季子彦威，字子美。……出爲衛尉卿分司東都，尋起爲陳許節度使、檢校禮部尚書、充汴宋亳等州節度觀察處置等使。」白氏此詩原注云：「櫻桃花時，數與許、汝二君歡會甚樂。」可證是年七月前彦威爲衛尉卿分司東都。城按：彦威自分司官起爲忠武軍節度使時，楊嗣復、李珏方爲相，嗣復、珏皆李宗閔之黨，則彦威必附宗閔黨者。

【校】

〔破顔〕此下那波本無注。注中馬本「櫻桃」下脱「花」字，據宋本、全詩、盧校增。汪本「櫻桃花時」作「櫻花時」，亦脱「桃」字。

四年春

柳梢黄嫩草芽新，又入開成第四春。近日放慵多不出，少年嫌老可相親。分司吉傅頻過舍，致仕崔卿擬卜鄰。時輩推遷年事到，往還多是白頭人。

【箋】

作於開成四年（八三九），六十八歲，洛陽，太子少傅分司。見陳譜及汪譜。

〔吉傅〕吉皎。白氏胡吉鄭劉盧張等六賢皆多年壽予亦次焉偶於弊居合成尚齒之會七老相顧既醉甚歡靜而思之此會稀有因成七言六韻以紀之傳好事者詩（卷三七）後記云：「衛尉卿致仕馮翊吉皎年八十六。」城按：新書白居易傳「吉皎」作「吉旼」。

【校】

〔黄嫩〕「黄」，馬本誤作「薰」，據宋本、那波本、汪本、全詩、盧校改正。

白髮

白髮生來三十年，而今鬢鬢盡皤然。歌吟終日如狂叟，衰疾多時似瘦仙。八戒夜持香火印，三元朝念蕊珠篇。其餘便被春收拾，不作閑遊即醉眠。

【箋】

作於開成四年（八三九），六十八歲，洛陽，太子少傅分司。見汪譜。

【校】

〔三元〕「元」，馬本、全詩俱作「光」，非。據宋本、那波本、汪本、盧校改正。全詩注云：「一作『元』。」亦非。

追歡偶作

追歡逐樂少閑時，補帖平生得事遲。何處花開曾後看？誰家酒熟不先知？石樓月下吹蘆管，金谷風前舞柳枝。十聽春啼變鶯舌，三嫌老醜换蛾眉。樂天一過難知分，猶自咨嗟兩鬢絲。蘆管柳枝已下，皆十年來洛中之事。

【箋】

作於開成四年（八三九），六十八歲，太子少傅分司。

【校】

〔補帖〕「帖」，全詩作「貼」，注云：「一作『帖』。」

〔鬢絲〕此下那波本無注。

公垂尚書以白馬見寄光潔穩善以詩謝之

翩翩白馬稱金羈，領綴銀花尾曳絲。毛色鮮明人盡愛，性靈馴善主偏知。免將妾換慚來處，試使奴牽欲上時。不蹶不驚行步穩，最宜山簡醉中騎。

【箋】作於開成四年（八三九），六十八歲，洛陽，太子少傅分司。何義門云：「第五補出寄來脱化，六句轉手無跡，補之取此聯。」

〔公垂尚書〕李紳。見卷三三因夢得題公垂所寄蠟燭因寄公垂詩箋。城按：是年李紳仍在宣武節度使任所。

西樓獨立

身著白衣頭似雪，時時醉立小樓中。路人迴顧應相怪，十一年來見此翁。

【箋】作於開成四年（八三九），六十八歲，洛陽，太子少傅分司。

書事詠懷

官俸將生計，雖貧豈敢嫌？金多輸陸賈，酒足勝陶潛。陶潛詩云：「常苦酒不足。」床暖僧敷坐，樓晴妓卷簾。日遭齋破用，每月常持十齋。春賴閏加添。是年閏正月也。老向歡彌切，狂於飲不廉。十年閑未足，亦恐涉無厭。

【箋】

作於開成四年（八三九），六十八歲，洛陽，太子少傅分司。

【校】

〔陶潛〕此下那波本無注，後同。

〔敷坐〕何校：「『敷』，蘭雪作『趺』。」

酬夢得比萱草見贈 來篇云：「唯君比萱草，相見可忘憂。」

杜康能散悶，萱草解忘憂。借問萱逢杜，何如白見劉？老衰勝少夭，閑樂笑忙愁。試問同年內：何人得白頭？

【箋】作於開成四年(八三九),六十八歲,洛陽,太子少傅分司。

【校】〔題〕此下那波本無注。

〔白頭〕「頭」,馬本訛作「劉」,據宋本、那波本、汪本、全詩、盧校改正。

問皇甫十

苦樂心由我,窮通命任他。坐傾張翰酒,行唱接輿歌。榮盛傍看好,優閑自適多。知君能斷事,勝負兩如何?

【箋】作於開成四年(八三九),六十八歲,洛陽,太子少傅分司。

〔皇甫十〕皇甫曙。見本卷早春持齋答皇甫十見贈詩箋。

早春獨登天宮閣

天宮日暖閣門開,獨上迎春飲一盃。無限遊人遥怪我,緣何最老最先來?

【箋】

作於開成四年（八三九），六十八歲，洛陽，太子少傅分司。

〔天宫閣〕見本卷天宫閣秋晴晚望詩箋。

【校】

〔題〕「閣」，萬首作「闕」，非。全詩注云：「一作『闕』。」亦非。

送蘇州李使君赴郡二絶句

憶抛印綬辭吴郡，衰病當時已有餘。今日賀君兼自喜，八迴看換舊銅魚。予自罷蘇州及兹，换八刺史也。

館娃宫深春日長，館娃宫，今靈巖寺也。烏鵲橋高秋夜涼。烏鵲橋在蘇州南門。風月不知人世變，奉君直似奉吴王。

【箋】

作於開成四年（八三九），六十八歲，洛陽，太子少傅分司。

〔蘇州李使君〕蘇州刺史李穎。舊書卷十七下文宗紀：「（開成四年閏正月甲申朔），以蘇州刺史李道樞爲浙東觀察使。……（九月辛丑），以蘇州刺史李穎爲江西觀察使。」城按：據白集之編次，此詩當作於開成四年春，則此「蘇州李使君」必非李道樞。又姑蘇志卷二古今守令表上：「李疑，由諫議大夫任，開成四年九月遷洪州。」疑「李疑」係「李穎」之誤，俟考。

〔館娃宮〕見卷二四登閶門閑望詩箋。

〔烏鵲橋〕見卷二四登閶門閑望詩箋。

【校】

〔題〕萬首作「送蘇州李使君二絶」。第二首前馬本有「二」字，據各本改。

〔舊銅魚〕此下那波本無注，後同。

長洲曲新詞

茂苑綺羅佳麗地，女湖桃李豔陽時。心奴已死胡容老，後輩風流是阿誰？

【箋】

作於開成四年（八三九），六十八歲，洛陽，太子少傅分司。

〔長洲〕見卷十八長洲苑詩箋。

〔茂苑〕見卷二〇初到郡齋寄錢湖州李蘇州及卷二四登閶門閑望詩箋。

〔女湖〕女墳湖。見卷二四武丘寺路宴留别諸妓詩箋。

〔心奴〕白氏寄李蘇州兼示楊瓊詩（卷十九）云：「真娘墓頭春草碧，心奴鬢上秋霜白。」

〔胡容〕白氏花前歎詩（卷二一）「容坐唱歌滿起舞」，夜遊西武丘寺八韻詩（卷二四）「娉婷十翠娥」原注云：「容、滿、蟬、態等十妓從遊也。」當即此詩中之胡容。

白居易集箋校卷第三十五

律詩 凡一百首

病中詩十五首 并序

開成己未歲，余蒲柳之年六十有八。冬十月甲寅旦，始得風痺之疾，體瘰目眩，左足不支，蓋老病相乘時而至耳。余早棲心釋梵，浪跡老莊，因疾觀身，果有所得。何則？外形骸而内忘憂恚，先禪觀而後順醫治。旬月以還，厥疾少間，杜門高枕，澹然安閑。吟諷興來，亦不能遏，因成十五首，題爲病中詩，且貽所知，兼用自廣。昔劉公幹病漳浦，謝康樂卧臨川，咸有篇章，抒詠其志。今引而序之者，慮不知我者或加誚焉。

【箋】作於開成四年（八三九），六十八歲，洛陽，太子少傅分司。見陳譜及汪譜。城按：此詩汪本編在後集卷十六，那波本編在卷六八。

【校】〔題〕此下「并序」二字，馬本作「并叙」，據各本改。汪本無「十五首」三字。

〔己未〕「己」，馬本、那波本俱訛作「巳」，據宋本、汪本、全詩改正。

〔冬十月〕何校據黄校「十」下補「一」字。城按：開成四年己未十一月己卯朔，無甲寅日，黄校非。

〔體癏〕「癏」，馬本、全詩俱訛作「瘝」，據宋本、那波本、汪本改正。此下馬本、全詩俱注云：「音關。」

〔時而〕「時」上何校增「及」字。

初病風

六十八衰翁，乘衰百疾攻。朽株難免蠹，空穴易來風。肘痺宜生柳，頭旋劇轉蓬。恬然不動處，虚白在胸中。

枕上作

風疾侵凌臨老頭，血凝筋滯不調柔。甘從此後支離卧，賴是從前爛熳遊。迴思往事紛如夢，轉覺餘生杳若浮。浩氣自能充静室，驚飈何必蕩虚舟。腹空先進松花酒，膝冷重裝桂布裘。若問樂天憂病否？樂天知命了無憂。

【校】

〔題〕何校：「黄校本云：『孫校本以此首移置卷尾，而以卷尾閑樂移此。』按此篇本與上初病風一時之作，此後仍有夢得見喜疾瘳一篇，則孫本似乎無據，既題曰閑樂，安得居病中詩？十五篇之外也。」

答閑上人來問因何風疾

一床方丈向陽開，勞動文殊問疾來。欲界凡夫何足道，四禪天始免風災。色界四天：初禪具三災，二禪無火災，三禪無水災，四禪無風災。

【箋】

〔閑上人〕僧清閑。見卷二七贈僧之五清閑上人詩箋。

唐宋詩醇卷二六：「戲語作擺脱耳，亦是小機鋒，禪理不必如是，不必不如是。」

【校】

〔題〕此詩以下宋本原缺，蓋自別本配補。

〔風災〕此下那波本、馬本俱無注，據宋本、汪本、全詩、盧校增。

病中五絶

世間生老病相隨，此事心中久自知。今日行年將七十，猶須慚愧病來遲！

方寸成灰鬢作絲，假如强健亦何爲？家無憂累身無事，正是安閑好病時。

李君墓上松應拱，元相池頭竹盡枯。多幸樂天今始病，不知合要苦治無？李、元皆予執友也。杓直少予八歲，即世已九年。微之少予七年，薨已八年矣。今予始病，得非幸乎！

目昏思寢即安眠，足軟妨行便坐禪。身作醫王心是藥，不勞和扁到門前。

交親不要苦相憂，亦擬時時强出遊。但有心情何用脚？陸乘肩輿水乘舟。

【箋】

〔李君〕李建。字杓直。新書卷一六二、舊書卷一五五俱有傳。白氏有唐善人墓碑銘（卷四一）：「長慶元年二月二十三日夜，無疾即世於長安修行里第。是歲五月二十五日，歸祔於鳳翔某縣某鄉某原之先塋。春秋五十八。」據此，李建生於廣德二年甲辰，較居易早生八年（居易生於大曆七年壬子），至開成四年，卒已十九年。此詩原注云：「杓直少予八歲，即世已九年。」所記時間有誤，則「少」當作「長」字，「九」字上疑脱「十」字。各本俱誤。

〔元相〕元稹。白氏元稹墓誌銘（卷七〇）：「大和五年七月二十二日遇暴疾，一日薨於位，春秋五十三。」據此推算，元稹生於大曆十四年，較居易少七歲。又大和五年至開成四年，卒已九年。白氏此詩原注云：「薨已八年矣。」則「八年」當作「九年」，各本俱誤。

【校】

〔題〕汪本、全詩、盧校俱作「病中五絕句」。

〔苦治無〕此下那波本無注。

〔思寢〕「思」，萬首作「畏」。全詩注云：「一作『畏』。」

〔妨行〕「妨」，萬首作「方」。

送嵩客

登山臨水分無期，泉石煙霞今屬誰？君到嵩陽吟此句，與教三十六峯知。

【校】

〔與教三十六峯知〕馬本誤作「與交二十六峯知」，據宋本、那波本、汪本、萬首改正。「三十六峯」，全詩誤作「二十六峯」，注云：「一作『三』。」亦誤。

罷　灸

病身佛説將何喻，變滅須臾豈不聞？莫遣浄名知我笑，休將火艾灸浮雲。維摩經云：「是身如浮雲，須臾變滅也。」

【校】

〔題〕馬本、全詩俱訛作「罷炙」，據宋本、那波本、汪本、盧校改正。又下「炙」字誤同。

〔浄名〕「浄」，宋本作「浮」，疑非。全詩注云：「一作『浮』。」

〔知我笑〕「知」，全詩注云：「一作『和』。」

〔浮雲〕此下那波本無注。

賣駱馬

五年花下醉騎行，臨賣迴頭嘶一聲。項籍顧騅猶解歎，樂天別駱豈無情？

【箋】

〔賣駱馬〕白氏不能忘情吟序（卷七一）：「樂天既老，又病風，乃録家事，會經費，去長物。妓有樊素者，年二十餘，綽綽有歌舞態，善唱楊柳，人多以曲名名之，由是名聞洛下，籍在經費中，將放之。馬有駱者，駔壯駿穩，乘之亦有年，籍在長物中，將鬻之。圉人牽馬出門，馬驤首反顧一鳴，聲音間似知去而旋戀者。素聞馬嘶，慘然立且拜，婉孌有辭，辭畢泣下。予聞素言，亦愍默不能對，且命迴勒反袂，飲素酒，自飲一盃，快吟數十聲。聲成文，文無定句，句隨吟之短長也。凡二百三十五言。噫！予非聖達，不能忘情，又不至於不及情者，事來攪情，情動不可柅，因自哂，題其篇曰不能忘情吟。」

别柳枝

兩枝楊柳小樓中，嫋娜多年伴醉翁。明日放歸歸去後，世間應不要春風。

【箋】

劉集卷二七楊柳枝詞九首之九云：「輕盈嫋娜占年華，舞榭妝樓處處遮。春盡絮飛留不得，隨風好去落誰家？」

〔柳枝〕樊素。見前一首賣駱馬詩箋。城按：白氏九日代羅樊二妓招舒著作詩（卷二一）云：「羅敷斂雙袂，樊姬獻一盃。」又容齋五筆卷八云：「又有感石上舊字云：『太湖石上鐫三字，十五年前陳結之。』案陳結之並無所經見，全不可曉。後觀其對酒有懷寄李郎中一絶句曰：『往江外抛桃葉，去歲樓中别柳枝。寂寞春來一杯酒，此情唯有李君知。』注曰：『桃葉，結之也。柳枝，樊素也。』然後結之之義始明。樂天以病而去柳枝，故作詩云：『兩枝楊柳小樓中，嫋嫋多年伴醉翁。明日放歸歸去後，世間應不要春風。』因劉夢得有戲之之句，又答之云：『誰能更學孩童戲，尋逐春風捉柳花。』然其鍾情處竟不忘，如云：『病共樂天相伴住，春隨樊子一時歸』，『金羈駱馬近賣却，羅袖柳枝尋放還』，『觴詠罷來賓閣閉，笙歌散後妓房空』，皆是也。讀之使人悽然。」則知樊子亦即樊素。

〔醉翁〕何孟春餘冬詩話：「白樂天詩：『兩枝楊柳小樓中，嫋嫋多年伴醉翁。』醉翁，樂天以自謂也。歐陽公滁州之號，不知先此已有人矣。」

【校】

〔嫋娜〕全詩作「嫋嫋」。何校：「『娜』字馮校無改。從黄校。蘭雪作『嫋娜』。」

〔明日〕「日」，全詩注云：「一作『白』。」

就暖偶酌戲諸詩酒舊侶

低屏軟褥卧藤床，舁向前軒就日陽。一足任他爲外物，三盃自要沃中腸。頭風若見詩應愈，齒折仍誇笑不妨。細酌徐吟猶得在，舊遊未必便相忘。

歲暮呈思黯相公皇甫朗之及夢得尚書

歲暮皤然一老夫，十分流輩九分無。莫嫌身病人扶侍，猶勝無身可遣扶。

【箋】

〔思黯相公〕牛僧孺。開成三年九月，徵拜左僕射入朝。四年八月，復檢校司空、兼平章事、襄州刺史、山南東道節度使。見舊書卷一七二本傳。舊紀同。此時僧孺當已赴襄州任所。參見卷二九酬思黯相公見過弊居戲贈及卷三四奉和思黯相公以李蘇州所寄太湖石奇狀絶倫因題二十韻見示兼呈夢得、奉和思黯相公雨後林園四韻見示、酬思黯相公晚夏雨後感秋見贈等詩。

〔皇甫朗之〕皇甫曙。見卷三四詠懷寄皇甫朗之詩箋。並參見本卷春晚詠懷贈皇甫朗之詩。

〔夢得尚書〕劉禹錫。劉集外九子劉子自傳:「後被足疾,改太子賓客分司東都。又改秘書監分司。一年,加檢校禮部尚書、兼太子賓客。」城按:據禹錫自傳,加檢校禮部尚書當在會昌元年,然白氏此詩作於開成四年,蓋初爲賓客分司時或已加檢校尚書(非禮部)銜也。又按:劉集外四秋霖即事聯句三十韻,是開成五年秋王起爲東都留守時作,猶稱禹錫爲中丞大監。次首喜晴聯句則已稱禹錫爲尚書。劉集外六酬宣州崔大夫見寄詩云:「白衣曾拜漢尚書,今日恩光到敝廬。再入龍樓稱綺季,應緣狗監説相如。……」崔大夫爲崔龜從。龜從開成四年三月代崔鄲爲宣歙觀察使,則劉詩當爲會昌元年春所作,與禹錫自傳加檢校禮部尚書、兼太子賓客之時間亦合。參見白氏感舊詩序(卷三六)、哭劉尚書夢得(卷三六)等詩。

【校】

〔題〕萬首作「歲暮呈思黯」。花房英樹白居易研究附白居易年譜謂金澤文庫本、管見抄本無「呈」以下十四字。

自解

房傳往世爲禪客,世傳房太尉前生爲禪僧,與婁師德友善,慕其爲人,故今生有婁之遺風也。王道前生應畫師。王右丞詩云:「宿世是詞客,前身應畫師。」我亦定中觀宿命,多生債負是歌詩。不然何故狂吟詠？病後多於未病時。已上病中十五首。

【校】

〔房傳〕「傳」，那波本訛作「傳」。

〔禪客〕此下那波本無注，下同。

〔畫師〕此下小注「丞」下，馬本、全詩俱衍「相」字，據宋本、汪本改正。

〔未病時〕此下小注，宋本作「已上病中言五首」，「言」字當爲「十」字之訛。全詩無此注。

歲暮病懷贈夢得　時與夢得同患足疾。

十年四海故交親，零落唯殘兩病身。共遣數奇從是命，同教步蹇有何因？眼隨老減嫌長夜，體待陽舒望早春。新樂堂前舊池上，相過亦不要他人。

【箋】

作於開成四年（八三九），六十八歲，洛陽，太子少傅分司。見汪譜。城按：此詩汪本編在後集卷十六，那波本編在卷六八。下同。

【校】

〔題〕此下那波本無注。何校：「黄云：校本去小字。」

雪後過集賢裴令公舊宅有感

梁王捐館後，枚叟過門時。有淚人還泣，無情雪不知。臺亭留盡在，賓客散何之？唯有蕭條雁，時來下故池。

【箋】

作於開成四年（八三九），六十八歲，洛陽，太子少傅分司。

〔集賢裴令公舊宅〕裴度宅。在洛陽長夏門之東第三街集賢坊。見卷二九裴侍中晉公以集賢林亭即事詩二十六韻見贈猥蒙徵和才拙詞繁輒廣爲五百言以伸酬獻詩箋。城按：裴度卒於開成四年三月四日，見舊書卷一七〇本傳。舊紀謂卒於三月丙申（十四日），與舊傳異。新書宰相表與舊傳同。居易作此詩時，裴度已逝，故詩云：「梁王捐館後。」

【校】

〔題〕宋本作「雪後過集賢裴令公舊宅」。

酬夢得貧居詠懷見贈

歲陰生計兩蹉跎，相顧悠悠醉且歌。廚冷難留烏止屋，詩云：「瞻烏爰止，于誰之屋?」言烏多止富家之屋也。門閑可與雀張羅。病添莊舃吟聲苦,貧欠韓康藥債多。日望揮金賀新命,來篇云:「若有金揮勝二疏。」俸錢依舊又如何?時夢得罷賓客除秘監,禄俸畧同,故云。

【箋】

作於開成四年(八三九),六十八歲,洛陽,太子少傅分司。

〔夢得〕劉禹錫。卞孝萱劉禹錫年譜第二二〇頁云:「白居易酬夢得貧居詠懷見贈注云:『時夢得罷賓客,除秘監。』……知禹錫『除秘監』爲開成五年十二月底。」城按:白氏詩作於開成四年,劉集外四秋霖即事聯句三十韻作於開成五年秋,已稱禹錫爲中丞大監,卞譜之「五年」當爲「四年」之誤。

【校】

〔烏止屋〕此下那波本無注,下同。

〔如何〕此下小注「秘」下何校據黄校補「書」字。

酬夢得見喜疾瘳

暖卧摩綿褥,寒傾藥酒螺。昏昏布裘底,病醉睡相和。末疾徒云爾,傳云:「風淫末疾。」末謂四支。餘年有幾何？須知差初介反與否，相去校無多。

【箋】

作於開成四年（八三九），六十八歲，洛陽，太子少傅分司。

【校】

〔寒傾〕「寒」，馬本、汪本、全詩俱作「晨」，據宋本、那波本、盧校改。汪本、全詩俱注云：「一作『寒』。」

〔云爾〕此下那波本無注。

〔差與否〕「差」下各本俱無注，據宋本增。何校：「黄校有『初介反』三字。」

夜聞箏中彈瀟湘送神曲感舊

縹緲巫山女，歸來七八年。殷勤湘水曲，留在十三絃。苦調吟還出，深情咽不傳。萬重雲水思，今夜月明前。

【箋】

作於開成四年（八三九），六十八歲，洛陽，太子少傅分司。唐宋詩醇卷二六：「一氣轉折，靈容縹緲，落句不減江上峯青。」

感蘇州舊舫

畫梁朽折紅窗破，獨立池邊盡日看。守得蘇州船舫爛，此身争合不衰殘？

【箋】作於開成四年（八三九），六十八歲，洛陽，太子少傅分司。

〔蘇州舊舫〕白氏池上篇序（卷六九）云：「罷蘇州刺史時，得太湖石、白蓮、折腰菱、青板舫以歸。」

感舊石上字

閑撥船行尋舊池，幽情往事復誰知？太湖石上鐫三字，十五年前陳結之。

【箋】作於開成四年（八三九），六十八歲，洛陽，太子少傅分司。

〔陳結之〕居易之姬人桃葉。其結之詩（卷二六）云：「歡愛今何在？悲啼亦是空。同爲一夜夢，共過十年中。」對酒有懷寄李十九郎中詩（卷三五）「往年江外拋桃葉」句原注：「結之也。」又周密浩然齋雅談卷下：「樂天有感石上舊字詩云：『太湖石上鐫三字，十五年前陳結之。』蓋其妾桃葉也。自昔未有以家妓字鐫石者。」又卷二四馬墜强出贈同座詩云：「坐依桃葉妓，行呷地黄盃。」亦同指一人。

見敏中初到邠寧秋日登城樓詩詩中頗多鄉思因以寄和 從殿中侍御史出副邠寧

想爾到邊頭，蕭條正值秋。二年貧御史，八月古邠州。絲管聞雖樂，風沙見亦愁。望鄉心若苦，不用數登樓。

【箋】

作於開成四年（八三九），六十八歲，洛陽，太子少傅分司。

〔敏中〕白敏中。見卷二五送敏中歸豳寧幕詩箋。新書卷一一九本傳：「遷右拾遺，改殿中侍御史，爲符澈邠寧副使。澈卒，以能政聞，御史中丞高元裕薦爲侍御史，再轉左司員外郎。」舊書卷一六六本傳：「會昌初，爲殿中侍御史分司東都，尋除户部員外郎還京。」城按：新傳「苻澈」誤作「符澈」。澈開成四年六月除邠寧節度使，見舊書文宗紀。敏中出副邠寧當亦在是年六月之後，白氏此詩云：「想爾到邊頭，蕭條正值秋。二年貧御史，八月古邠州。」時間正合。又據白氏此詩自注云：「從殿中侍御史出副邠寧。」則敏中爲殿中侍御史在開成二、三年間，舊傳謂「會昌初爲殿中侍御史分司東都」，白氏和敏中洛下即事詩（卷三六）自注謂「時敏中爲殿中分司」，疑俱係「侍御史分司」之誤，似應以新傳所記爲正。又考重修承旨學士壁記云：「白敏中，會昌二年九月十三日自右司員外郎充。」白氏會昌元年作送敏中新授户部員外郎西歸詩（卷三六）云：「千里歸程三伏天，官新身健馬翩翩。」可證敏中除户部員外郎在右司員外郎之前，新傳所稱「左司員外郎」亦係「右司員外郎」之誤，郎官考卷二已辨之。

【校】

〔題〕此下那波本無注。全詩「侍御」下脱「史」字。

〔邠寧〕見卷二五送敏中歸豳寧幕詩箋。

齋戒

每因齋戒斷葷腥，漸覺塵勞染愛輕。六賊定知無氣色，三尸應恨少恩情。酒魔降伏終須盡，詩債填還亦欲平。從此始堪爲弟子，竺乾師是古先生。

【箋】作於開成四年（八三九），六十八歲，洛陽，太子少傅分司。何義門云：「『詩債填還亦欲平』，『平』字韻脚妙。」

【校】〔每因〕「因」，馬本作「日」，非。據宋本、那波本、汪本、全詩、盧校改正。

戲禮經老僧

香火一爐燈一盞，白頭夜禮佛名經。何年飲著聲聞酒？直到如今醉未醒。

【箋】作於開成四年（八三九），六十八歲，洛陽，太子少傅分司。唐宋詩醇卷二六：「解此，可以面壁九年，不立文字。」

【校】〔白頭〕「白」，宋本作「回」。

近見慕巢尚書詩中屢有歎老思退之意又於洛下新置郊居然寵寄方深歸心太速因以長句戲而諭之

近見詩中歎白鬚，遥知閫外憶東都。煙霞偷眼窺來久，富貴粘身擺得無？新置林園猶濩落，未終婚嫁且踟躕。應須待到懸車歲，然後東歸伴老夫。

【箋】

作於開成四年（八三九），六十八歲，洛陽，太子少傅分司。

〔慕巢尚書〕楊汝士。見卷三四和東川楊慕巢尚書府中獨坐感戚在懷見寄十四韻詩箋。並參見慕巢尚書書云室人欲爲買置一歌者非所安也以詩相報因而和之（卷三四）、以詩代書酬慕巢尚書見寄（卷三六）等詩。城按：汝士自東川節度入爲吏部侍郎在開成四年九月，見舊書卷一七六本傳。此詩云：「遥知閫外憶東都。」則汝士仍在東川任也。

【校】

〔題〕「太速」，馬本、汪本、全詩俱作「大速」，非。據宋本、那波本改正。

〔然後〕「後」，宋本、那波本、盧校俱作「可」。

對鏡偶吟贈張道士抱元

閑來對鏡自思量，年貌衰殘分所當。白髮萬莖何所怪？丹砂一粒不曾嘗。眼昏久被書料理，肺渴多因酒損傷。今日逢師雖已晚，枕中治老有何方？

【箋】

作於開成四年（八三九），六十八歲，洛陽，太子少傅分司。

〔張道士抱元〕當即卷三六閑題家池寄王屋張道士、病中數會張道士見譏以此答之兩詩中之「張道士」。

【校】

〔年貌〕「貌」，那波本作「自」。何校：「『貌』，黃校作『自』，以意改。」

〔料理〕「料」，那波本訛作「科」。

病入新正

枕上驚新歲，花前念舊歡。是身老所逼，非意病相干。風月情猶在，盃觴興漸闌。便休心未伏，更試一春看。

【箋】作於開成五年（八四〇），六十九歲，洛陽，太子少傅分司。見陳譜及汪譜。

【校】〔念舊〕何校：「『念』，蘭雪作『減』。」

〔興漸〕「漸」，宋本、何校、盧校俱作「又」。全詩注云：「一作『又』。」

卧疾來早晚

卧疾來早晚，懸懸將十旬。婢能尋本草，犬不吠醫人。酒甕全生醭，歌筵半委塵。風光還欲好，争向枕前春！

【箋】作於開成五年（八四〇），六十九歲，洛陽，太子少傅分司。

〔懸懸將十旬〕本卷白氏病中詩十五首序云：「開成己未歲，余蒲柳之年六十有八。冬十月甲寅（初六日）旦始得風痺之疾。」至五年正月已過九十日，故云「將十旬」。

【校】

〔生𩞄〕「𩞄」，馬本注云：「普卜切。」

强起迎春戲寄思黯

杖策人扶廢病身，晴和强起一迎春。他時蹇跛縱行得，笑殺平原樓上人。

【箋】

作於開成五年（八四〇），六十九歲，洛陽，太子少傅分司。見陳譜。

〔思黯〕牛僧孺。城按：牛僧孺開成四年八月除山南東道節度使，見舊書卷一七二本傳。故此時僧孺在襄州任所，居易寄之以詩。

【校】

〔題〕「戲寄」，宋本、盧校、何校俱作「戲贈」。萬首題作「强起迎春」。

〔晴和〕「晴」，萬首作「情」，非。

夢得前所酬篇有鍊盡美少年之句因思往事兼詠今懷重以長句答之

鍊盡少年成白首，憶初相識到今朝。昔饒春桂長先折，今伴寒松最後凋。昔登科第，夢得多居先。今同暮年，洛下爲老伴。生事縱貧猶可過，風情雖老未全銷。聲華寵命人皆得，若箇如君歷七朝？夢得貞元中及今，凡仕七朝也。

【箋】作於開成五年（八四〇），六十九歲，洛陽，太子少傅分司。

【校】〔最後〕「最」，馬本、汪本、全詩俱作「取」，據宋本、那波本、何校改。又此下那波本無注，下同。全詩注云：「一作『最』。」

病後寒食

故紗絳帳舊青氈，藥酒醺醺引醉眠。斗藪弊袍春晚後，摩挲病脚日陽前。行無筋力尋山水，坐少精神聽管絃。拋擲風光負寒食，曾來未省似今年。

【箋】作於開成五年（八四〇），六十九歲，洛陽，太子少傅分司。

【校】〔題〕宋本作「病後」。

老病相仍以詩自解

榮枯憂喜與彭殤，都似人間戲一場。蟲臂鼠肝猶不怪，雞膚鶴髮復何傷。昨因風發甘長往，今遇陽和又小康。春暖來風痺稍退也。還似遠行裝束了，遲迴且住亦何妨。

【箋】作於開成五年（八四〇），六十九歲，洛陽，太子少傅分司。

【校】〔小康〕此下那波本、馬本俱無注，據宋本、汪本、全詩、盧校增。何校：「側注從黃校補。」

皇甫郎中親家翁赴任絳州宴送出城贈別

慕賢入室交先定，結援通家好復成。新婦不嫌貧活計，嬌孫同慰老心情。洛橋歌酒今朝散，絳路風煙幾日行？欲識離羣相戀意，爲君扶病出都城。

【箋】作於開成五年（八四〇），六十九歲，洛陽，太子少傅分司。

〔皇甫郎中親家翁〕皇甫曙。城按：白氏有龍門送別皇甫澤州赴任韋山人南遊詩（卷三二），則知曙大和九年赴澤州刺史任。又據卷三四閑吟贈皇甫郎中親家翁、早春持齋答皇甫十見贈等詩及劉集卷二八送河南皇甫少尹赴絳州詩，則曙開成二年前後自澤州刺史還河南少尹，開成五年春又自河南少尹還絳州刺史。絳州，隋爲絳郡。武德元年置絳州總管，三年復爲絳州。見元和郡縣志卷十二。

〔新婦不嫌貧活計〕白氏開成二年作閑吟贈皇甫郎中親家翁詩（卷三四）原注云：「新與皇甫結姻。」則兩家結親當在開成二年。詩中「新婦」指皇甫曙之女，白行簡子龜郎之妻。

春暖

風痺宜和暖，春來脚校輕。鶯留花下立，鶴引水邊行。髮少嫌巾重，顏衰訝鏡明。不論親與故，自亦昧平生。

【箋】作於開成五年（八四〇），六十九歲，洛陽，太子少傅分司。

【校】〔題〕何校：「『暖』，黄校作『晚』。」

殘春晚起伴客笑談

掩户下簾朝睡足，一聲黄鳥報殘春。披衣岸幘日高起，兩角青衣扶老身。策杖强行過里巷，引盃閑酌伴親賓。莫言病後妨談笑，猶恐多於不病人。

【箋】作於開成五年（八四〇），六十九歲，洛陽，太子少傅分司。

送唐州崔使君侍親赴任

連持使節歷專城，獨賀崔侯最慶榮。烏府一抛霜簡去，朱輪四從板輿行。崔郎中從殿中連典四郡，皆侍親赴任。發時正許沙鷗送，到日方乘竹馬迎。唯慮郡齋賓友少，數盃春酒共誰傾？

【箋】

作於開成五年（八四〇），六十九歲，洛陽，太子少傅分司。

〔唐州崔使君〕名未詳。城按：劉集卷二八洛中送崔司業使君扶持赴唐州詩云：「緑野方城路，殘春柳絮飛。」當即其人，送行時爲暮春時節。唐州，舊爲南陽郡地。隋爲顯州。唐貞觀九年改爲唐州。見元和郡縣志卷二一。

【校】

〔板輿行〕此下那波本無注。

〔方乘〕「乘」，何校據黄校作「兼」。英華注云：「集作『兼』。」

春晚詠懷贈皇甫朗之

豔陽時節又蹉跎，遲暮光陰復若何！一歲中分春日少，百年通計老時多。多中更被愁牽引，少處兼遭病折磨。賴有銷憂治悶藥，君家醲酎我狂歌。

【箋】

作於開成五年（八四〇），六十九歲，洛陽，太子少傅分司。

〔皇甫朗之〕皇甫曙。見卷三四詠懷寄皇甫朗之詩。並參見歲暮呈思黯相公皇甫朗之及夢得尚書詩（卷三五）。城按：此時曙當在絳州刺史任。

【校】

〔中分〕「中」，全詩、何校、盧校俱作「平」。

〔少處〕「處」，馬本、汪本俱作「裏」，據宋本、那波本、盧校改。汪本注云：「一作『處』。」

春盡日宴罷感事獨吟

開成五年三月三十日作。

五年三月今朝盡，客散筵空獨掩扉。病共樂天相伴住，春隨樊子一時歸。閑聽鶯語移時立，思逐楊花觸處飛。金帶緦腰衫委地，年年衰瘦不勝衣！

【箋】作於開成五年（八四〇），六十九歲，洛陽，太子少傅分司。見汪譜。何義門云：「三四句，如此詠病是風致轉勝。五六句『鶯語』、『楊花』是樊素，不關病足。」唐宋詩醇卷二六：「未免有情，誰能遣此？然亦不堪回想矣。」

〔春隨樊子一時歸〕樊子即居易家妓樊素。見本卷賣駱馬、別柳枝詩箋。

【校】〔病共〕「共」，那波本作「與」。

病中辱崔宣城長句見寄兼有觥綺之贈因以四韻總而酬之

劉楨病發經春臥，謝脁詩來盡日吟。三道舊誇收片玉，昔予考制策，崔君登科也。一章新喜獲雙金。信題霞綺緘情重，酒試銀觥表分深。科第門生滿霄漢，歲寒少得似君心。

【箋】作於開成五年（八四〇），六十九歲，洛陽，太子少傅分司。

〔崔宣城〕崔龜從。字玄告，清河人。開成四年三月，自户部侍郎出爲宣歙觀察使，代崔鄲。見舊書卷一七六本傳及卷十七下文宗紀。此詩原注云：「昔予考制策，崔君登科也。」城按：崔龜從長慶元年賢良方正能言極諫科登科，時居易爲制策考官。見徐松登科記考卷十九、岑仲勉登科記考訂補。並參見本卷宣州崔大夫閣老忽以近詩數十首見示吟諷之下竊有所喜因成長句寄題郡齋詩。又白氏送考功崔郎中赴闕（卷三一）、池上送考功崔郎中兼别房竇二妓（卷三一）詩中之「考功崔郎中」均指龜從。又劉集外六酬宣州崔大夫見寄詩云：「白衣曾拜漢尚書，今日恩光到敝廬。再入龍樓稱綺季，應緣狗監説相如。中郎南鎮權方重，内史高齋興有餘。遥想敬亭春欲暮，百花飛盡柳花初。」作於開成四年再爲太子賓客時，亦係酬龜從所作。

【校】

〔題〕「酬之」，宋本、盧校俱作「謝之」。

〔劉楨〕「楨」，全詩訛作「禎」。

〔謝朓〕「朓」，各本俱訛作「眺」，今改正。説見前。

〔片玉〕此下那波本無注。

前有别楊柳枝絶句夢得繼和云春盡絮飛留不得隨風好去落誰家又復戲答

柳老春深日又斜，任他飛向别人家。誰能更學孩童戲，尋逐春風捉柳花！

【箋】

作於開成五年（八四〇），六十九歲，洛陽，太子少傅分司。見汪譜。

〔春盡絮飛留不得二句〕城按：此爲劉集卷二七楊柳枝詞九首之九末二句。

【校】

〔題〕宋本、那波本、盧校俱無「楊」字。「前有」，萬首作「前日」。

〔飛向〕「飛」，萬首作「吹」。

池上早夏

水積春塘晚，陰交夏木繁。舟船如野渡，籬落似江村。静拂琴牀席，香開酒庫門。慵閑無一事，時弄小嬌孫。

【箋】作於開成五年（八四〇），六十九歲，洛陽，太子少傅分司。

談氏外孫生三日喜是男偶吟成篇兼戲呈夢得

玉芽珠顆小男兒，羅薦蘭湯浴罷時。芣苢春來盈女手，梧桐老去長孫枝。慶傳媒氏燕先賀，喜報談家烏預知。明日貧翁具雞黍，應須酬賽引雛詩。前年談氏外孫女初生，夢得有賀詩云：「從此引鵷雛。」今幸是男，前言似有徵，故云。

【箋】作於開成五年（八四〇），六十九歲，洛陽，太子少傅分司。何義門云：「夢得此詩，今不見於別集。」

〔談氏外孫〕談弘謨之子玉童。城按：白氏病中看經贈諸道侶詩（卷三六）「月上新歸伴病翁」句自注云：「時適談氏女子自太原初歸，維摩詰有女名月上也。」又談氏小外孫玉童詩（卷三六）「東床空後且嬌憐」句自注云：「談氏初逝。」又云：「外翁七十孫三歲。」此兩詩均作於會昌二年。則知談弘謨卒於是年，玉童時爲三歲，當生於開成五年。並參見小歲日喜談氏外孫女孩滿月詩（卷三四）。

【校】

〔題〕「成篇」，馬本作「詩篇」，非。據宋本、那波本、汪本、全詩改。

〔引雛詩〕此下那波本無注。

開成大行皇帝挽歌詞四首奉敕撰進

御宇恢皇化，傳家叶至公。華夷臣妾内，堯舜弟兄中。制度移民俗，文章變國風。開成與貞觀，實録事多同。

晏駕辭雙闕，靈儀出九衢。上雲歸碧落，下席葬蒼梧。蓂晚餘堯曆，龜新啓夏圖。三朝聯棣萼，從古帝王無。

嚴恭七月禮，哀慟萬人心。地感騰秋氣，天愁結夕陰。鼎湖龍漸遠，濛汜日初沉。唯有雲韶樂，長留治世音。

化成同軌表清平，恩結連枝感聖明。帝與九齡雖吉夢，山呼萬歲是虚聲。月低儀仗辭蘭路，風引笳簫入柏城。老病龍髯攀不及，東周退傅最傷情！

【箋】

作於開成五年（八四〇），六十九歲，洛陽，太子少傅分司。何義門云：「四方無虞，而痼生肘腋，身辱子廢，三四感愴而不露。」

〔開成大行皇帝〕唐文宗李昂。元和四年十月十日生。長慶元年，封江王。原名涵。寶曆二年十二月即位，改名昂。開成五年正月四日，崩於大明宫之太和殿。八月，葬章陵。謚曰元聖昭獻孝皇帝。見舊書卷十七下文宗紀。

〔三朝聯棣蕚〕唐敬宗李湛爲穆宗長子，唐文宗李昂爲穆宗第二子，唐武宗李炎爲穆宗第五子，兄弟前後蟬聯，故云「三朝聯棣蕚」也。

〔帝與九齡雖吉夢二句〕苕溪漁隱叢話前集卷二一：「王直方詩話云：『帝與九齡雖吉夢，山呼萬歲是虚聲。此樂天作開成大行挽詞，對事親切，少有其比也。』」

【校】

〔題〕第二、三、四首前，宋本有「又」字，那波本有「又一首」三字。

〔民俗〕「民」，宋本、那波本、盧校俱作「氓」。

〔騰秋氣〕「騰」，宋本、馬本、汪本、全詩俱作「勝」，非。何校：「『勝』字疑訛。」城按：何校是，據那波本改正。

時熱少見客因詠所懷

冠櫛心多嬾，逢迎興漸微。況當時熱甚，幸遇客來稀。濕灑池邊地，涼開竹下扉。露牀青篾簟，風架白蕉衣。院静留僧宿，樓空放妓歸。衰殘强歡宴，此事久知非。

【箋】

作於開成五年（八四〇），六十九歲，洛陽，太子少傅分司。

〔風架白蕉衣〕白氏東城晚歸詩（卷三四）云：「晚入東城誰識我？短靴低帽白蕉衫。」

【校】

〔題〕馬本、全詩「少」下脱「見」字，據宋本、那波本、汪本增。

〔熱甚〕馬本誤倒作「甚熱」，據宋本、那波本、汪本、全詩乙轉。

宣州崔大夫閣老忽以近詩數十首見示吟諷之下竊有所喜因成長句寄贈郡齋

謝玄暉殁吟聲寢，郡閣寥寥筆硯閑。無復新詩題壁上，虚教遠岫列窗間。謝宣城郡内詩云：「窗中列遠岫。」忽驚歌雪今朝至，必恐文星昨夜還。再喜宣城章句動，飛觴遥賀敬亭山。謝又有題敬亭山詩，並見文選中。

【箋】作於開成五年（八四〇），六十九歲，洛陽，太子少傅分司。唐宋詩醇卷二六：「句句相生，白描高手。」

〔宣州崔大夫閣老〕宣歙觀察使崔龜從。見本卷病中辱崔宣城長句見寄兼有觥綺之贈因以四韻總而酬之詩箋。

【校】

〔題〕那波本、汪本、全詩「寄贈」俱作「寄題」。

〔窗間〕此下那波本無注，下同。

足疾

足疾無加亦不瘳，綿春歷夏復經秋。開顔且酌樽中酒，代步多乘池上舟。幸有眼前衣食在，兼無身後子孫憂。應須學取陶彭澤，但委心形任去留。

【箋】作於開成五年（八四〇），六十九歲，洛陽，太子少傅分司。

晚池汎舟遇景成詠贈吕處士

岸淺橋平池面寬，飄然輕棹汎澄瀾。風宜扇引開懷入，樹愛舟行仰卧看。別悲列反境客稀知不易，能詩人少詠應難。唯憐吕叟時相伴，同把磻溪舊釣竿。

【箋】

作於開成五年（八四〇），六十九歲，洛陽，太子少傅分司。唐宋詩醇卷二六：「好句俱以不經意得之，香山晚年詩境如是。」

【校】

〔題〕「晚池」，宋本作「池晚」，非。

〔別境〕「別」下各本俱無注，據宋本、何校增。

夢微之

夜來攜手夢同遊，晨起盈巾淚莫收。漳浦老身三度病，咸陽宿草八迴秋。君埋泉下泥銷骨，我寄人間雪滿頭。阿衛韓郎相次去，夜臺茫昧得知不？阿衛，微之小男。

韓郎，微之愛婿。

【箋】

作於開成五年（八四〇），六十九歲，洛陽，太子少傅分司。

〔阿衛韓郎相次去〕此詩原注云：「阿衛，微之小男。韓郎，微之愛婿。」城按：白氏元稹墓誌銘（卷七〇）云：「今夫人河東裴氏，賢明知禮，……生三女：曰小迎，未笄；道衛、道扶，齠齔。一子曰道護，三歲。」則阿衛亦即道衛，注中「小男」或爲「小女」之訛文。又韓郎疑爲韓泰之子。

【校】

〔宿草〕全詩作「草樹」，注云：「一作『宿草』。」

〔得知不〕此下那波本無注。注中馬本「男」上脱「小」字，「婿」上脱「愛」字，據宋本、汪本、全詩、盧校增。城按：「男」爲「女」之訛文，見前箋。何校云：「『女』字照墓誌改。」其説是也。

感秋詠意

炎涼遷次速如飛，又脱生衣著熟衣。遶壁暗蛩無限思，戀巢寒燕未能歸。須知流輩年年失，莫歎衰容日日非。舊語相傳聊自慰，世間七十老人稀。

【箋】作於會昌元年（八四一），七十歲，洛陽，太子少傅分司。見汪譜。

〔熟衣〕暖衣也。白氏小院酒醒詩（卷二三）：「酒醒閑獨步，小院夜深涼。一領新秋簟，三間明月廊。未收殘盞杓，初换熟衣裳。好是幽眠處，松陰六尺牀。」

〔舊語相傳聊自慰二句〕王楙野客叢談卷八：「杜詩：『酒債尋常行處有，人生七十古來稀』。白詩：『舊語相傳聊自慰，世間七十古來稀。』」城按：末句「古來」二字與今本異。

老病幽獨偶吟所懷

眼漸昏昏耳漸聾，滿頭霜雪半身風。已將心出浮雲外，維摩經云：「是身如浮雲也。」猶寄形於逆旅中。觴詠罷來賓閣閉，笙歌散後妓房空。世緣俗念消除盡，别是人間清净翁。

【箋】作於開成五年（八四〇），六十九歲，洛陽，太子少傅分司。

【校】〔浮雲外〕此下那波本無注。

和楊尚書罷相後夏日遊永安水亭兼招本曹楊侍郎同行

道行無喜退無憂，舒卷如雲得自由。良冶動時爲哲匠，巨川濟了作虚舟。竹亭陰合偏宜夏，水檻風涼不待秋。遥愛翩翩雙紫鳳，入同官署出同遊。

【箋】

作於開成五年（八四〇），六十九歲，洛陽，太子少傅分司。唐宋詩醇卷二六：「如是順寫，層層俱到，頷聯對句尤勝，可謂句中有句。」

〔楊尚書〕楊嗣復。舊書卷十八上武宗紀：「（開成五年八月十七日），門下侍郎、同平章事楊嗣復檢校吏部尚書、潭州刺史、充湖南都團練觀察使。」城按：據此詩則嗣復罷相當在是年夏。

〔永安水亭〕在長安永安坊。即浙江西道觀察使薛苹家廟水亭。見兩京城坊考卷四及長安志卷十。

〔楊侍郎〕楊汝士。城按：開成四年九月，汝士自東川節度入爲吏部侍郎。見舊書卷一七六本傳。因楊嗣復開成五年二月兼吏部尚書同平章事，見新書卷六三宰相表下，故曰「本曹楊侍郎」。

在家出家

衣食支分婚嫁畢，從今家事不相仍。夜眠身是投林鳥，朝飯心同乞食僧。清唳數聲松下鶴，寒光一點竹間燈。中宵入定跏趺坐，女喚妻呼多不應。

【箋】作於開成五年（八四〇），六十九歲，洛陽，太子少傅分司。

【校】〔支分〕「分」，馬本、全詩俱作「吾」，據宋本、那波本、汪本、盧校改。

夜涼

露白風清庭户涼，老人先着夾衣裳。舞腰歌袖拋何處？唯對無絃琴一張。

【箋】作於開成五年（八四〇），六十九歲，洛陽，太子少傅分司。

繼之尚書自余病來寄遺非一又蒙覽醉吟先生傳題詩以美之今以此篇用伸酬謝

衰殘與世日相疏，惠好唯君分有餘。茶藥贈多因病久，衣裳寄早乃寒初。所寄贈之物皆及時。交情鄭重金相似，詩韻清鏘玉不如。醉傳狂言人盡笑，獨知我者是尚書。

【箋】

作於開成五年（八四〇），六十九歲，洛陽，太子少傅分司。

〔繼之尚書〕楊嗣復。見本卷和楊尚書罷相後夏日遊永安水亭兼招本曹楊侍郎同行詩箋。并參見夢得相過援琴命酒因彈秋思偶詠所懷兼寄繼之待價二相府（卷三四）、寄潮州繼之（本卷）等詩。

〔醉吟先生傳〕見卷七〇白氏醉吟先生傳。

【校】

〔寒初〕此下那波本無注。

五年秋病後獨宿香山寺三絶句

經年不到龍門寺，今夜何人知我情？還向暢師房裏宿，新秋月色舊灘聲。

飲徒歌伴今何在？雨散雲飛盡不迴。從此香山風月夜，祇應長是一身來。

石盆泉畔石樓頭，十二年來晝夜遊。更過今年年七十，假如無病亦宜休。

【箋】

作於開成五年（八四〇），六十九歲，洛陽，太子少傅分司。見汪譜。唐宋詩醇卷二六：「『舊』字下得奇，却妙。」

〔香山寺〕見卷二三香山寺石樓潭夜浴詩箋。

〔龍門〕龍門山。見卷二五龍門下作詩箋。

〔暢師〕疑即白氏送文暢上人東遊詩（卷十三）中之「文暢上人」。

〔石樓〕見卷二三香山寺石樓潭夜浴詩箋。

【校】

〔晝夜遊〕「晝」，萬首作「盡」。

題香山新經堂招僧

煙滿秋堂月滿庭，香花漠漠磬泠泠。誰能來此尋真諦？白老新開一藏經。

【箋】

作於開成五年（八四〇），六十九歲，洛陽，太子少傅分司。

〔香山〕香山寺。見上一首五年秋病後獨宿香山寺三絶句詩箋。

偶題鄧公 公即給事中斑之子也。飢窮老病，退居此村。

偶因攜酒尋村客，聊復迴車訪薜蘿。且值雪寒相慰問，不妨春暖更經過。翁居山下年空老，我得人間事校多。一種共翁頭似雪，翁無衣食又如何！

【箋】

作於開成五年（八四〇），六十九歲，洛陽，太子少傅分司。

【校】

〔題〕馬本、那波本俱作「偶題鄧翁」。題下小注「斑」，馬本作「班」，據宋本、汪本、全詩改。又那波本題下無注。

〔且值〕「且」，何校從黄校作「宜」。

〔又如何〕「又」，馬本、全詩俱作「自」，據宋本、那波本、汪本、盧校改。全詩注云：「一作『又』。」

早入皇城贈王留守僕射

津橋殘月曉沉沉，風露淒清禁署深。城柳宮槐謾摇落，悲愁不到貴人心。

【箋】

作於開成五年（八四〇），六十九歲，洛陽，太子少傅分司。

〔王留守僕射〕王起。舊書卷一六四本傳：「武宗即位，八月充山陵鹵簿使……，尋檢校左僕射，東都留守，判東都尚書省事。會昌元年徵拜吏部尚書，判太常卿事。」新書卷一六七本傳：「武宗立，爲章陵鹵簿使，東都留守，召爲吏部尚書，判太常卿。」均未詳爲東都留守之時間，據白氏此詩，則知在開成五年秋。並參見本卷會昌元年春五絶句之二贈舉之僕射詩。

〔津橋〕天津橋。見卷二八天津橋詩箋。

【校】

〔淒清〕「清」，馬本作「涼」，非。據宋本、那波本、汪本、全詩、盧校改正。

寄題廬山舊草堂兼呈二林寺道侶

三十年前草堂主，而今雖在鬢如絲。登山尋水應無力，不似江州司馬時。漸伏酒魔休放醉，猶殘口業未抛詩。君行過到鑪峯下，爲報東林長老知。此詩憑錢知進侍御往題草堂中也。

【箋】

作於開成五年（八四〇），六十九歲，洛陽，太子少傅分司。

〔廬山舊草堂〕見卷十七廬山草堂夜雨獨宿寄牛二李七庾三十二員外詩箋。

〔二林寺〕廬山東林寺及西林寺。

〔錢知進侍御〕曾爲吏部員外郎及司封員外郎，見勞格郎官考卷四及卷六。

【校】

〔長老知〕此下那波本無注。注中馬本脱「錢」字，據宋本、汪本、全詩補。

改　業

先生老去飲無興，居士病來閑有餘。猶覺醉吟多放逸，不如禪坐更清虛。予先有醉吟先生傳，今故云。柘枝紫袖教丸藥，羯鼓蒼頭遣種蔬。却被山僧戲相問：一時改業意何如？

【箋】

作於開成五年（八四〇），六十九歲，洛陽，太子少傅分司。汪譜繫於會昌元年，非。

【校】

〔禪坐〕「坐」，全詩作「定」。

〔清虛〕此下那波本無注。

〔紫袖〕何校：「『翠』字從黄校，諸本皆作『紫』。」

〔戲相問〕宋本作「相戲問」。

山下留別佛光和尚

勞師送我下山行，此別何人識此情？我已七旬師九十，當知後會在他生。

【箋】

作於會昌元年(八四一),七十歲,洛陽,太子少傅分司。

〔佛光和尚〕佛光寺僧如滿。五燈會元卷三:「洛京佛光如滿禪師,曾住五臺山金閣寺。」白氏醉吟先生傳(卷七〇):「與嵩山僧如滿爲空門友。」康駢劇談録卷下:「白尚書爲少傅,分務洛師,情興高逸,每有雲泉勝境,靡不追遊。常以詩酒爲娱,因著醉吟先生傳以叙。盧尚書簡辭有別墅,近枕伊水,亭榭清峻。方冬,與羣從子姪同遊,倚欄眺翫嵩、洛。俄而霰雪微下,情興益高,因話廉察金陵,常記江南煙水,每見居人以葉舟浮泛,就食菰米鱸魚,近來思之,如在心目。良久,忽見二人衣蓑笠,循岸而來,牽引水鄉篷艇,船頭覆青幕,中有白衣人,與衲僧偶坐。船後有小竈,安桐甑而炊,丱角僕煮茗,泝流過於檻前。聞舟中吟嘯方甚,盧撫掌驚歎,莫知誰氏。使人從而問之,乃曰白傅與僧佛光同自建春門往香山精舍。」城按:居易乃如滿弟子,爲禪宗南嶽下第三世法嗣。見五燈會元卷三。又白氏會昌二年所作佛光和尚真贊(卷七一)云:「師年幾何?九十一春。會昌壬戌,我師尚存。」則會昌元年,如滿已九十歲,與此詩「我已七旬師九十」之句正合。又聖善寺白氏文集記云:「與東都聖善寺鉢塔院故長老如滿大師有齋戒之因,與今長老振大士爲香火之社。」此文作於開成元年,則如滿開成前亦嘗主聖善寺。但據白氏東都十律大德長聖善寺鉢塔院主智如和尚茶毗幢記,智如卒於大和八年十二月,疑文集記中之「如滿」爲「智如」之誤。

【校】

〔當知〕「當」，馬本訛作「尚」，據宋本、那波本、汪本、全詩、盧校改正。

〔他生〕「他」，英華注云：「集作『何』。」

山中五絶句 遊嵩陽見五物，各有所感，感興不同，隨興而吟，因成五絶。

嶺上雲

嶺上白雲朝未散，田中青麥旱將枯。自生自滅成何事？能逐東風作雨無？

【箋】

作於開成五年（八四〇），六十九歲，嵩山，太子少傅分司。何義門云：「終爲不曾作宰相，多許感喟。」

【校】

〔題〕此下小注，那波本爲大字同題。

〔自滅〕「滅」，全詩注云：「一作『減』。」

石上苔

漠漠斑斑石上苔，幽房静緑絶纖埃。路傍凡草榮遭遇，曾得七香車輾來。

林下樗

香檀文桂苦雕鐫，生理何曾得自全。知有無材老樗否？一枝不損盡天年。

【校】

〔知有〕「有」，馬本、汪本、全詩俱誤作「我」，據宋本、那波本、盧校改正。

澗中魚

海水桑田欲變時，風濤翻覆沸天池。鯨吞蛟鬬波成血，深澗游魚樂不知。

【箋】

何義門云：「此謂甘露之變。」唐宋詩醇卷二六：「比體，暗指甘露事。」

洞中蝙蝠

千年鼠化白蝙蝠，黑洞深藏避網羅。遠害全身誠得計，一生幽暗又如何？

自戲三絶句 閑卧獨吟，無人酬和，聊假身心相戲往復，偶成三章。

心問身

心問身云何泰然？嚴冬暖被日高眠。放君快活知恩否？不早朝來十一年。

【箋】作於開成五年（八四〇），六十九歲，洛陽，太子少傅分司。城按：周密齊東野語：「陶靖節作形影相贈、神釋之詩，謂貴賤賢愚莫不營營惜生，故極陳形影之苦，而以神辨自然，以釋其惑。樂天因之作心問身、身答心詩。坡翁又從而賦六言曰：『淵明形神自我，樂天身心於物。而今月下三人，他日當成幾佛。』」

【校】〔題〕此下小注，那波本爲大字同題。

身報心

心是身王身是宫，君今居在我宫中。是君家舍君須愛，何事論恩自説功？

【校】〔身是宫〕「是」，馬本訛作「自」，據宋本、那波本、汪本、全詩、盧校改正。

心重答身

因我疏慵休罷早，遺君安樂歲時多。世間老苦人何限，不放君閑奈我何！

會昌元年春五絶句

病後喜過劉家

忽憶前年初病後，此生甘分不銜盃。誰能料得今春事，又向劉家飲酒來？

【箋】

作於會昌元年（八四一），七十歲，洛陽，太子少傅分司。見陳譜及汪譜。

〔劉家〕劉禹錫家。

【校】

〔題〕「劉家」下全詩注云：「一作『夢得』。」

贈舉之僕射

今春與僕射三爲寒食之會。

雞毬餳粥屢開筵，談笑謳吟間管絃。一月三迴寒食會，春光應不負今年。

【箋】

〔舉之僕射〕王起。見本卷早入皇城贈王留守僕射詩箋。城按：據此詩，則起會昌元年春猶爲東都留守。

【校】

〔題〕此下那波本無注。

〔餳粥〕「餳」，馬本注云：「徐盈切。」

盧尹賀夢得會中作

病聞川守賀筵開，起伴尚書飲一盃。任意少年長笑我，老人自覓老人來。

【箋】

〔盧尹〕河南尹盧貞。張采田玉溪生年譜會箋卷三會昌四年甲子七月：「（陳直齋）又曰：『盧貞爲尹在會昌四年七月。』當有所據，故編是年，容再詳考。唐詩紀事：『貞字子蒙，會昌五年爲河南尹。』本集賀上尊號表在五年正月，而云：『臣幸丁昌運，方守洛京。』則貞尹河南必在前，陳説似可據。香山七老會又有一盧真，字亦作『貞』，前侍御史内供奉官，年八十三，與此盧貞非一人也。」城按：今本陳直齋白文公年譜無「盧貞爲尹在會昌四年七月」語，張氏謂貞尹河南必在會昌五年前，所考亦疏，蓋未引證白氏此作。據此詩，則貞會昌元年已爲河南尹。白氏又有宴後題府中水堂贈盧尹中丞詩(卷三六)云:「從我到君十一尹」,十一尹者,陳譜會昌二年壬戌云:「前已見七尹外,有高銖、孫簡、盧貞并公爲十一人。」考舊書卷十七下文宗紀:「(開成四年七月)壬寅,以河南尹韋長爲平盧軍節度使,以刑部侍郎高錯(城按:據舊傳「錯」當作「銖」)爲河南尹。」孫簡除河南尹之年月,不見舊紀,惟新書卷二〇二孫逖傳云:「(簡)會昌初遷尚書左丞。」今以白詩考之,盧貞當爲孫簡之後任,簡自河南尹遷尚書左丞,亦在會昌元年春,與新傳所叙時間正相合。並參見白氏歲暮夜長病中燈下聞盧尹夜宴以詩戲之且爲來日張本也(卷三六)、李盧二中丞各創山居俱誇勝絶然去城稍遠來往頗勞弊居新泉實在宇下偶題十五韻聊戲二君(卷三六)等詩。

〔夢得〕劉禹錫。新書卷一六八劉禹錫傳云:「會昌時加檢校禮部尚書。」劉集外九子劉子自傳云:「改秘書監分司。一年,加檢校禮部尚書兼太子賓客。」均未詳年月。據白氏此詩,題云賀者,殆賀禹錫新加檢校禮部尚書,與子劉子自傳相合。

題朗之槐亭

春風可惜無多日,家醖唯殘軟半瓶。猶望君歸同一醉,籃舁早晚入槐亭。

【箋】〔朗之〕皇甫曙。見卷三四詠懷寄皇甫朗之詩箋。

勸夢得酒

誰人功畫麒麟閣？何客新投魑魅鄉？兩處榮枯君莫問，殘春更醉兩三場。

【校】

〔何客〕「何」，宋本作「酒」。全詩注云：「一作『酒』。」

過裴令公宅二絶句

裴令公在日，常同聽楊柳枝歌，每遇雪天，無非招宴，二物如故，因成感情。

風吹楊柳出牆枝，憶得同歡共醉時。每到集賢坊地過，不曾一度不低眉。

梁王舊館雪濛濛，愁殺鄒枚二老翁。此句兼屬夢得。假使明朝深一尺，亦無人到兔園中。

【箋】

作於會昌元年（八四一），七十歲，洛陽，太子少傅分司。

〔裴令公宅〕洛陽集賢坊裴度宅。見本卷雪後過集賢裴令公舊宅有感詩箋。

【校】

〔題〕此下那波本無注，下同。

〔集賢坊地〕「地」，宋本、那波本、汪本、萬首俱作「北」。全詩注云：「一作『北』。」

百日假滿少傅官停自喜言懷

長告今朝滿十旬，從兹蕭灑便終身。老嫌手重抛牙笏，病喜頭輕换角巾。疏傅不朝懸組綬，尚平無累畢婚姻。人言世事何時了？我是人間事了人。

【箋】作於會昌元年（八四一），七十歲，洛陽。城按：居易除太子少傅分司在大和九年十月，其官俸初罷親故見憂以詩諭之詩（卷三六）云：「七年爲少傅」，又云：「今春始病免」，則停少傅官在會昌元年暮春時，蓋大和九年至會昌元年適爲七年也。又其香山居士寫真詩序（卷三六）云：「會昌二年罷太子少傅爲白衣居士，又寫真於香山寺經堂，時年七十一。」蓋自謂會昌二年已罷少傅官，尚未致仕，非謂是年始罷也。陳譜謂居易會昌元年以刑部尚書致仕，汪譜謂罷少傅官在會昌二年，均非是。參見刑部尚書致仕詩（卷三七）箋。

旱熱

畏景又加旱，火雲殊未收。籬喧飢有雀，池涸渴無鷗。岸幘頭仍痛，褰裳汗亦流。若爲當此日，遷客向炎州。時楊、李二相，各貶潮、韶。

【箋】

作於會昌元年（八四一），七十歲，洛陽。

〔遷客向炎州〕此詩原注云：「時楊、李二相各貶潮、韶。」乃指楊嗣復及李珏而言。見本卷寄潮州繼之詩箋。

【校】

〔題〕馬本、汪本、全詩俱作「早熱」，非。據宋本、那波本改正。

〔籬喧〕「喧」，馬本、那波本、汪本、全詩俱作「暄」，非。據宋本、何校改正。

〔炎州〕「州」，宋本、那波本、盧校俱作「洲」。此下那波本無注。注中「潮韶」，宋本作「潮陽」，非。城按：「潮韶」疑爲「潮昭」之誤，蓋李珏先貶昭州刺史，再貶端州司馬也。參見本卷寄潮州繼之詩箋。

題崔少尹上林坊新居

坊静居新深且幽，忽疑縮地到滄洲。宅東籬缺嵩峯出，堂後池開洛水流。高下三層盤野徑，沿洄十里汎漁舟。若能爲客烹雞黍，願伴田蘇日日遊。

【箋】

作於會昌元年（八四一），七十歲，洛陽。

〔崔少尹〕疑爲崔晉。待考。

〔上林坊〕在洛陽洛（北）、漕（南）二水之間。

【校】

〔居新深且幽〕宋本、那波本俱作「深居新且幽」。何校：「黄校作『深居新且幽』，蘭雪同。」全詩注云：「一作『深居新且幽』。」

〔嵩峯〕「嵩」，宋本作「高」。何校：「馮校作『高』。」俱非。

〔池開〕「池」，宋本、那波本、何校俱作「門」。汪本、全詩俱注云：「一作『門』。」

新潤亭

煙蘿初合澗新開，閑上西亭日幾迴？老病歸山應未得，且移泉石就身來。

【箋】

作於會昌元年（八四一），七十歲，洛陽。

〔新潤亭〕即西亭。在洛陽履道坊居易宅内。白氏閑居自題戲招宿客詩（卷三六）原注「西亭牆下，泉石有聲。」

對酒有懷寄李十九郎中

往年江外抛桃葉，結之也。去歲樓中别柳枝。樊、蠻也。寂寞春來一盃酒，此情唯有李君知。吟君舊句情難忘，風月何時是盡時？李君嘗有悼故妓詩云：「直應人世無風月，恰是心中忘却時。」今故云。

【箋】

作於會昌元年（八四一），七十歲，洛陽。

〔李十九郎中〕李播。見卷三四送蘄春李十九使君赴郡詩箋。

〔桃葉〕陳結之。見本卷感舊石上字詩箋。

〔柳枝〕見本卷賣駱馬、别柳枝詩箋。

【校】

〔桃葉〕此下那波本無注，下同。

〔吟君〕「君」，馬本訛作「詩」，據宋本、那波本、汪本、全詩改正。

〔盡時〕此下小注「恰」字，馬本、全詩俱作「始」，非。據宋本、盧校改正。

楊六尚書頻寄新詩詩中多有思閑相就之志因書鄙意報而諭之

君年殊未及懸車，未合將閑逐老夫。身健正宜金印綬，位高方稱白髭鬚。若論塵事何由了？但問雲心自在無？進退是非俱是夢，丘中闕下亦何殊。

【箋】

作於會昌元年（八四一），七十歲，洛陽。

〔楊六尚書〕楊汝士。舊書卷一七六本傳：「（開成）四年九月，入爲吏部侍郎，位至尚書，卒。」新書卷一七五本傳：「終刑部尚書。」據此詩，則汝士會昌元年或已遷刑部尚書。并參見楊六尚書留太湖石在洛下借置庭中因對舉杯寄贈絶句（卷三六）等詩。

【校】

〔題〕「報」上何校據蘭雪補「用」字。

偶吟自慰兼呈夢得

予與夢得甲子同，今俱七十。

且喜同年滿七旬，莫嫌衰病莫嫌貧。已爲海内有名客，又占世間長命人。耳裏聲聞新將相，眼前失盡故交親。尊榮富壽難兼得，閑坐思量最要身。

【箋】作於會昌元年（八四一），七十歲，洛陽。見陳譜及汪譜。

【校】〔題〕此下那波本無注。

寄潮州繼之

相府潮陽俱夢中，夢中何者是窮通？他時事過方應悟，不獨榮空辱亦空。

【箋】作於會昌元年（八四一），七十歲，洛陽。

〔潮州繼之〕楊嗣復。字繼之，於陵子。舊書卷一七六、新書卷一七四有傳。舊書卷十八武宗紀：「（會昌元年）三月，貶湖南觀察使楊嗣復湖州司馬；桂管觀察使李珏端州司馬。」城按：張采田玉谿生年譜會箋卷二開成五年庚申八月：「嗣復之貶，既與李珏同事，則參之傳、紀，當是李珏先貶昭州刺史，再貶端州司馬；嗣復先貶潮州刺史，再貶湖州司馬也。其貶潮州刺史，證以舊傳所載劉弘逸、薛季稜事，必在本年之冬甫到湖南任時。」張氏所考甚是，惟云嗣復「再貶湖州司馬」，則係未察舊紀之誤。岑仲勉玉谿生年譜會箋平質云：「楊嗣復貶湖州司馬，箋二據舊紀。按沈本『湖』作『潮』。東觀奏記謂五相擠嶺外，湖非嶺外，亦非遠竄之所，舊、新本傳均作『潮』，近是。」又考白氏得潮州楊相公繼之書并詩以寄之詩（卷三七）云：「鳳池隔絶三千里，蝸舍沈冥十五春。」此詩約作於會昌三、四年間。又六年立春日人日作詩（卷三七）云：「試作循潮封眼想，何由得見洛陽春。」俱可爲嗣復是時猶在潮州之證。又舊書卷一七六楊嗣復傳亦云：「大中二年自潮陽還，至岳州病，一日而卒。」可知嗣復始終未離潮陽，與白詩所記時間亦合，岑氏所考是也。

【校】

〔題〕萬首、全詩俱作「寄潮州楊繼之」。

雪暮偶與夢得同致仕裴賓客王尚書飲

黄昏慘慘雪霏霏，白首相歡醉不歸。四箇老人三百歲，裴年九十餘，王八十餘，予與夢得俱七十，合三百餘歲，可謂希有之會也。人間此會亦應稀。

【箋】

作於會昌元年（八四一），七十歲，洛陽。

〔裴賓客〕裴洽。白氏春夜宴席上戲贈裴淄州詩（卷三三）云「九十不衰真地仙」，又三月三日祓禊洛濱詩序（卷三三）中有「淄州刺史裴洽」，同爲一人。

〔王尚書〕王起。舊書卷一六四本傳：「武宗即位……尋檢校東都留守、判東都尚書省事。會昌元年徵拜吏部尚書、判太常卿事。」並參見本卷早入皇城贈王留守僕射、贈舉之僕射詩。城按：會昌元年，王起八十二歲。

【校】

〔題〕「王尚書」下宋本脱「飲」字。

〔三百歲〕此下那波本無注。

雪朝乘興欲詣李司徒留守先以五韻戲之

夜寒生酒思，曉雪引詩情。熱飲一兩盞，冷吟三五聲。鋪花憐地凍，銷玉畏天晴。好拂烏巾出，宜披鶴氅行。梁園應有興，何不召鄒生？

【箋】

作於會昌元年（八四一），七十歲，洛陽。

〔李司徒留守〕李程。新書卷一三一本傳：「武宗立，爲東都留守，卒。」白氏有和李相公留守題澧上新橋六韻詩（卷三七）即酬程之作。城按：舊書卷十八上武宗紀：「（會昌元年二月）賜仇士良紀功碑，詔右僕射李程爲其文。」則知程之出爲東都留守，當在此後，亦與白詩之時間相合也。又據白氏早入皇城贈王留守僕射、贈舉之僕射等詩，並參之舊書卷一六四王起傳，起自東都留守徵拜吏部尚書、判太常卿事，約在元年春後，李程當即起之後任。又舊書卷一六七李程傳謂程「（開成）二年三月檢校司徒，出爲襄州刺史、山南東道節度使，卒」。大誤。

【校】

〔曉雪〕馬本誤作「晚」，據宋本、那波本、汪本、全詩、盧校改正。

〔憐地凍〕「憐」，馬本、汪本俱誤作「連」，據宋本、那波本、全詩、何校、盧校改正。

〔何不〕「何」，宋本、那波本、何校俱作「無」。

贈思黯

前以履道新小灘詩寄思黯，報章云：「請向歸仁砌下看。」思黯歸仁宅亦有小灘。

爲憐清淺愛潺湲，一日三迴到水邊。若道歸仁灘更好，主人何故别三年？

【箋】

作於會昌元年（八四一），七十歲，洛陽。見汪譜。

〔思黯〕牛僧孺。會昌元年仍在山南東道節度使任。見舊書卷一七二本傳。

〔若道歸仁灘更好〕見卷三六題牛相公歸仁里宅新成小灘詩箋。

〔主人何故别三年〕牛僧孺大和四年八月出爲山南東道節度使，至會昌元年適爲三年，故云。

【校】

〔題〕「思」下馬本脱「黯」字，據宋本、那波本、汪本、萬首、全詩增。又此下那波本無注。

〔愛潺湲〕「愛」，宋本誤作「受」。

聽歌六絶句

聽都子歌　詞云：「試問嫦娥更要無？」

都子新歌有性靈，一聲格轉已堪聽。更聽唱到嫦娥字，猶有樊家舊典刑。

【箋】

約作於開成四年（八三九）至會昌二年（八四二），洛陽。

〔都子歌〕見卷二四東城桂三首詩箋。

【校】

〔題〕萬首作「都子歌」。此下那波本無注。又注中「嫦」，宋本、汪本俱作「常」。

〔嫦娥〕「嫦」，宋本、那波本、汪本俱作「常」。

樂世 一名六么。

管急絃繁拍漸稠，緑腰宛轉曲終頭。誠知樂世聲聲樂，老病人聽未免愁。

【箋】

約作於開成四年（八三九）至會昌二年（八四二），洛陽。

〔樂世〕任二北敦煌曲初探第二章曲調考證：「疑樂世在盛唐以前祇傳大型雜曲之調，配辭如張説之體，或即崔記大曲名内之緑腰也。至中唐，摘其後段急拍美聽之部分，呼爲急樂世，單唱可，存於六么大曲之入破部分，占曲終之位置，亦可。故白居易自作之急樂世辭祇七言四句，不如張説體長；而其聽歌大曲樂世之詩則曰：『管急絃繁拍漸稠，緑腰宛轉曲終頭。』樂苑曰：『樂世，羽調曲；又有急樂世。』至中唐，樂世舊曲之較全者，或已不甚流行，而專行急樂世矣。樂府詩集失考，將白氏前首聽歌樂世之七絶詩載入近代曲辭内，充作樂世之歌辭，實一幼稚之錯誤。」參見卷二三急樂世辭詩箋。

【校】

〔題〕此下那波本無注。

〔絃繁〕「絃」，全詩注云：「一作『絲』。」

〔緑腰〕「緑」，馬本訛作「緣」，據宋本、那波本、汪本、全詩、盧校改正。

水調　第五遍乃五言調，調韻最切。

五言一遍最殷勤，調少情多似有因。不會當時翻曲意，此聲腸斷爲何人？

【箋】

約作於開成四年（八三九）至會昌二年（八四二），洛陽。

〔水調〕阮閲詩話總龜卷四〇樂府門：「水調第五遍五言調，聲最愁苦，故樂天詩云：『五言一遍最辛勤，調少情多似有因。不會當時翻曲意，此時腸斷爲何人。』舊説：水調河傳，隋煬帝將幸江都宫，時所製曲成，奏之，聲韻悲切，煬帝喜之。樂工王令言聞而正之，謂其弟子曰：不返矣。後竟如其説，或詰其何知，曰：水調河傳，但有去聲。」

【校】

〔題〕此下那波本無注。

〔此聲〕「聲」，馬本誤作「身」，據宋本、那波本、汪本、全詩、查校、盧校改正。

〔爲何人〕何校：「『爲』，黄校作『是』。」

想夫憐　王維右丞詞云：「秦川一半夕陽開。」此句尤佳。

玉管朱絃莫急催，容聽歌送十分盃。長愛夫憐第二句，請君重唱夕陽開。

【箋】

約作於開成四年（八三九）至會昌二年（八四二），洛陽。何義門云：「『秦川一半夕陽開』是想夫憐第二句，則當時之詩入樂者多矣。」城按：此則亦見義門先生集卷六復董訥夫書。

〔想夫憐〕又名相府蓮。唐國史補卷下：「于司空以樂曲有想夫憐，其名不雅，將改之。客有笑者曰：『南朝相府曾有瑞蓮，故歌相府蓮，自是後人語訛，相承不改耳。』」城按：「南朝相府」指南齊相王儉。樂府詩集卷八〇引古解題云：「相府蓮者，王儉爲南齊相，一時所辟皆才名之士，時人以入儉府爲入蓮花池，謂如紅蓮映緑水。今號『蓮幕』者，自儉始。其後語訛爲想夫憐，亦名之醜爾。」則此調在居易前傳唱已久，任半塘教坊記箋訂曲名云：「寧王憲奪餅師之妻，王維用此調以諷，辭雖婉而怨則深。權貴陵辱平民，賴有詩人代爲聲吐，事堪不朽！顧況在肅、代間所作之彈箏歌，白居易在德宗時所作之聽歌六絶，李涉在文宗大和間聽多美唱歌所詠，皆曾及想夫憐曲。李商隱送千牛李將軍：『絃危中婦瑟，甲冷想夫箏』，亦可見。」又此詩白氏原注云：「王維右丞詞云『秦川一半夕陽開』，此句尤佳。」頗爲費解，故宋長白柳亭詩話卷二三有「如此箋釋，難以臆解」之語。考胡仔苕溪漁隱叢話前集卷二一引蔡寛夫詩話云：「樂天聽歌詩云：『長愛夫憐第二句，請君重唱夕陽開。』注謂『王右丞辭秦川一半夕陽開，此句尤佳』，今摩詰集載此詩，所謂『漢主離宮接露臺』者是也。然題乃是『和太常韋主簿温陽寓目』，不知何以指爲想夫憐之詞。大抵唐人歌曲，本不隨聲爲長短句，多是五言或七言詩，歌者取其辭，與和聲相疊成音耳。予家有古涼州、伊州辭，與今遍數悉同，而皆絶句詩也。豈非當時人之辭，爲一時所稱者，皆爲歌人竊取而播之曲調乎？」所言或近是。

【校】

〔題〕此下那波本無注。注中「秦川」馬本訛作「泰州」，據宋本、汪本、全詩改正。

何滿子

開元中，滄州有歌者何滿子，臨刑進此曲以贖死，上竟不免。

世傳滿子是人名，臨就刑時曲始成。一曲四詞歌八疊，從頭便是斷腸聲。

【箋】

約作於開成四年（八三九）至會昌二年（八四二），洛陽。

〔何滿子〕樂府詩集卷八〇：「唐白居易曰：何滿子，開元中滄州歌者，臨刑進此曲以贖死，竟不得免。杜陽雜編曰：文宗時宫人沈阿翹爲帝舞何滿子，調辭風態，率皆宛暢。然則亦舞曲也。」葛立方韻語陽秋卷十五所引亦據白詩原注，與樂府詩集略同。城按：白詩謂「滿子」係人名，元稹乃誤以「何滿」二字入詩。任二北敦煌曲初探第二章曲調考證云：「唐有態歌何滿子曲，元稹詩曾狀寫入微；沈翹翹舞何滿子曲，盧氏雜説與杜陽雜編亦均有詳載。元詩曰：『纏綿疊破最殷勤』，既具『疊破』，非大曲而何？白居易詩『世傳滿子是人名』，言之確切。元詩『何滿能歌宛轉聲』，乃誤認『子』字爲虚稱，始摘『何滿』二字入句。故何滿子並非以『子』名調之小曲，仍爲大曲名。劉書六五狀文謂索大力於『故師姑在日，家女滿子，有女三人』。許書内有索滿子祭姊丈吴郎文。何光遠鑒戒録載陳裕詩：『滿子面甜糖脆餅，蕭娘身瘦鬼孀娥。』足見滿子之名原甚普通，白詩不誤，元詩誤。據劉書，滿子可能原爲女子之名。」

〔一曲四詞歌八疊〕何琇樵香小記卷下：「唐人歌詩，宋人歌詩，其法皆不傳，白香山稱何滿子『一曲四聲歌八疊』，今不知八疊謂何？又古樂府多長篇，而唐人惟歌絶句，即律詩亦僅取半首，古詩長篇如李嶠汾陰行、高適哭單父梁少府詩，亦僅取四句；或當時之曲以四聲八疊爲定律歟？然陽關曲又云三疊，總不可考。」城按：何氏之意殆言「四句疊唱」，然其解亦未的。惟任二北敦煌曲初探對此考釋較詳，其第二章曲調考證云：「白詩又曰：『一曲四詞歌八疊，從頭便是斷腸聲！』自來於此『一曲』、『四詞』與『八疊』均無的解，咸認『八疊』有類陽關之三疊，乃疊唱詩句也。此碧雞漫志引薛逢何滿子詞之五言四句，謂『樂天所謂一曲四詞，庶幾是也；歌八疊疑有和聲』。此以四句爲四詞，太勉强；以八疊爲和聲，亦嫌含混。愚意『一曲』指一套大曲，『四詞』指其辭四遍，『八疊』指每遍複唱一次，唱成八遍。此『疊』字既非和聲，亦非疊句，乃教坊記叙踏謡娘『每一疊，旁人齊聲和之』之『疊』，乃元稹詩『纏綿疊破』之『疊』；以一章，或一解，或一首，或一遍，唱成促拍之急曲子，即所謂『疊破』也。此項臆説，或去事實不遠。觀敦煌之何滿子辭，既不如阿曹婆、劍器詞之作三遍，亦不如蘇莫遮之作六遍，而恰爲四遍，容或巧合，亦不爲無因。」

【校】

〔題〕此下那波本無注。

〔四詞〕「詞」，馬本、汪本、全詩俱作「調」，據宋本、那波本、盧校、何校改。汪本、全詩俱注云：「一作『詞』。」又何校云：「黄校作『一曲四聲頭八疊』。」

離別難詞

緑楊陌上送行人，馬去車迴一望塵。不覺別時紅淚盡，歸來無可可紇反雩巾。

【箋】

約作於開成四年（八三九）至會昌二年（八四二），洛陽。

〔離別難〕樂府詩集卷八〇：「樂府雜録曰：離別難：武后朝有一士人陷冤獄，籍其家，妻配入掖庭，善吹觱栗，乃撰此曲以寄情焉。初名大郎神，蓋取良人第行也。既畏人知，遂三易其名曰悲切子，終號怨回鶻云。」

【校】

〔題〕何校：「題下黄校補側注云：『武后朝，有士人陷冤獄，其妻配入掖庭，撰此曲以寄情。初名大郎神，蓋取良人第行也。既畏人知，遂三易其名。』」汪本、全詩俱作「離別難」，全詩注云：「一下有『詞』字。」

〔無可可〕「無可」，樂府、查校、盧校俱作「無淚」。「可可」，萬首作「可更」。全詩「可」下注云：「一作『更』。」

閑樂

坐安臥穩輿平肩，倚杖披衫遶四邊。空腹三盃卯後酒，曲肱一覺醉中眠。更無忙苦吟閑樂，恐是人間自在天。

【箋】

作於會昌二年（八四二），七十一歲，洛陽，致仕刑部尚書。

【校】

〔輿平肩〕「輿」下全詩注云：「仄聲。」

〔倚杖〕「倚」，馬本訛作「椅」，據宋本、那波本、汪本、全詩、盧校改正。

〔吟閑〕「吟」，何校從黄校作「唯」。

白居易集箋校卷第三十六

半格詩 律詩附　凡九十五首

立秋夕涼風忽至炎暑稍消即事詠懷寄汴州節度使李二十尚書

嫋嫋簷樹動，好風西南來。紅缸霏微滅，碧幌飄飖開。披襟有餘涼，拂簟無纖埃。但喜煩暑退，不惜光陰催。河秋稍清淺，月午方徘徊。或行或坐卧，體適心悠哉。美人在浚都，旌旗繞樓臺。雖非滄溟阻，難見如蓬萊。蟬迎節又换，雁送書未迴。君位日寵重，我年日摧頹。無因風月下，一舉平生盃。

【箋】作於開成二年(八三七),六十六歲,洛陽,太子少傅分司。城按:此詩汪本編在後集卷四,那波本編在卷六九,下同。

〔李二十尚書〕李紳。見卷三四洛下雪中頻與劉李二賓客宴集因寄汴州李尚書詩箋。城按:紳遷淮南節度在開成五年九月,是年仍在汴州節度使任。

〔紅釭霏微滅〕楊慎藝林伐山卷十一:「白樂天涼風詩:『紅釭霏微滅,碧幌飄飖開。』張光朝詩:『星釭凝夜暉』,陸魯望詩:『月釭曉屏碧』,皆謂燈也。」

【校】

〔題〕何校:「黄云:校本去『炎暑稍消』四字。」

〔滄溟阻〕何校:「『阻』,蘭雪作『限』。」

〔舉平生〕英華作「與共持」。全詩注云:「一作『與共持』。」此句汪本注云:「英華作『一與共持杯』。」

開成二年夏聞新蟬贈夢得

十年來常與夢得索居,同在洛下,每聞蟬多有寄答,今喜以此篇唱之。

十載與君别,常感新蟬鳴。今年共君聽,同在洛陽城。噪處知林静,聞時覺景清。涼風忽嫋嫋，秋思先秋生。殘槿花邊立，老槐陰下行。雖無索居恨，還動長年情。且喜未聾耳，年年聞此聲。

【箋】作於開成二年（八三七），六十六歲，洛陽，太子少傅分司。見陳譜。劉集外四有謝樂天聞新蟬見贈詩，亦作於是年夏。

〔十載與君別〕禹錫大和五年冬赴蘇州刺史任，過洛陽，與居易别後，至開成二年僅有七年，此云「十載與君别」者，舉成數耳。

【校】〔題〕此下那波本無注。注中「以此」二字，宋本作「一」。盧校：「注『同在洛下』四字本在『今喜』下。」

〔秋思先秋生〕何校：「『先秋』，黄校作『先愁』。」

題牛相公歸仁里宅新成小灘

平生見流水，見此轉留連。況此朱門内，君家新引泉。伊流決一帶，洛石砌千拳。與君三伏月，滿耳作潺湲。深處碧磷磷，淺處清濺濺。碕岸束嗚咽，沙汀散淪漣。翻浪雪不盡，澄波空共鮮。兩崖灩澦口，一泊瀟湘天，曾作天南客，漂流六七年。何山不倚杖？何水不停船？巴峽聲心裏，松江色眼前。今朝小灘上，能不思悠然！

【箋】

作於開成二年（八三七），六十六歲，洛陽，太子少傅分司。

〔牛相公〕牛僧孺。見卷三〇酬牛相公宮城早秋寓言見示兼呈夢得詩箋。並參見卷三一洛下送牛相公出鎮淮南、卷三三宿香山寺酬廣陵牛相公見寄、偶於維陽牛相公處覓得箏箏未到先寄詩來走筆戲答、奉酬淮南牛相公思黯見寄二十四韻、同夢得酬牛相公初到洛中小飲見贈及卷三七初致仕後戲酬留守牛相公、酬寄牛相公同宿話舊勸酒見贈等詩。城按：牛僧孺是年在東都留守任。

〔歸仁里〕在洛陽長夏門之東第五街。舊書卷一七二本傳：「雒都築第于歸仁里，任淮南時嘉木怪石置之階廷，館宇清華，竹木幽邃，常與詩人白居易吟詠其間。」又河南邵氏聞見後録卷二五：「歸仁園，歸仁其坊名也，園盡此一坊，廣輪皆里餘，北有牡丹芍藥千株，中有竹百畝，南有桃李彌望。唐丞相牛僧孺園七星檜，其故木也。」城按：僧孺宅宋時爲歸仁園，李昉曾創亭其中，亦見乾隆河南府志卷六二引通志。白氏贈思黯詩（卷三五）：「爲憐清淺愛潺湲，一日三迴到水邊。若道歸仁灘更好，主人何故別三年。」

【校】

〔嗚咽〕「鳴」，馬本、汪本俱訛作「嗚」，據宋本、那波本、盧校改正。全詩注云：「一作『嗚』。」亦非。

春日閑居三首

陶云愛吾廬，吾亦愛吾屋。屋中有琴書，聊以慰幽獨。是時三月半，花落庭蕪緑。舍上晨鳩鳴，窗間春睡足。睡足起閑坐，景晏方櫛沐。今日非十齋，庖童饋魚肉。飢來恣餐歠，冷熱隨所欲。飽竟快搔爬，筋骸無檢束。豈徒暢支體？兼欲遺耳目。便可傲松喬，何假盃中渌。

廣池春水平，羣魚恣游泳。新林緑陰成，衆鳥欣相鳴叶韻。時我亦蕭洒，適無累與病。魚鳥人則殊，同歸於遂性。緬思山梁雉，時哉感孔聖。聖人不得所，慨然歎時命！我今對鱗羽，取樂成謡詠。得所仍得時，吾生一何幸！

勞者不覺歌，歌其勞苦事。逸者不覺歌，歌其逸樂意。問我逸如何？閑居多興味。問我樂如何？閑官少憂累。又問俸厚薄？百千隨月至。又問年幾何？七十行欠二。所得皆過望，省躬良可媿。馬閑無羈絆，鶴老有禄位。設自爲化工，優饒只如是。安得不歌詠？默默受天賜。

【箋】作於開成四年（八三九），六十八歲，洛陽，太子少傅分司。

【校】〔題〕第二、三首詩前，宋本有「又」字，那波本有「又一首」三字。

〔陶云〕「云」，那波本訛作「士」。

〔相嗚〕此下馬本、那波本俱無注。據宋本、汪本、全詩增。

小閣閑坐

閣前竹蕭蕭，閣下水潺潺。拂簟捲簾坐，清風生其間。静聞新蟬鳴，遠見飛鳥還。但有巾掛壁，而無客叩關。二疏返故里，四老歸舊山。吾亦適所願，求閑而得閑。

【箋】約作於開成三年（八三八）至開成四年（八三九），洛陽，太子少傅分司。唐宋詩醇卷二六：

「起四句颯然而來，紙上有聲。」

遊平泉宴浥澗宿香山石樓贈座客

逸少集蘭亭，季倫宴金谷。金谷太繁華，蘭亭闕絲竹。何如今日會，浥澗平泉曲。盃酒與管絃，貧中隨分足。紫鮮林筍嫩，紅潤園桃熟。採摘助盤筵，芳滋盈口腹。閑吟暮雲碧，醉藉春草緑。舞妙豔流風，歌清叩寒玉。古詩惜晝短，勸我令秉燭。是夜勿言歸，相攜石樓宿。

【箋】

作於開成三年（八三八），六十七歲，洛陽，太子少傅分司。

〔平泉〕見卷二二秋遊平泉贈韋處士閑禪師詩箋。

〔香山石樓〕香山寺石樓。見卷二二香山寺石樓潭夜浴詩箋。

〔蘭亭〕見卷二三答微之誇越州州宅詩箋。

〔金谷〕金谷園。見卷十三和友人洛中春感詩箋。

【校】

〔歌清〕何校：「『清』，黄校作『鳴』。」

〔令秉燭〕「令」，宋本訛作「今」。

池上幽境

裊裊過水橋，微微入林路。幽境深誰知？老身閑獨步。行行何所愛？遇物自成趣。平滑青盤石，低密緑陰樹。石上一素琴，樹下雙草屨。此是榮先生，坐禪三樂處。

【箋】

作於開成三年（八三八），六十七歲，洛陽，太子少傅分司。

【校】

〔獨步〕「步」，那波本作「去」。

〔所愛〕「愛」，那波本作「憂」。

夏日閑放

時暑不出門，亦無賓客至。静室深下簾，小庭新掃地。褰裳復岸幘，閑傲得自恣。朝景枕簟清，乘涼一覺睡。午餐何所有？魚肉一兩味。夏服亦無多，蕉紗三五事。資身既給足，長音丈物徒煩費。若比簞瓢人，吾今太富貴。

【箋】

作於開成三年（八三八），六十七歲，洛陽，太子少傅分司。

【校】

〔蕉紗〕何校：「『紗』，蘭雪作『衫』。」

〔長物〕「長」，那波本、馬本俱無注，據宋本、汪本、盧校增。

〔太富貴〕盧校：「『太』疑『大』。」

和思黯居守獨飲偶醉見示六韻時夢得和篇先成頗爲麗絶因添兩韻繼而美之

宮漏滴漸闌，城烏啼復歇。此時若不醉，争奈千門月！主人中夜起，妓燭前羅列。歌袂默收聲，舞鬟低赴節。紘吟玉柱品，酒透金盃熱。朱顔忽已酡，清奏猶未闋。妍詞黯先唱，逸韻劉繼發。鏗然雙雅音，金石相磨戛。

【箋】作於開成三年（八三八），六十七歲，洛陽，太子少傅分司。劉集外四酬牛相公獨飲偶醉寓言見示詩有「春意日夕深」之句，則必爲三年春作。城按：留守宿於闕下，不能召城外之客，故有獨飲之作。

〔思黯居守〕牛僧孺。城按：牛僧孺，開成二年五月，爲東都留守。三年九月，徵拜左僕射入京。見舊書卷一七二本傳。是時仍在洛陽。

【校】

〔題〕「獨飲」，那波本誤作「獨吟」。

〔中夜起〕「起」，全詩注云：「一作『坐』。」

和夢得洛中早春見贈七韻

衆皆賞春色，君獨憐春意。春意竟如何？老夫知此味。燭餘減夜漏，衾暖添朝睡。恬和臺上風，虛潤池邊地。開遲花養豔，語懶鶯含思。似訝隔年齋，如勸迎春醉。何日同宴遊？心期二月二。此日出齋，故云。

【箋】作於開成三年（八三八），六十七歲，洛陽，太子少傅分司。劉集外四有洛中早春贈樂天詩。唐宋詩醇卷二六：「『開遲花養豔，語嬾鶯含思』十字，刻畫工絶，寫春意變虚爲實，尤奇。」

【校】

〔二月二〕此下那波本無注。

櫻桃花下有感而作 開成三年春，季美周賓客南池者。

藹藹美周宅，櫻繁春日斜。一爲洛下客，十見池上花。爛熳豈無意？爲君占年華。風光饒此樹，歌舞勝諸家。失盡白頭伴，長成紅粉娃。停盃兩相顧，堪喜亦堪嗟！白頭伴、紅粉娃皆有所屬。

【箋】作於開成三年（八三八），六十七歲，洛陽，太子少傅分司。劉集外四有和樂天誚李周美中丞宅池中賞櫻桃花詩。

〔藹藹美周宅〕「美周」當作「周美」，即李仍叔。城按：劉集外四有和樂天誚李周美中丞宅池中賞櫻桃花詩，新書卷七〇上宗室世系表蜀王房：「宗正卿仍叔，字周美，初名章甫。」陸心源唐文續拾卷五李仍叔小傳：「仍叔，字周美，初名章甫，係出蜀王房，元和五年登第。歷官右補闕，水部郎中，宗正卿，湖南觀察使，太子賓客。」均與劉詩合，全唐詩及各本白集均誤作「美周」，當以劉集作「周美」爲正。又此詩自注云：「開成三年春，季美周賓客南池者。」據舊書卷十七下文宗紀及白氏三月三日祓禊洛濱詩（卷三三），其自湖南觀察使罷爲太子賓客分司當在大和末。參見卷二九履信池櫻桃島上醉後走筆送別舒員外兼寄宗正李卿考功崔郎中詩箋。

【校】

〔題〕此下那波本無注。注中「季美周」當作「李周美」，各本俱誤，見前箋。下「美周」誤同。何校：「側注中疑有脱誤。」

〔年華〕「年」，全詩注云：「一作『物』。」

〔亦堪嗟〕「亦」，宋本、那波本、唐歌詩俱作「且」。又此下那波本無注。

洗竹

布裘寒擁頸，氈履温承足。獨立冰池前，久看洗霜竹。先除老且病，次去纖而曲。剪棄猶可憐，琅玕十餘束。青青復籊籊，頗異凡草木。依然若有情，迴頭語僮僕。小者截魚竿，大者編茅屋。勿作篲與箕，而令糞土辱。

【箋】作於開成三年（八三八），六十七歲，洛陽，太子少傅分司。何義門云：「收轉『頗異凡草木』有力」。

【校】〔十餘束〕「十」，那波本誤作「卜」。

新沐浴

形適外無恙，心恬内無憂。夜來新沐浴，肌髮舒且柔。寬裁夾烏帽，厚絮長白裘。裘温裹我足，帽暖覆我頭。先進酒一盃，次舉粥一甌。半酣半飽時，四體春悠悠。是月歲陰暮，慘冽天地愁。白日冷無光，黄河凍不流。何處征戍行？何人羇旅遊？窮途絶糧客，寒獄無燈囚。勞生彼何苦？遂性我何優？撫心但自愧，孰知其所由？

【箋】作於開成三年（八三八），六十七歲，洛陽，太子少傅分司。

【校】

〔裹我足〕「裹」，馬本訛作「裹」，據宋本、那波本、汪本、全詩改正。

〔戍行〕何校：「『行』，黄校作『客』。」

三年除夜

晰晰燎火光，氲氲臘酒香。嗤嗤童稚戲，迢迢歲夜長。堂上書帳前，長幼合成行。以我年最長，次第來稱觴。七十期漸近，萬緣心已忘。不唯少歡樂，兼亦無悲傷。素屏應居士，青衣侍孟光。夫妻老相對，各坐一繩床。顧虎頭畫維摩居士圖白衣素屏也。

【箋】

作於開成三年（八三八），六十七歲，洛陽，太子少傅分司。

【校】

〔應居士〕何校：「『應』字有訛，黄校作『映』。」

〔繩床〕此下那波本無注。

自題小園

不鬬門館華，不鬬林園大。但鬬爲主人，一坐十餘載。迴看甲乙第，列在都城内。素垣夾朱門，藹藹遥相對。主人安在哉？富貴去不迴。池乃爲魚鑿，林乃爲禽栽。何如小園主，拄杖閑即來。親賓有時會，琴酒連夜開。以此聊自足，不羨大池臺。

【箋】

約作於開成三年（八三八）至開成四年（八三九），洛陽，太子少傅分司。

病中宴坐

有酒病不飲，有詩慵不吟。頭眩平聲罷垂釣，手痺休援琴。竟日悄無事，所居閑且深。外安支離體，中養希夷心。窗户納秋景，竹木澄夕陰。宴坐小池畔，清風時動襟。

【箋】

作於開成四年（八三九），六十八歲，洛陽，太子少傅分司。

戒藥

促促急景中，蠢蠢微塵裏。生涯有分限，愛戀無終已。早夭羨中年，中年羨暮齒。暮齒又貪生，服食求不死。朝吞太陽精，夕吸秋石髓。徼福反成災，藥誤者多矣。以之資嗜慾，又望延甲子。天人陰騭間，亦恐無此理。域中有真道，所説不如此。後身始身存，吾聞諸老氏。

【箋】作於開成四年（八三九），六十八歲，洛陽，太子少傅分司。

【校】〔始身〕「始」，何校：「『而』字從黄校。馮校、蘭雪俱作『始』。」

贈夢得

前日君家飲，昨日王家宴。今日過我廬，三日三會面。當歌聊自放，對酒交相勸。爲我盡一盃，與君發三願。一願世清平，二願身强健。三願臨老頭，數與君相見。

【箋】約作於開成四年（八三九）至開成五年（八四〇），洛陽，太子少傅分司。何義門云：「『發三願』可對『成二老』。」

【校】〔君家〕「家」，宋本誤作「來」。

逸老

莊子云：「勞我以生，逸我以老，息我以死也。」

白日下駸駸，青天高浩浩。人生在其中，適時即爲好。勞我以少壯，息我以衰老。順之多吉壽，違之或凶夭。我初五十八，息老雖非早。一閑十三年，所得亦不少。況加禄仕後，衣食常温飽。又從風疾來，女嫁男婚了。胸中一無事，浩氣凝襟抱。飄若雲信風，樂於魚在藻。桑榆坐已暮，鐘漏行將曉。皤然七十翁，亦足稱壽考。筋骸本非實，一束芭蕉草。眷屬偶相依，一夕同棲鳥。去何有顧戀，住亦無憂惱。生死尚復然，其餘安足道？是故臨老心，冥然合玄造。

【箋】作於會昌元年（八四一），七十歲，洛陽。

【校】〔題〕此下那波本無注。

遇物感興因示子弟

聖擇狂夫言，俗信老人語。我有老狂詞，聽之吾語汝。吾觀器用中，劍鋭鋒多傷。吾觀形骸内，骨勁齒先亡。寄言處世者，不可苦剛强。龜性愚且善，鳩心鈍無惡。人賤拾支床，鶻欺擒暖脚。寄言立身者，不得全柔弱。彼固罹禍難，此未免憂患。平聲。于何保終吉？强弱剛柔間。上遵周孔訓，旁鑒老莊言。不唯鞭其後，亦要輀其先。

【箋】作於會昌元年（八四一），七十歲，洛陽。

【校】〔骨勁〕「骨勁」，宋本、那波本俱作「勁骨」。全詩注云：「一作『勁骨』。」

〔苦剛〕「苦」，宋本訛作「若」。

〔彼固〕「固」，宋本、那波本俱作「因」。全詩注云：「一作『因』。」

首夏南池獨酌

春盡雜英歇，夏初芳草深。薰風自南至，吹我池上林。緑蘋散還合，赬鯉跳復沉。新葉有佳色，殘鶯猶好音。依然謝家物，池酌對風琴。慚無康樂作，秉筆思沉吟。境勝才思劣，詩成不稱心。

【箋】

作於會昌元年（八四一），七十歲，洛陽。

官俸初罷親故見憂以詩諭之

七年爲少傅，品高俸不薄。乘軒已多慚，況是一病鶴！又及懸車歲，筋力轉衰弱。豈以貧是憂？尚爲名所縛。今春始病免，纓組初擺落。蜩甲有何知？雲心無所著。囷中殘舊穀，可備歲飢惡。園中多新蔬，未至食藜藿。不求安師卜，不問陳生藥。但對丘中琴，時聞池上酌。信風舟不繫，掉尾魚方樂。親友不我知，而憂我寂寞。安與陳皆洛中藝術精者。

【箋】

作於會昌元年（八四一），七十歲，洛陽。見陳譜。城按：居易除太子少傅分司在大和九年十月，至會昌元年適爲七年，此詩云：「七年爲少傅，」時間正合。此詩又云：「又及懸車歲，筋力轉衰弱。」又本卷達哉樂天行詩云：「七旬纔滿冠已挂，半禄未及車先懸。」均謂七十歲罷少傅，未請到半俸前已先停官。唐制，致仕可得半俸，見唐會要卷六七「致仕官」條下。居易未致仕，故罷少傅後亦停俸。汪譜繫此詩於會昌二年，非是。花房英樹亦沿襲汪譜之誤。並參見卷三五百日假滿少傅官停自喜言懷詩箋。

【校】

〔困中〕「困」，宋本、那波本、何校、盧校俱作「圌」。

〔寂寞〕此下那波本無注。

閑居偶吟招鄭庶子皇甫郎中

自哂此迂叟，少迂老更迂。家計不一問，園林聊自娛。竹間琴一張，池上酒一壺。更無俗物到，但與秋光俱。古石蒼錯落，新泉碧縈紆。焉用車馬客？即此是吾徒。猶有所思人，各在城一隅。杳然愛不見，搔首方踟躕。玄晏風韻遠，子真雲貌孤。誠知厭朝市，何必憶江湖？能來小澗上，一聽潺湲無？

【箋】

約作於會昌元年（八四一）至會昌二年（八四二），洛陽。

〔鄭庶子〕鄭俞。即白氏同王十七庶子李六員外鄭二侍御同年四人遊龍門有感而作詩（卷二八）中之「鄭二侍御」，早春雪後贈洛陽李長官長水鄭明府二同年詩（卷二八）中之「鄭明府」，酬鄭二司録與李六郎中寒食日相遇同宴見贈詩（卷三三）中之「鄭二司録」。

〔皇甫郎中〕皇甫曙。見卷二九池上清晨候皇甫郎中詩箋。

〔迂叟〕見卷三三迂叟詩箋。

【校】

〔題〕「鄭庶子」，宋本誤作「鄭世子」。

〔不一〕宋本、那波本俱作「一不」。

〔猶有〕「猶」，馬本訛作「不」，據宋本、那波本、汪本、全詩、盧校改正。

亭西牆下伊渠水中置石激流潺湲成韻頗有幽趣以詩記之

嵌巉嵩石峭，皎潔伊流清。立爲遠峯勢，激作寒玉聲。夾岸羅密樹，面灘開小亭。忽疑嚴子瀨，流入洛陽城。是時羣動息，風静微月明。高枕夜悄悄，滿耳秋泠泠。終日臨大道，何人知此情？此情苟自愜，亦不要人聽。

【箋】

約作於會昌元年（八四一）至會昌二年（八四二），洛陽。

〔伊渠〕新書卷三八地理志：「河南府河南郡：龍門山東抵天津，有伊水石堰，天寶十載尹裴迴置。」城按：伊渠肇自唐代，起郡南伊闕口之北，分伊水北行，至午橋莊，與洛渠交而出其上。見乾隆河南府志卷六七。又兩京城坊考卷五：「居易宅在履道西門，宅西牆下臨伊水渠，渠又周其宅之北。」

【校】

〔泠泠〕馬本誤作「冷冷」，據宋本、那波本、汪本、全詩、盧校改正。

閑題家池寄王屋張道士

有石白磷磷，有水清潺潺。有叟頭似雪，婆娑乎其間。進不趨要路，退不入深山。深山太濩落，要路多險艱。不如家池上，樂逸無憂患。有食適吾口，有酒酡吾顔。恍惚遊醉鄉，希夷造玄關。五千言下悟，十二年來閑。富者我不顧，貴者我不攀。唯有天壇子，時來一往還。

【箋】作於開成五年（八四〇），六十九歲，洛陽，太子少傅分司。

〔王屋張道士〕張抱元。白氏有對鏡偶吟贈張道士抱元（卷三五）、病中數會張道士見譏以此答之（本卷）兩詩，均爲酬抱元之作。

【校】〔言下〕「下」，全詩注云：「一作『不』。」

李盧二中丞各創山居俱詩勝絶然去城稍遠來往頗勞弊居新泉實在宇下偶題十五韻聊戲二君

龍門蒼石壁，李所有也。浥澗碧潭水。盧所有也。各在一山隅，迢遥幾十里。清鏡碧屏風，惜哉信爲美！愛而不得見，亦與無相似。聞君每來去，矻矻事行李。脂轄復裹糧，心力頗勞止。未如吾舍下，石與泉甚邇。鑿鑿復濺濺，晝夜流不已。洛石千萬拳，襯波鋪錦綺。海珉一兩片，激瀨含宫徵。緑宜春濯足，浄可朝漱齒。遶砌紫鱗遊，拂簾白鳥起。何言履道叟，便是滄浪子。君若趁歸程，請君先到此。願以潺湲聲，洗君塵土耳。

【箋】

作於會昌元年（八四一），七十歲，洛陽，太子少傅分司。

〔李中丞〕李仍叔。劉集外四有和樂天譏李周美中丞宅池中賞櫻桃花詩。參見本卷白氏櫻桃花下有感而作詩箋。

〔盧中丞〕河南尹盧貞。見卷三五盧尹賀夢得會中作詩箋。

〔龍門〕龍門山。見卷二五龍門下作詩箋。

【校】

〔浥澗〕本卷遊平泉宴浥澗宿香山石樓贈座客詩云：「浥澗平泉曲。」

〔石壁〕此下那波本無注，下同。

〔迢遥〕宋本、那波本、汪本、盧校俱作「迢迢」。全詩「遥」下注云：「一作『迢』。」

〔吾舍下〕「吾」，馬本作「我」，據宋本、那波本、汪本、全詩、盧校改。

北窗竹石

一片瑟瑟石，數竿青青竹。向我如有情，依然看不足。況臨北窗下，復近西塘曲。筠風散餘清，苔雨含微緑。有妻亦衰老，無子方煢獨。莫掩夜窗扉，共渠相伴宿。

【箋】

作於會昌二年（八四二），七十一歲，洛陽。

【校】

〔題〕此下全詩注云：「一作『石竹』。」

〔北窗〕「窗」，宋本、那波本、何校、盧校俱作「簷」。全詩注云：「一作『簷』。」

〔無子〕「無」，馬本訛作「有」，據宋本、那波本、汪本、全詩、盧校改正。

飲後戲示弟子

吾爲爾先生，爾爲吾弟子。孔門有遺訓，復坐吾告爾。先生饌酒食，弟子服勞止。孝敬不在他，在兹而已矣。欲我少愁憂，欲我多歡喜。無如醖好酒，酒須多且旨。旨即賓可留，多即罍不恥。吾更有一言，爾宜聽入耳。人老多憂貧，人病多憂死。我今雖老病，所憂不在此。憂在半酣時，樽空座客起。

【箋】作於會昌二年（八四二），七十一歲，洛陽。何義門云：「今人學白詩，只到得此種境地。」

【校】〔今雖老〕何校從黄校作「唯老且」。

閑坐看書貽諸少年

雨砌長寒蕪，風庭落秋果。窗間有閑叟，盡日看書坐。書中見往事，歷歷知福禍。多取終厚亡，疾驅必先墮。勸君少干名，名爲錮身鎖。勸君少求利，利是焚身火。我心知已久，吾道無不可。所以雀羅門，不能寂寞我。

【箋】

作於會昌二年（八四二），七十一歲，洛陽，致仕刑部尚書。

【校】

〔終厚亡〕「厚」，馬本訛作「後」，據宋本、那波本、汪本、全詩、盧校改正。

夢上山 時足疾未平。

夜夢上嵩山，獨攜藜杖出。千巖與萬壑，遊覽皆周畢。夢中足不病，健似少年日。既悟神返初，依然舊形質。始知形神内，形病神無疾。形神兩是幻，夢寤俱非實。晝行雖蹇澀，夜步頗安逸。晝夜既平分，其間何得失？

【箋】

作於會昌二年（八四二），七十一歲，洛陽。見汪譜。

【校】

〔上嵩山〕那波本作「健上山」。

〔夢寤〕「寤」，馬本、汪本俱作「悟」，非。據那波本、何校、盧校改。宋本、全詩俱作「寐」。全詩注云：「一作『悟』。」亦非。

對酒閑吟贈同老者

人生七十稀，我年幸過之。遠行將盡路，春夢欲覺時。家事口不問，世名心不思。老既不足歎，病亦不能治。扶侍仰婢僕，將養信妻兒。飢飽進退食，寒暄加減衣。聲妓放鄭衛，裘馬脱輕肥。百事盡除去，尚餘酒與詩。興來吟一篇，吟罷酒一卮。不獨適情性，兼用扶衰羸。雲液洒六腑，陽和生四肢。於中我自樂，此外吾不知。寄問同老者，捨此將安歸？莫學蓬心叟，胸心殘是非。

【箋】

作於會昌二年（八四二），七十一歲，洛陽。

【校】

〔盡路〕宋本、那波本俱誤作「路盡」。全詩注云：「一作『路盡』。」亦非。

〔婢僕〕「婢」，馬本作「奴」，據宋本、那波本、汪本、全詩改。

晚起閑行

皤然一老子，擁裘仍隱几。坐穩夜忘眠，臥安朝不起。起來無可作，閉目時叩齒。静對銅爐香，暖漱銀瓶水。午齋何儉潔，餅與蔬而已。西寺講楞伽，閑行一隨喜。

【箋】

作於會昌二年（八四二），七十一歲，洛陽。

〔西寺講楞伽〕城按：佛教禪宗自達磨至僧璨之禪法所據教理爲楞伽經，故此派之大師多講楞伽經、撰楞伽疏。據白氏此詩，亦爲其皈依禪宗之旁證。

【校】

〔儉潔〕「潔」，宋本誤作「挈」。

香山居士寫真詩 并序

元和五年，予爲左拾遺、翰林學士，奉詔寫真於集賢殿御書院，時年三十七。

會昌二年，罷太子少傅爲白衣居士，又寫真於香山寺藏經堂，時年七十一。前後相望，殆將三紀，觀今照昔，慨然自歎者久之。形容非一，世事幾變，因題六十字以寫所懷。

昔作少學士，圖形入集賢。今爲老居士，寫貌寄香山。鶴毳變玄髮，雞膚換朱顏。前形與後貌，相去三十年。勿歎韶華子，俄成皤叟仙。請看東海水，亦變作桑田。

【箋】

作於會昌二年（八四二），七十一歲，洛陽。

〔元和五年四句〕白氏元和五年所作之自題寫真詩（卷六）云：「我貌不自識，李放寫我真。……何事赤墀上，五年爲侍臣？」即此詩序中所指之寫真圖。元和五年，白氏三十九歲，則「三十七」當爲「三十九」之訛。汪立名謂「元和五年」疑爲「三年」之誤，非是。

〔會昌二年四句〕居易罷太子少傅官在會昌元年春，見卷三五百日假滿少傅官停自喜言懷詩箋。此詩序云：「會昌二年，罷太子少傅爲白衣居士」，蓋自謂會昌二年已罷少傅官，非謂是年始罷也。

【校】

〔題〕此首以前，宋本原缺，蓋自別本補。

〔皤叟〕「皤」，宋本、那波本俱作「婆」。

二年三月五日齋畢開素當食偶吟贈妻弘農郡君

睡足支體暢，晨起開中堂。初旭泛簾幕，微風拂衣裳。二婢扶盥櫛，雙童舁簟床。庭東有茂樹，其下多陰涼。前月事齋戒，昨日散道場。以我久蔬素，加籩仍異糧。魴鱗白如雪，蒸炙加桂薑。稻飯紅似花，調沃新酪漿。佐以脯醢味，間之椒薤芳。老憐口尚美，病喜鼻聞香。嬌騃三四孫，索哺遶我傍。山妻未舉案，饞叟已先嘗。憶同牢巹初，家貧共糟糠。今食且如此，何必烹猪羊？况觀姻族間，夫妻半存亡。偕老不易得，白頭何足傷？食罷酒一盃，醉飽吟又狂。緬想梁高士，樂道喜文章。徒誇五噫作，不解贈孟光。

【箋】

作於會昌二年（八四二），七十一歲，洛陽。

〔開素〕猗覺寮雜記卷上：「親家翁、開素、鵲填河皆俗語，白樂天用俗語爲多。贈皇甫郎中親家翁詩：『晚接嘉姻不失親。』又云：『月終齋滿誰開素？須記奇章置一筵。』又云：『禿似鵲填河。』」郭麐靈芬館詩話卷三：「近人以開齋日爲開葷，唐人謂之開素，樂天詩：『開素槃筵後日開。』」

〔弘農郡君〕居易妻楊氏，封弘農郡君。陳譜元和二年丁亥：「公夫人弘農郡君，於虞卿、汝士爲從兄弟。」白氏繡西方幀讚（卷七〇）：「有女弟子弘農郡君姓楊，號蓮花性……」又妻初授邑號告身詩（卷十九）云：「弘農舊縣受新封，鈿軸金泥誥一通。」則楊氏受封在長慶元年。

【校】

〔異糧〕「糧」，盧校作「粻」。

〔白如雪〕馬本作「如白雪」，誤。據宋本、那波本、汪本、全詩、盧校乙轉。

不出門

彌月不出門，永日無來賓。食飽更拂床，睡覺一嚬伸。輕箑白鳥羽，新簟青筍筠。方寸方丈室，空然兩無塵。披衣腰不帶，散髮頭不巾。袒跣北窗下，葛天之遺民。一日亦自足，況得以終身。不知天壤内，目我爲何人？

【箋】作於會昌二年（八四二），七十一歲，洛陽。

【校】〔睡覺〕「覺」，馬本作「起」，據宋本、那波本、汪本、全詩改。

感舊 并序

故李侍郎杓直，長慶元年春薨。元相公微之，大和六年秋薨。崔侍郎晦叔，大和七年夏薨。劉尚書夢得，會昌二年秋薨。四君子，予之執友也，二十年間，凋零共盡，唯予衰病，至今獨存，因詠悲懷，題爲感舊。

晦叔墳荒草已陳，夢得墓濕土猶新。微之捐館將一紀，杓直歸丘二十春。城中雖有故第宅，庭蕪園廢生荆榛。篋中亦有舊書札，紙穿字蠹成灰塵。平生定交取人窄，屈指相知唯五人。四人先去我在後，一枝蒲柳衰殘身。豈無晚歲新相識？相識面親心不親。人生莫羡苦長命，命長感舊多悲辛！

【箋】

作於會昌二年（八四二），七十一歲，洛陽。陳譜會昌二年壬戌：「秋，劉禹錫卒，有哭夢得詩。又有感舊，爲李杓直、元微之、崔晦叔及夢得作，皆執友也。」城按：劉禹錫卒於會昌二年，此詩云：「夢得墓濕土猶新」，當係是年所作。汪譜繫於會昌三年，非是。

〔李侍郎杓直〕李建。卒於長慶元年二月二十三日。見卷十九白氏予與故刑部李侍郎早結道友以藥術爲事與故京兆元尹晚爲詩侶有林泉之期周歲之間二君長逝……詩箋。

〔元相公微之〕元稹。城按：白氏元稹墓誌銘（卷七〇）云：「大和五年七月二十二日遇暴疾，一日薨於位，春秋五十三。」此詩序云：「大和六年秋薨」，則「六年」當係「五年」之訛。

〔崔侍郎晦叔〕崔玄亮。白氏崔玄亮墓誌銘（卷七〇）云：「大和七年七月十一日遇疾薨於虢州解舍。」並參見哭崔常侍晦叔詩（卷二九）箋。

〔劉尚書夢得〕劉禹錫。舊書卷一六〇本傳：「會昌二年七月卒，時年七十一。」與白詩合。新書卷一六八本傳：「會昌時加檢校禮部尚書，卒，年七十二。」非是。城按：錢大昕疑年録卷一：「劉夢得七十二：生大曆七年壬子，卒會昌二年壬戌。據唐詩紀事，夢得與樂天俱生壬子，劉以會昌二年卒，當爲七十一也。白樂天詩『何事同生壬子歲，老於崔相及劉郎』自注：『予與蘇州劉郎中同生壬子歲。』」余嘉錫疑年録稽疑訂正錢氏之誤云：「此條卒年既從舊書，又據唐詩紀事及白樂天詩考得其生於壬子，則竟從舊書定爲七十一可也。乃復牽就新書，題作七十二，一條之内，自相差互，無乃進退失據乎？」余氏之説是，當以舊傳爲正。並參見白氏哭劉尚書夢得二首詩（卷三六）。

【校】

〔大和〕馬本、汪本、全詩俱誤作「太和」，據宋本、那波本改正。下同。

〔崔侍郎〕當作「崔常侍」，各本俱誤。城按：崔玄亮曾爲左散騎常侍，未官侍郎。

〔二十年間〕「二」，馬本、汪本俱訛作「三」，據宋本、那波本、全詩改正。

〔命長〕馬本作「長命」，據宋本、那波本、汪本、全詩乙轉。

送毛仙翁 江州司馬時作。

仙翁已得道，混迹尋巖泉。肌膚冰雪瑩，衣服雲霞鮮。紺髮絲並緻，齠容花共妍。方瞳點玄漆，高步凌飛烟。幾見桑海變，莫知龜鶴年。所憩九清外，所遊五岳巔。軒昊舊爲侶，松喬難比肩。每嗟人世人，役役如狂顛。孰能脱羈鞅，盡遭名利牽。貌隨歲律換，神逐光陰遷。惟余負憂譴，憔悴湓江壖。衰鬢忽霜白，愁腸如火煎。羈旅坐多感，徘徊私自憐。晴眺五老峯，玉洞多神仙。何當憫湮厄，授道安虚孱。我師惠然來，論道窮重玄。浩蕩八溟闊，志泰心超然。形骸既無束，得喪亦都捐。豈識椿菌異？那知鵬鷃懸？丹華既相付，促景定當延。玄功曷可報？感極惟勤拳。霓旌不肯駐，又歸武夷川。語罷倏然别，孤鶴昇遥天。賦詩叙明德，永續步虚篇。

【箋】約作於元和十一年（八一六）至元和十三年（八一八），江州，江州司馬。汪立名云：「立名按：此詩舊編後集，當是從後追憶録入者。毛仙翁能預決人休咎，或晚年思其言有驗，遂存此詩耳。」

〔毛仙翁〕毛于。字鴻漸。唐詩紀事卷八一録韓愈送毛仙翁序云：「仙翁姓毛氏，名于，姬與韓爲族，愈末年爲弟也。相識於潮陽逆旅，叙宗焉。察其言，不由乎孔聖道，不由乎老莊教，而以惠性知人爵禄厚薄，壽命長短。發言如駢驅，囁嚅持疑於脣吻間，即信乎異人也。若古之許負輩，不足言哉。然兄言果有證期，愈自典袁州，從袁州除國子祭酒，後主兵部事，續拜京兆尹，又改吏部郎中。若如言，即掃茅屋，候兄一日歡笑，亦不朽之名也。酒酣留詞，走筆而成，不能采其文章之要也。時元和十四年己亥四月十六日，族弟門人韓愈序。」同書又録元稹贈毛仙翁詩序（全詩卷四二三亦録此詩）云：「余廉問浙東歲，毛仙翁惠然來顧。越之人士識之者，相與言曰：仙翁嘗與葉法善、吴筠遊於稽山，迨兹多歷年所，而風貌愈少，蓋神仙者也。余因得執弟子之禮，師其道焉。」同書又録劉禹錫赴和州於武昌縣喜再遇十八兄仙翁因成絶句詩（全詩卷三六五亦録此詩）云：「武昌山下蜀江東，重向仙舟見葛洪。又得案前親禮拜，大羅仙訣玉函封。」均同指一人。城按：據唐詩紀事卷八一所載，以詩文送毛仙翁者有李益、楊於陵、李程、劉禹錫、裴度、李紳、白居易、元稹、令狐楚、牛僧孺、李宗閔、王起、楊嗣復、柳公綽、李翺、沈傳師、張仲方、鄭澣、崔元略、崔郾等，皆當時知名之士，其事本極荒誕，其人則一逢迎朝貴之江湖術士。卞孝萱元稹年譜認爲元稹贈毛仙翁詩序誤以元稹廉問浙東在前、入相在後，顯係僞作，所考良是。然今傳贈毛詩文，亦非盡僞作，後之尊韓者，詆昌黎外集卷三送毛仙翁十八兄序爲僞文，蓋欲使愈成爲完人，亦徒見其阿私耳。

【校】

〔題〕此下小注，那波本爲大字同題。

〔韶容〕「韶」，盧校作「韶」，是。

〔飛烟〕「飛」，宋本、汪本、全詩俱作「非」。汪本、全詩俱注云：「一作『飛』。」盧校：「『飛烟』作『非烟』，俱通。」

達哉樂天行

達哉達哉白樂天！分司東都十三年。七旬纔滿冠已挂，半禄未及車先懸。或伴遊客春行樂，或隨山僧夜坐禪。二年忘却問家事，門庭多草廚少烟。庖童朝告鹽米盡，侍婢暮訴衣裳穿。妻孥不悦甥姪悶，而我醉卧方陶然。起來與爾畫生計，薄産處置有後先。先賣南坊十畝園，次賣東郭五頃田。然後兼賣所居宅，髣髴獲緡二三千。半與爾充衣食費，半與吾供酒肉錢。吾今已年七十一，眼昏鬚白頭風眩。但恐此錢用不盡，即先朝露歸夜泉。未歸且住亦不惡，飢餐樂飲安穩眠。死生無可無不可，達哉達哉白樂天！

【箋】作於會昌二年（八四二），七十一歲，洛陽。見陳譜及汪譜。

〔七旬纔滿冠已挂〕謂居易會昌元年罷太子少傅官。見本卷官俸初罷親故見憂以詩諭之詩箋。

【校】

〔題〕此下全詩注云：「一作『健哉樂天行』。」

〔風眩〕此下馬本、汪本俱無注，據宋本、全詩、盧校增。

〔樂天〕此下全詩注云：「此卷自此首以上俱題作半格詩。」

春池閑泛 已下律詩。

緑塘新水平，紅檻小舟輕。解纜隨風去，開襟信意行。淺憐清演漾，深愛緑澄泓。白撲柳飛絮，紅浮桃落英。古文科斗出，新葉剪刀生。樹集鶯朋友，雲行雁弟兄。飛沉皆適性，酣詠自怡情。花助銀盃氣，松添玉軫聲。魚躍何事樂？鷗起復誰驚？莫唱滄浪曲，無塵可濯纓。

【箋】作於會昌元年（八四一），七十歲，洛陽。城按：此詩以下，汪本編在後集卷十七，那波本編在卷六九。

【校】〔銀盃氣〕「氣」，宋本、馬本、那波本俱作「器」，非。據汪本、全詩、盧校改正。全詩注云：「一作『器』。」亦非。何校：「『氣』，黄校作『色』。」

〔魚躍〕「躍」，宋本、那波本、汪本、全詩、盧校俱作「跳」。

池上寓興二絶

濠梁莊惠謾相争，未必人情知物情。獺捕魚來魚躍出，此非魚樂是魚驚。

水淺魚稀白鷺飢，勞心瞪目待魚時。外容閑暇中心苦，似是而非誰得知？

【箋】

作於會昌元年（八四一），七十歲，洛陽。何義門云：「最有味，但似偈耳。」

〔獺捕魚來魚躍出二句〕謝榛四溟詩話卷二：「莊子云：『儵魚出遊從容，是魚樂也。』白居易曰：『獺捕魚來魚躍出，此非魚樂是魚驚。』翻案莊子而無趣。家語曰：『水至清則無魚。』杜子美曰：『水清反多魚。』翻案家語而有味。」

宴後題府中水堂贈盧尹中丞

昔予爲尹日創造之。

水齋歲久漸荒蕪，自愧甘棠無一株。新酒客來方宴飲，舊堂主在重歡娱。莫言楊柳枝空老，府妓有歌楊柳枝曲者，因以名焉。直至櫻桃樹已枯。府西有櫻桃廳，因樹爲名，今樹亦枯也。從我到君十一尹，相看自置府來無。自予罷後，至中丞凡十一尹也。

【箋】

作於會昌二年（八四二），七十一歲，洛陽。見陳譜。

〔水堂〕見卷二八水堂醉卧問杜三十一詩箋。

〔盧尹中丞〕河南尹盧貞。見卷三五盧尹賀夢得會中作詩箋。

〔楊柳枝〕見卷三五賣駱馬、别柳枝詩箋。

〔從我到君十一尹〕十一尹者，白居易、嚴休復、王質、鄭澣、李紳、李珏、裴潾、韋長、高銖、孫簡、盧貞十一人也。參見卷三四自罷河南已换七尹……及卷三五盧尹賀夢得會中作詩箋。

【校】

〔題〕此下那波本無注，下同。

〔直至〕「至」，馬本、汪本、全詩俱作「致」，非。據宋本、那波本、盧校改。

和敏中洛下即事　時敏中爲殿中分司。

昨日池塘春草生，阿連新有好詩成。花園到處鶯呼入，驄馬遊時客避行。水暖魚多似南國，人稀塵少勝西京。洛中佳境應無限，若欲諳知問老兄。

【箋】作於會昌元年（八四一），七十歲，洛陽，太子少傅分司。見汪譜。

〔敏中〕白敏中。會昌初爲侍御史分司東都。見卷三五見敏中初到邠寧秋日登城樓詩詩中頗多鄉思因以寄和詩箋。

〔阿連〕謝靈運呼其從弟惠連爲「阿連」，此借指敏中。白氏又有奉送三兄詩（卷二四）云：「自愧阿連官職慢，祇教兄作使君兄。」則又係自指也。

【校】

〔題〕此下那波本無注。

送敏中新授户部員外郎西歸

千里歸程三伏天，官新身健馬翩翩。行衝赤日加餐飯，上到青雲穩著鞭。長慶老郎唯我在，客曹故事望君傳。前鴻後雁行難續，相去迢迢二十年。長慶初予爲主客郎中、知制誥，遷中書舍人，去今二十一年也。

【箋】作於會昌元年（八四一），七十歲，洛陽。

〔敏中〕白敏中。郎官石柱題名户外有敏中名。册府元龜卷五五〇謂敏中「開成末爲户部員外郎」，非是。白詩云：「千里歸程三伏天」，則敏中除此職必在會昌元年夏。參見卷三五見敏中初到邠寧秋日登城樓詩詩中頗多鄉思因以寄和及本卷和敏中洛下即事詩箋。

【校】

〔二十年〕此下那波本無注。

南侍御以石相贈助成水聲因以絶句謝之

泉石磷磷聲似琴，閑眠静聽洗塵心。莫輕兩片青苔石，一夜潺湲直萬金。

【箋】

作於會昌元年（八四一），七十歲，洛陽。

〔南侍御〕南卓。據卓自撰羯鼓録云：「會昌元年，卓因爲洛陽令，數陪劉賓客、白少傅宴遊。」唐人喜以内職相稱，則此時卓當已自侍御改官洛陽令。城按：南卓之祖父巨川，給事中。父纘，漢州刺史。姊適陳商。今人張鈁千唐誌齋藏石目録有卓自撰之唐故潁川陳君夫人魯郡南氏墓誌銘并序，述其家世頗詳。又據陸心源唐文拾遺卷二九南卓題劉薰蘭表後、新唐書藝文志、唐大詔令集、唐詩紀事、雲溪友議、太平廣記卷二五一引盧氏雜説、玉壺清話、郡齋讀書志、直齋書録解題、寶刻叢編、寶刻類編等書所載，卓字昭嗣，元和十年應進士試，大和二年賢良方正直言極諫科登第。初爲拾遺，大和四年以諫謫松滋令。會昌元年自侍御史除洛陽令。後遷郎中。會昌末至大中四年，先後爲商、蔡、婺等州刺史。大中八年卒於黔南觀察使任。詳見今人下孝萱南卓考。并參見白氏酬南洛陽早春見贈本卷、每見呂南二郎中新文輒竊有所歎惜因成長句以詠所懷（卷三七）兩詩。

閑居自題戲招宿客

水畔竹林邊，閑居二十年。健常攜酒出，病即掩門眠。解綬收朝珮，褰裳出野船。屏除身外物，擺落世間緣。報曙窗何早？知秋簟最先。微風深樹裏，斜日小樓前。渠口添新石，籬根寫亂泉。欲招同宿客，誰解愛潺湲？西亭檣下，泉石有聲。

【箋】約作於會昌元年（八四一）至會昌二年（八四二），洛陽。

【校】〔潺湲〕此下那波本無注。

李留守相公見過池上汎舟舉酒話及翰林舊事因成四韻以獻之

引棹尋池岸，移樽就菊叢。何言濟川後，相訪釣船中。白首故情在，青雲往事空。同時六學士，五相一漁翁。

【箋】

作於會昌元年（八四一），七十歲，洛陽。見陳譜。

〔李留守相公〕李程。見卷三五雪朝乘興欲詣李司徒留守先以五韻戲之詩箋。

〔同時六學士二句〕容齋隨筆卷二：「白樂天分司東都，有詩上李留守相公，其序言：公見過池上，汎舟舉酒，話及翰林舊事，因成四韻。後兩聯云：『白首故情在，青雲往事空。同時六學士，五相一漁翁。』此詩蓋與李絳者，其詞正記元和二年至六年事。予以其時考之，所謂五相者：裴垍、王涯、杜元穎、崔羣及絳也。」城按：洪氏所考有誤。詩云「同時」，非指二年至六年，乃居易初入院之時也。五相者無杜元穎，乃李程、王涯、裴垍、李絳、崔羣。留守相公非李絳，乃李程，蓋李絳爲東都留守在長慶時，時間不合。詳見岑仲勉唐集質疑。又按：陳譜會昌元年云：「五相謂李吉、裴垍、崔羣及程也。」宋長白柳亭詩話卷一謂係裴度、崔羣、裴垍、王播、李絳。俱誤。

閏九月九日獨飲

黄花叢畔緑樽前，猶有些些舊管絃。偶遇閏秋重九日，東籬獨酌一陶然。自從九月持齋戒，不醉重陽十五年。

【箋】作於會昌元年（八四一），七十歲，洛陽。何義門云：「『自從九月持齋戒』二句，倒找出。」〔自從九月持齋戒二句〕日知録卷三〇云：「唐人正、五、九月齋戒，不禁閏月。白居易有九月九日獨飲詩云：『自從九月持齋戒，不醉重陽十五年。』是閏九月可以飲酒也。」又老學庵筆記云：「唐高祖實録：武德二年正月甲子下詔曰……自今每年正月、五月、九月十直日，並不得行刑。所在公私宜斷屠殺。此三長月斷屠殺之始也。唐士大夫如白居易輩，蓋有遇此三齋月，杜門謝客，專延緇流作佛事者。今法至此月亦減去食羊錢，蓋其遺制。」蓋正、五、九月齋戒始於初唐時。

覽盧子蒙侍御舊詩多與微之唱和感今傷昔因贈子蒙題於卷後

早聞元九詠君詩，恨與盧君相識遲。今日逢君開舊卷，卷中多道贈微之。相看掩淚情難説，別有傷心事豈知？聞道咸陽墳上樹，已抽三丈白楊枝。

【箋】

作於會昌元年（八四一），七十歲，洛陽。汪立名云：「北夢瑣言云：白太保與元相國友善，以詩道著名，時號元白。其集内有哭元相詩云『相看掩淚俱無語』等句。洎自撰墓誌銘云：『與夢得爲詩友』，殊不言元公，人疑其隙終也。按此語在醉吟先生傳中，非墓誌也。傳末曰：『於時開成三年，先生之齒六十有七。』則是微之之殁久矣。其所謂『如滿爲空門友，韋楚爲山水友，夢得爲詩友，皇甫朗之爲酒友』，皆就當時在洛之人而言，非該舉平生也。且白晚年哭微之之作甚多，有夢微之詩云：『夜來攜手夢同遊，晨起盈巾淚莫收。』又聞歌者唱微之詩云：『時向歌中聞一句，未容傾耳已傷心。』感悼悽愴，如在初殁，隙終之語，豈不大謬焉。又考史傳皆作『白少傅』，即公詩内止有少傅官停語，並無稱太保者，不知何所本也。」城按：白氏此詩云：「聞道咸陽墳上樹，已抽三丈白楊枝。」據此亦可證汪氏之説良是，前人隙終之説非也。又唐宋詩醇卷二六：「清空一氣，直從肺腑中流出，不知是血是淚，筆墨之痕俱化。」

〔盧子蒙侍御〕盧貞。即白氏七老會詩（卷三七）中所載之「前侍御史内供奉盧貞，今年八十三」。城按：此盧貞，元稹集中如初寒夜寄盧子蒙及城外回謝子蒙見諭等詩屢及之，與「河南尹盧貞」並非一人。唐詩紀事卷四九盧貞條云：「字子蒙，會昌五年爲河南尹。」大誤。全詩卷四六三盧貞小傳亦誤兩盧貞爲一人。

寒亭留客

今朝閑坐石亭中，爐火銷殘樽又空。冷落若爲留客住，冰池霜竹雪髯翁。

【箋】

作於會昌元年（八四一），七十歲，洛陽。

新小灘

石淺沙平流水寒，水邊斜插一漁竿。江南客見生鄉思，道似嚴陵七里灘。

【箋】

作於會昌元年（八四一），七十歲，洛陽。

和李中丞與李給事山居雪夜同宿小酌

憲府觸邪峨豸角，瑣闈駮正犯龍鱗。二人當官盛事，爲時所稱也。那知近地齋居客，忽作深山同宿人。一盞寒燈雲外夜，數盃温酎雪中春。林泉莫作多時計，諫獵登封憶舊臣。

【箋】

作於會昌元年（八四一），七十歲，洛陽。

〔李中丞〕李仍叔。見本卷李盧二中丞各創山居俱誇勝絶然去城稍遠來往頗勞弊居新泉實在宇下偶題十五韻聊戲二君詩箋。

【校】

〔題〕「小酌」，馬本誤作「小的」，據宋本、那波本、汪本、全詩、盧校改正。

〔龍鱗〕此下那波本無注。

〔齋居〕宋本、那波本、何校俱作「齊名」。全詩「居」下注云：「一作『名』。」

履道西門二首

履道西門有弊居，池塘竹樹遶吾廬。豪華肥壯雖無分，飽暖安閑即有餘。行竈朝香炊早飯，小園春暖掇新蔬。夷齊黄綺誇芝蕨，比我盤飧恐不如。

履道西門獨掩扉，官休病退客來稀。亦知軒冕榮堪戀，其奈田園老合歸！跛鱉難隨騏驥足，傷禽莫趁鳳凰飛。世間認得身人少，今我雖愚亦庶幾！

【箋】作於會昌二年（八四二），七十一歲，洛陽。

〔履道西門〕白居易宅在洛陽履道坊西門。見卷二三履道新居二十韻詩箋。

偶吟

人生變改故無窮，昔是朝官今野翁。久寄形於朱紫内，漸抽身入蕙荷中。荷衣、蕙帶皆楚詞也。無情水任方圓器，不繫舟隨去住風。猶有鱸魚蓴菜興，來春或擬往江東。

【箋】作於會昌元年（八四一），七十歲，洛陽。

【校】〔荷中〕此下那波本無注。注中「皆」，宋本、全詩、盧校俱作「是」。

雪夜小飲贈夢得

同爲懶慢園林客，共對蕭條雨雪天。小酌酒巡銷永夜，大開口笑送殘年，久將時背成遺老，多被人呼作散仙。呼作散仙應有以，曾看東海變桑田。

【箋】

作於會昌元年（八四一），七十歲，洛陽。

歲暮夜長病中燈下聞盧尹夜宴以詩戲之且爲來日張本也

榮鬧興多嫌晝短，衰閑睡少覺明遲。當君秉燭銜盃夜，是我停燈服藥時。枕上愁吟堪發病，府中歡笑勝尋醫。明朝强出須謀樂，不詎車公更詎誰？

【箋】

作於會昌二年（八四二），七十一歲，洛陽，致仕刑部尚書。

〔盧尹〕河南尹盧貞。見卷三五盧尹賀夢得會中作詩箋。並參見同卷宴後題府中水堂贈盧尹中丞詩。

〔晝短〕「晝」，宋本誤作「晝」。

〔停燈〕即點燈之意。見卷二〇衰病詩箋。

【校】

〔睡少〕「少」，宋本作「夜」，那波本作「久」，俱非。

〔停燈〕「燈」，馬本、汪本、全詩俱作「殘」，誤。據宋本、那波本、何校改。汪本、全詩俱注云：「一作『燈』。」亦非。

〔不記〕「記」，馬本、汪本、全詩俱作「擬」。據宋本、那波本、盧校改。下「記」字同。全詩下「擬」字注云：「一作『記』。」

病中數會張道士見譏以此答之

亦知數出妨將息，不可端居守寂寥。病即藥窗眠盡日，興來酒席坐通宵。賢人易狎須勤飲，姹女難禁莫謾燒。張道士輸白道士，一盃沆瀣便逍遥。

【箋】

作於會昌元年（八四一），七十歲，洛陽。

〔張道士〕王屋山道士張抱元。參見對鏡偶吟贈張道士抱元（卷三五）、閑題家池寄王屋張道士（本卷）等詩。

【校】

〔沆瀣〕馬本「沆」下注云：「下朗切。」「瀣」下注云：「下戒切。」又「瀣」，宋本作「瀣」，全詩作「瀣」，俱非。

卯飲

短屏風掩卧牀頭，烏帽青氈白閲裘。卯飲一盃眠一覺，世間何事不悠悠？

【箋】

作於會昌元年（八四一），七十歲，洛陽。

【校】

〔閲裘〕「閲」，馬本注云：「音牒。」

寄題餘杭郡樓兼呈裴使君

官歷二十政，宦遊三十秋。江山與風月，最憶是杭州。北郭沙堤尾，西湖石岸頭。綠觴春送客，紅燭夜迴舟。不敢言遺愛，空知念舊遊。憑君吟此句，題向望濤樓。

【箋】

作於會昌元年（八四一），七十歲，洛陽。

〔餘杭郡樓〕即杭州刺史治所東樓。見卷八初領郡政衙退登東樓作詩箋。

〔裴使君〕杭州刺史裴夷直。新書卷一四八張孝忠傳：「夷直字禮卿……第進士，歷右拾遺，累進中書舍人。武宗立，夷直視册牒，不肯署，乃出爲杭州刺史。斥驩州司户參軍。」舊書卷十八上武宗紀：「（開成五年八月十七日），御史中丞裴夷直爲杭州刺史。……（會昌元年）三月，（貶）杭州刺史裴夷直驩州司户。」城按：通鑑唐紀卷六二謂諫議大夫裴夷直出爲杭州刺史在開成五年十一月，與舊紀異。見勞格讀書雜識杭州刺史考。則白氏此詩作於會昌元年春無疑。又按：舊書卷一七三李珏傳：「武宗即位之年九月，與楊嗣復俱罷相，出爲桂州刺史、桂管觀察使。三年，長流驩州。」李珏先貶昭州刺史，後貶端州司馬，錢大昕廿二史考異卷六〇謂「其貶驩州者乃裴夷直，非李珏，且爲司户非長流，傳殆誤矣」，所考是也。

〔望濤樓〕即望海樓，亦即東樓。見卷二〇杭州春望詩箋。

【校】

〔江山〕何校：「『江』，黄校作『關』。」

〔西湖〕「湖」，馬本誤作「潮」，據宋本、那波本、汪本、全詩、盧校改正。全詩注云：「一作『潮』。」亦非。

楊六尚書留太湖石在洛下借置庭中因對舉盃寄贈絶句

借君片石意何如？置向庭中慰索居。每就玉山傾一酌，興來如對醉尚書。

【箋】

作於會昌元年（八四一），七十歲，洛陽。

〔楊六尚書〕楊汝士。見卷三五楊六尚書頻寄新詩詩中多有思閑相就之志因書鄙意報而諭之詩箋。

【校】

〔題〕萬首作「借楊六尚書太湖石」。

喜入新年自詠 時年七十一。

白鬚如雪五朝臣，又值新正第七旬。老過占他藍尾酒，病餘收得到頭身。銷磨歲月成高位，比類時流是幸人。大曆年中騎竹馬，幾人得見會昌春？

【箋】

作於會昌二年（八四二），七十一歲，洛陽。見陳譜及汪譜。唐宋詩醇卷二六：「每句中含一喜字，結處收應五朝，筆力健舉，老年精神魄力如是，真不可及。」

〔藍尾酒〕見卷二四歲日家宴戲示弟姪等兼呈張侍御二十八丈殷判官二十三兄詩箋。

【校】

〔題〕此下那波本無注。

〔又值〕「值」，宋本、那波本俱作「入」。

灘　聲

碧玉斑斑沙歷歷，清流決決響泠泠。自從造得灘聲後，玉管朱絃可要聽？

【箋】

作於會昌二年（八四二），七十一歲，洛陽。

【校】

〔碧玉〕「玉」，何校從黄校作「石」。

老題石泉

殷勤傍石遶泉行，不説何人知我情？漸恐耳聾兼眼暗，聽泉看石不分明。

【箋】

作於會昌二年（八四二），七十一歲，洛陽。

【校】

〔題〕萬首、全詩、汪本俱作「題泉石」。

送王卿使君赴任蘇州因思花迎新使感舊遊寄題郡中木蘭西院一別

一別蘇州十八載，時光人事隨年改。不論竹馬盡成人，亦恐桑田半爲海。鶯入故宫含意思，花迎新使生光彩。爲報江山風月知，至今白使君猶在。

【箋】

作於會昌三年（八四三），七十二歲，洛陽，致仕刑部尚書。

〔王卿使君〕名未詳。城按：姑蘇志卷二古今守令表上有王摶，不著年月，疑非其人。

〔木蘭西院〕蘇州郡齋木蘭堂之西院。吳郡志卷六：「木蘭堂在郡治後。」中吳紀聞卷一：「木蘭堂多爲太守燕遊之地，范文正公作守時嘗賦詩云：『堂上列歌鐘，多慚不如古。却羨木蘭花，曾見霓裳舞。』白樂天在蘇，嘗教倡人爲此舞也。」乾隆江南通志卷三一古蹟二蘇州府：「木蘭堂在長洲縣，又名木蘭院。」

【校】

〔題〕全詩「一別」下注云：「一無此二字。」汪本無「一別」二字。何校：「『思花迎新使』五字衍文。」

出齋日喜皇甫十早訪

三旬齋滿欲銜盃，平旦敲門門未開。除却朗之攜一榼，的應不是别人來。

【箋】

作於會昌二年（八四二），七十一歲，洛陽。

〔皇甫十〕皇甫曙。見卷二九池上清晨候皇甫郎中及卷三三龍門送别皇甫澤州赴任韋山人南遊詩箋。并參見答皇甫十郎中秋深酒熟見憶（卷三二）、酒熟憶皇甫十（卷三二）、冬夜對酒寄皇甫十（卷三二）、早春持齋答皇甫十見贈（卷三四）、酬皇甫十早春對雪見贈（卷三四）、九月八日酬皇甫十見贈（卷三四）、問皇甫十（卷三四）、初冬即事憶皇甫十（外集卷上）等詩。

會昌二年春題池西小樓

花邊春水水邊樓，一坐經今四十秋。望月橋傾三遍換，採蓮船破五迴修。園林一半成喬木，鄰里三分作白頭。蘇李冥濛隨燭滅，陳樊漂泊逐萍流。蘇庶子弘、李中丞道樞及陳、樊二妓十餘年皆樓中歌酒中伴，或殁或散，獨予在焉。雖貧眼下無妨樂，縱病心中不與愁。自笑靈光巋然在，春來遊得且須遊。

【箋】

作於會昌二年（八四二），七十一歲，洛陽。

〔蘇庶子弘〕見卷二五答蘇庶子詩箋。即白氏答蘇六詩（卷二七）中之「蘇六」。

〔李中丞道樞〕見卷三三三月三日祓禊洛濱及卷三四奉和思黯相公以李蘇州所寄太湖石奇狀絶倫因題二十韻見示兼呈夢得詩箋。

〔陳樊二妓〕陳結之及樊素。何義門云：「陳即所謂陳結之也。」參見白氏九日代羅樊二妓招舒著作（卷二一）、結之（卷二六）、感蘇州舊舫（卷三五）、對酒有懷寄李十九郎中（卷三五）、賣駱馬(卷三五)、别柳枝(卷三五)詩箋。

【校】

〔四十〕何校從黄校作「十四」,似是。

〔冥濛〕「濛」,馬本、汪本、全詩俱訛作「蒙」,據宋本、那波本、盧校改正。

〔逐萍流〕此下那波本無注。

〔覶然〕「覶」,馬本注云:「缺規切。」

酬南洛陽早春見贈

物華春意尚遲迴,賴有東風晝夜催。寒緦柳腰收未得,暖熏花口噤初開。古詩云:「口噤不能開。」欲披雲霧聯襟去,先喜瓊琚入袖來。久病長齋詩老退,争禁年少洛陽才!

【箋】

作於會昌二年(八四二),七十一歲,洛陽。

〔南洛陽〕南卓。會昌元年爲洛陽令。見本卷南侍御以石相贈助成水聲因以絶句謝之詩箋。

【校】

〔題〕何校：「黄校去『南』字。」非。蓋未詳南卓其人也。

〔初開〕此下那波本無注。

對新家醖玩自種花

香麴親看造，芳叢手自栽。迎春報酒熟，垂老看花開。紅蠟半含萼，緑油新醱醅。玲瓏五六樹，瀲灩兩三盃。恐有狂風起，愁無好客來。獨酣還獨語，待取月明迴。

【箋】

作於會昌二年（八四二），七十一歲，洛陽。

攜酒往朗之莊居同飲

慵中又少經過處，别後都無勸酒人。不挈一壺相就醉，若爲將老度殘春！

【箋】

作於會昌二年（八四二），七十一歲，洛陽。

〔朗之〕皇甫曙。參見詠懷寄皇甫朗之（卷三四）、病中詩之十四歲暮呈思黯相公皇甫朗之及夢得尚書（卷三五）、春晚詠懷贈皇甫朗之（卷三五）等詩箋。

以詩代書酬慕巢尚書見寄 慕巢書中頗切歸休結侶之意，故以此答。

書意詩情不偶然，苦云夢想在林泉。願爲愚谷烟霞侶，思結空門香火緣。每愧尚書情眷眷，自憐居士病綿綿。不知待得心期否？老校於君六七年。

【箋】

作於會昌二年（八四二），七十一歲，洛陽。

〔慕巢尚書〕楊汝士。見本卷楊六尚書留太湖石在洛下借置庭中因對舉盃寄贈絶句詩箋。並參見卷三四和東川楊慕巢尚書府中獨坐感戚在懷見寄十四韻、慕巢尚書書云室人欲爲買置一歌者非所安也以詩相報因而和之及卷三五近見慕巢尚書詩中屢有歎老思退之意又於洛下新置郊居然寵寄方深歸心太速因以長句戲而諭之等詩。

〔愚谷〕即愚公谷。說苑政理：「齊桓公出獵，逐鹿而走入山谷之中，見一老公而問之曰：『是爲何谷？』對曰：『爲愚公之谷。』」此借喻爲隱居之地。

【校】

〔題〕此下那波本無注。

〔苦云〕「苦」，馬本、汪本俱誤作「若」，據宋本、那波本、盧校改正。全詩注云：「一作『若』。」亦非。

春盡日

芳景銷殘暑氣生，感時思事坐含情。無人開口共誰語？有酒迴頭還自傾。醉對數叢紅芍藥，渴嘗一盌綠昌明。蜀茶之名也。春歸似遣鶯留語，好住林園三兩聲。

【箋】

作於會昌二年（八四二），七十一歲，洛陽。

【校】

〔綠昌明〕此下那波本無注。注中何校據黄校去「之」、「也」二字。

〔似遣〕「似」，馬本作「自」，非。據宋本、那波本、汪本、全詩、盧校改正。全詩注云：「一作

『自』。」亦非。

招山僧

能入城中乞食否？莫辭塵土污袈裟。欲知住處東城下，遶竹泉聲是白家。

【箋】

作於會昌二年（八四二），七十一歲，洛陽。

夏日與閑禪師林下避暑

落景牆西塵土紅，伴僧閑坐竹泉東。緑蘿潭上不見日，白石灘邊長有風。熱惱漸知隨念盡，清涼常願與人同。每因毒暑悲親故，多在炎方瘴海中。是歲潮韶等郡，皆有親友謫居。

【箋】

作於會昌二年（八四二），七十一歲，洛陽。致仕刑部尚書。

〔閑禪師〕僧清閑。見卷二七贈僧五首之五清閑上人詩箋。

〔多在炎方瘴海中〕此句下自注云：「是歲潮韶等郡皆有親友謫居。」城按：此蓋指楊嗣復、李珏等之貶。據舊書武宗紀、楊嗣復傳、李珏傳，李珏先貶昭州刺史，再貶瑞州（城按：當作端州）司馬。嗣復先貶潮州刺史，再貶潮州司馬。白氏自注所云「韶州」，未知何指。疑當作「昭州」。唐宋詩醇卷二六引稽古録云：「開成五年，楊嗣復貶潮州，李珏貶韶州。」參之紀傳，則韶州非李珏貶所。疑稽古録所記有誤。並參見卷三五寄潮州繼之詩箋。

【校】

〔落景〕「落」，馬本訛作「洛」，據宋本、那波本、汪本改正。全詩「落景牆」作「洛景城」，注云：「一作『落景城』。」亦非。

〔熱惱〕馬本誤作「熱鬧」，據宋本、那波本、汪本、全詩、盧校改正。全詩注云：「一作『熟鬧』。」亦非。

〔瘴海中〕此下那波本無注。

題新澗亭兼酬寄朝中親故見贈

何處披襟風快哉！一亭臨澗四門開。金章紫綬辭腰去，白石清泉就眼來。自得所宜還獨樂，各行其志莫相咍。禽魚出得池籠後，縱有人呼可更迴！

【箋】

作於會昌二年（八四二），七十一歲，洛陽。

〔新澗亭〕見卷三五新澗亭詩箋。

病中看經贈諸道侶

右眼昏花左足風，金篦石水用無功。金篦刮眼病，見涅槃經。磁石水治風，見外臺方。不如迴念三乘樂，便得浮生百疾空。無子同居草庵下，見法華經。有妻偕老道場中。何煩更請僧爲侣，月上新歸伴病翁。時適談氏女子自太原初歸，維摩詰有女名月上也。

【箋】

作於會昌二年（八四二），七十一歲，洛陽。

〔月上新歸伴病翁〕據此詩自注，月上蓋指適談弘謨之女阿羅。白氏會昌二年作談氏小外孫玉童詩（本卷）「東床空後且嬌憐」句自注云：「談氏初逝。」則知弘謨卒於會昌二年。

【校】

〔無功〕此下那波本無注，下同。

〔百疾〕「疾」，馬本、全詩俱作「病」，據宋本、那波本、汪本改。

〔月上〕那波本誤作「月正」。見前箋。

〔伴病翁〕「伴」，馬本作「侍」，據宋本、那波本、汪本、全詩、盧校改。全詩注云：「一作『侍』。」何校：「『伴』，蘭雪作『侍』。」

遊豐樂招提佛光三寺

竹鞋葵扇白綃巾，林野爲家雲是身。山寺每遊多寄宿，都城暫出即經旬。漢容黄綺爲逋客，堯放巢由作外臣。昨日制書臨郡縣，不該愚谷醉鄉人。

【箋】

作於會昌二年（八四二），七十一歲，洛陽。

〔豐樂寺〕册府元龜卷四六二：「陸贄爲中書舍人、翰林學士，母卒，持喪於河南豐樂佛寺。」

〔招提寺〕在河南偃師縣南三十五里。見乾隆河南府志卷七六。

〔佛光寺〕在嵩山。舊書卷一二四李正己傳：「以師道錢千萬僞理嵩山之佛光寺。」並參見卷三五山下留别佛光和尚詩箋。

【校】

〔不該〕「該」，馬本、汪本俱作「談」。據宋本、那波本、全詩、盧校改。全詩注云：「一作『談』。」

醉中得上都親友書以予停俸多時憂問貧乏偶乘酒興詠而報之

頭白醉昏昏，狂歌秋復春。一生耽酒客，五度棄官人。蘇州、刑部侍郎、河南尹、同州刺史、太子少傅皆以病免也。異世陶元亮，前生劉伯倫。卧將琴作枕，行以鍤隨身。歲要衣三對，年支穀一囷。園葵烹佐飯，林葉掃添薪。没齒甘蔬食，摇頭謝搢紳。自能抛爵禄，終不惱交親。但得盃中渌，從生甑上塵。煩君問生計，憂醒不憂貧。

【箋】

作於會昌二年（八四二），七十一歲，洛陽。見汪譜。城按：居易罷少傅官在會昌元年春，猶未致仕，故無半俸可領，此詩題云「停俸多時」可證。又此詩後一首爲池畔逐涼，則居易以刑部尚書致仕當在是年秋後。

〔歲要衣三對〕「三對」即三套之意。歐陽修謝對衣金帶鞍轡馬狀：「右，臣伏蒙聖慈，以臣入院，特賜衣一對，金帶一條，金鍍銀鞍轡馬一疋者。」見蔣禮鴻敦煌變文字義通釋第三篇釋名物。

【校】

〔官人〕此下那波本無注。

〔林葉〕「林」，馬本作「秋」，據宋本、那波本、汪本、全詩、盧校改。全詩注云：「一作『秋』。」

池畔逐涼

風清泉冷竹修修，三伏炎天涼似秋。黄犬引迎騎馬客，青衣扶下釣魚舟。衰容自覺宜閑坐，蹇步誰能更遠遊？料得此身終老處，只應林下與灘頭。

【箋】

作於會昌二年（八四二），七十一歲，洛陽。

【校】

〔騎馬客〕「客」，何校、盧校俱作「路」。

池鶴八絶句

池上有鶴，介然不羣，烏、鳶、雞、鵝，次第嘲噪，諸禽似有所誚，鶴亦時復一鳴。予非冶長，不通其意，因戲與贈答，以意斟酌之，聊亦自取笑耳。

雞贈鶴

一聲警露君能薄，五德司晨我用多。不會悠悠時俗士，重君輕我意如何？

【箋】作於會昌元年（八四一）至會昌二年（八四二），洛陽。任半塘唐戲弄一總説：「白居易池鶴八絶及蕭宅二三子贈答等寓言詩中，使諸蟲鳥並人格化，作成代言問答。凡此文人所爲，雖在文體上自有所承，亦可能受當時戲劇風之激宕而然也。」城按：卷三二問鶴、代鶴答，卷三七禽蟲十二章俱係假寓言感事之作，可參看。

【校】〔題〕汪本題下有「并序」二字。小注「池上有鶴」以下五十二字，馬本爲大字，那波本無。〔警露〕「警」，馬本誤作「驚」，據宋本、那波本、汪本、全詩、盧校改正。

鶴答雞

爾争伉儷泥中鬬，吾整羽儀松上棲。不可遣他天下眼，却輕野鶴重家雞。

烏贈鶴

與君白黑太分明，縱不相親莫見輕。我每夜啼君怨别，玉徽琴裏忝同聲。琴曲有烏夜啼、别鶴怨。

【校】

〔太分明〕「太」，馬本、全詩俱作「大」，據宋本、那波本、萬首改。

〔同聲〕此下那波本無注。

鶴答烏

吾愛棲雲上華表，汝多攫肉下田中。吾音中羽汝聲角，琴曲雖同調不同。别鶴怨在羽調，烏夜啼在角調。

【校】

〔不同〕此下那波本無注。

鳶贈鶴

君誇名鶴我名鳶，君叫聞天我唳天。更有與君相似處，飢來一種啄腥羶。

鶴答鳶

無妨自是莫相非，清濁高低各有歸。鸞鶴羣中彩雲裏，幾時曾見喘鳶飛？

鵝贈鶴

君因風送入青雲，我被人驅向鴨羣。雪頸霜毛紅網掌，請看何處不如君？

【箋】〔風送〕「送」，馬本作「起」，非。據宋本、那波本、汪本、全詩、盧校改。全詩注云：「一作『起』。」

鶴答鵝

右軍殁後欲何依？只合隨雞逐鴨飛。未必犧牲及吾輩，大都我瘦勝君肥。

談氏小外孫玉童

外翁七十孫三歲，笑指琴書欲遺傳。自念老夫今耄矣，因思稚子更茫然。中郎餘慶鍾羊祜子幼能文似馬遷。才與不才争料得，東床空後且嬌憐。談氏初逝。

【箋】

作於會昌二年（八四二），七十一歲，洛陽，致仕刑部尚書。城按：談玉童生於開成五年，此詩云：「外翁七十孫三歲」，故當作於會昌二年。汪譜繫於元年，非是。

〔談氏小外孫玉童〕見卷三五談氏外孫生三日喜是男偶吟成篇兼戲呈夢得詩箋。

〔中郎餘慶鍾羊祜二句〕羊祜父名道先，娶孔融女，繼娶蔡邕女。楊惲，字子幼，司馬遷外孫。宋長白柳亭詩話卷二六：「按：羊叔子有讓爵表，薦其舅子蔡襲，是中郎有子矣。第羊所自出則非文姬。子幼，楊惲字。晉書后妃傳：『景獻羊皇后母，蔡氏邕女也。』又羊祜傳：『祜，邕外孫，景獻皇后同產弟。』」漢書卷六六楊敞傳：「惲母，司馬遷女也。惲始讀外祖太史公記，頗爲春秋。」

【校】

〔玉童〕那波本作「王童」，非。白氏長慶集後序稱「外孫談閣童」，或後來所改名。

〔餘慶〕「慶」，馬本作「祚」，據宋本、那波本、汪本、全詩、盧校改。全詩注云：「一作『祚』。」

〔嬌憐〕此下那波本無注。

送後集往廬山東林寺兼寄雲皐上人

後集寄將何處去？故山迢遞在匡廬。舊僧獨有雲皐在，三二年來不得書。别後道情添幾許？老來筋力又何如！來生緣會應非遠，彼此年過七十餘。

【箋】

作於會昌二年（八四二），七十一歲，洛陽，致仕刑部尚書。城按：白氏東林寺白氏文集記（卷七〇）云：「今余前後所著文大小合二千九百六十四首，勒成六十卷，編次既畢，納于藏中。且欲與二林結他生之緣，復曩歲之志也。故自忘其鄙拙焉。仍請本寺長老及主藏僧，依遠公文集例，不借外客，不出寺門，幸甚。大和九年夏，太子賓客、晉陽縣開國男太原白居易樂天記。」汪立名云：「按太（大）和九年，公年六十四，此云年過七十餘，疑此記之後別有寫本寄廬山耳。」

〔廬山東林寺〕見卷一潯陽三題詩箋。

〔雲皐上人〕東林寺僧。上弘和尚弟子。白氏唐撫州景雲寺故律大德上弘和尚石塔碑銘并序（卷四一）云：「元和十一年春，廬山東林寺僧道深、懷縱、如建、沖契、宗一、至柔、詧諸、智則、智明、雲皐、太易等凡二十輩，與白黑衆千餘人俱實持故景雲大德弘公行狀一通，贄錢十萬來詣潯陽府，請司馬白居易作先師碑，會有故不果。」又大林寺序（卷四三）云：「余與河南元集虛、范陽張允中、南陽張深之、廣平宋郁、安定粱必復、范陽張特、東林寺沙門法演、智滿、士堅、利辯、道深、道建、神照、雲皐、息慈、寂然凡十七人……」

【校】

〔迢遞〕「遞」，宋本、那波本、盧校俱作「遰」。

客有説

客即李浙東也，所説不能具録其事。

近有人從海上迴，海山深處見樓臺。中有仙龕虚一室，多傳此待樂天來。

【箋】

作於會昌二年（八四二），七十一歲，洛陽，致仕刑部尚書。

〔李浙東〕浙東觀察使李師稷。太平廣記卷四八引逸史云：「唐會昌元年，李師稷中丞爲浙東觀察使，有商客遭風飄蕩，不知所止。月餘，至一大山，瑞雲奇花，白鶴異樹，盡非人間所覩。山側有人迎問曰：『安得至此？』具言之。令維舟上岸，云：『須謁天師。』遂引至一處，若大寺觀，通一道入，道士鬚眉悉白，侍衛數十，坐大殿上，與語曰：『汝中國人，與兹地有緣，方得一到此蓬萊山也。既至，莫要看否？』遣左右引于宫内遊觀，玉臺翠樹，光彩奪目。院宇數十，皆有名號。至一院，扃鎖甚嚴，因窺之，衆花滿庭，堂有裀褥，焚香階下。客問之，答曰：『此是白樂天院，樂天在中國未來耳。』乃潛記之，遂别之歸。旬日至越，具白廉使李公。李公盡録以報白公。先是白公平生唯修上坐業，及覽李公所報，乃自爲詩二首以記其事及答李浙東云：『近有人從海上回，海山深處見樓臺。中有仙龕開一室，皆言此待樂天來。』又曰：『吾學空門不學仙，恐君此語是虚傳。海山不是吾歸處，歸即應歸兜率天。』然白公脱屣煙埃，投棄軒冕，與夫昧昧者固不同也。安知非謫仙哉？」城按：盧肇逸記所記殊荒誕不經，故居易詩中亦詆云「虛傳」，蓋唐人多喜言居易仙去。考太平廣記卷三一一又引唐年補録云：「會昌中，小黄門史遂因疾退於家。一日，忽召所親，自言初得疾時，見一黄衣人執文牒曰：『陰司録君二魂對事，量留一魂主身。』不覺隨去。出通化門，東南入荒徑，渡灞、滻，陟藍田山，山上約行數十里，忽見一騎執黑幡，云：『太一登殿已久，罪人録畢，爾何遲也。』督之而去，至一城，甲士翼門，直北至一宫，宫門守衛甚嚴，有赤衣吏引使者同入。蕭屏間有一吏自内出曰：『受教，受教。』使者鞠躬受命，宣曰：『史遂前世括蒼山主録大夫侍者，始則恭恪，中間廢墮，謫官黄門，冀其省悟。今大夫復位，侍者宜遷，付所司准法。』遂領就一院，見一人，白鬚鬢，紫衣，左右十數列侍，拜訖仰視，乃少傅白居易也。遂元和初爲翰林小吏，因問曰：『少傅何爲至此？』白怡然曰：『侍者憶前事耶？』俄如睡覺，神氣頓如舊，諸黄門聞其疾愈，競訪之。是夕，居易薨於洛中。臨終，謂所親曰：『昔自蓬萊，與帝（謂武宗也）有閻浮之因，帝於閻浮爲麟德之別。』言畢而逝，人莫曉也。較其日月，當捐館之時，乃上宴麟德殿也。」又按：宋葉夢得避暑録話卷上引盧肇逸史與太平廣記所引略異，「李浙東」作「李君稷」，非是。郎官石柱題名左司郎中、嘉泰會稽志、金石續編唐八楚州石柱題名均作「李師稷」，當以太平廣記爲正。惟逸史謂師稷爲浙東觀察使在會昌元年，亦誤。師稷除浙東在會昌二年二月，元年時浙東觀察使爲蕭俶，非李師稷。會稽掇英總集卷十八唐太守題名記：「蕭俶，開成四年三月，自楚州團練使授。會昌二年七月，除給事中。李師稷，會昌二年二月，自楚州團練使兼淮南營田副使授。」吴廷燮唐方鎮年表卷五引嘉泰會稽志同，與白氏此詩所作時間正相合。

【校】

〔題〕此下那波本無注。

答客説

吾學空門非學仙，恐君此説是虚傳。海山不是我歸處，歸即應歸兜率天。予晚年結彌勒上生業，故云。

【箋】

作於會昌二年（八四二），七十一歲，洛陽，致仕刑部尚書。查慎行白香山詩評：「『海山不是我歸處』二句，出此入彼，便可作仙釋優劣論。」

【校】

〔我歸處〕「我」，宋本、那波本、萬首、全詩、盧校俱作「吾」。

哭劉尚書夢得二首

四海齊名白與劉，百年交分兩綢繆。同貧同病退閑日，一死一生臨老頭。盃酒英雄君與操，曹公曰：「天下英雄唯使君與操耳。」文章微婉我知丘。仲尼云：「後世知丘者春秋。」又云：「春秋之旨微而婉也。」賢豪雖歿精靈在，應共微之地下遊。

今日哭君吾道孤，寢門淚滿白髭鬚。不知箭折弓何用？兼恐脣亡齒亦枯。窅窅窮泉埋寶玉，駸駸落景掛桑榆。夜臺暮齒期非遠，但問前頭相見無？

【箋】

作於會昌二年（八四二），七十一歲，洛陽，致仕刑部尚書。見陳譜及汪譜。城按：劉、白二人共同之友，其達而在上者，若裴度、韋處厚、令狐楚、牛僧孺、崔羣、李絳、李紳、楊嗣復、李程、楊虞卿、崔玄亮、馮宿、吴士矩等，屢見於詩篇，然劉之摯友柳宗元爲白所不及知，李德裕厚於劉而與白不同臭味。惟元稹在兩人之間，交誼俱不淺，以詩篇往復而論，似與白尤殷勤。然劉所尤親厚者如柳宗元、吕温、李景儉皆元之知交，似元、劉之契合更在元、白之上。此詩「文章微婉」一語，概括禹錫一生遭際與劉、白二人之契合，其旨甚深。末句以元、劉並論，不僅指私交，亦指元、劉抱負之相同也。

〔劉尚書夢得〕劉禹錫。卒於會昌二年七月。見本卷感舊詩箋。

〔盃酒英雄君與操〕白氏詩文中以「使君與操」相喻者，除劉外尚有元稹，其和微之詩二十三首序（卷二二）云：「況曩者唱酬，近來因繼，已十六卷，凡千餘首矣。其爲敵也，當今不見。其爲多也，從古未聞。所謂天下英雄唯使君與操耳。」

〔文章微婉我知丘〕白氏一生詩友，前半期爲元稹，後半期爲劉禹錫，而於禹錫詩篇鍊沈著之傾倒讚服，尤過於微之。故劉白唱和集解（卷六九）云：「夢得夢得，文之神妙，莫先於詩。若妙與神，則吾豈敢！如夢得『雪裏高山頭白早，海中仙果子生遲』、『沈舟側畔千帆過，病樹前頭萬木春』之句之類，真謂神妙。」此即此詩中所標舉之春秋文章微婉之旨，正禹錫之所長，亦即白氏蘄求所未能達到之境界也。又居易政治志趣雖與禹錫略殊，如居易與楊汝士弟兄有連，楊氏皆親李宗閔、牛僧孺，與禹錫之親李德裕異趣。然其早年曾揭發擁立憲宗之宦官俱文珍之劣迹，詞甚激切（見白氏論太原事狀文），可知其政治立場必傾向於同情永貞事變之八司馬，所謂「文章微婉」者，蓋有無限難言者在也。

【校】

〔君與操〕此下那波本無注，下同。